哆来咪发嗖

도레미파솔라시도

[韩]可爱淘 著

黄黉/译

中国城市出版社

·北 京·

北京市版权局著作权合同登记
图字:01－2006－0714 号

图书在版编目(CIP)数据

哆来咪发唆/(韩)可爱淘著;黄簧译. —北京:中国城市出版社,2006.3
ISBN 7－5074－1738－7

Ⅰ.哆… Ⅱ.①可… ②黄… Ⅲ.长篇小说—韩国—现代 Ⅳ.I312.645

中国版本图书馆 CIP 数据核字(2006)第 007966 号

策　　划　王　立
责任编辑　王月芳　唐　浒　李晓华
封面设计　门乃婷工作室
　　　　　吕逸潇
责任技术编辑　张建军　阮中强
出版发行　中国城市出版社
地　　址　北京市丰台区太平桥西里 38 号(邮编　100073)
电　　话　(010)63454857　63275398(营销策划中心)
传　　真　(010)63421488　63428244(营销策划中心)
淘酷网网址　www.taocu.com
总编室信箱　citypress@sina.com
投稿信箱　world66@263.net(营销策划中心)
经　　销　新华书店
印　　刷　北京普瑞德印刷厂
字　　数　190 千字　印张 9.25　插页 4
开　　本　880×1300(毫米)　1/32
版　　次　2006 年 7 月第 1 版
印　　次　2006 年 7 月第 1 次印刷
定　　价　20.00 元

1

请你救救我吧♬脑海中有无数的东西在翻腾，让我不能呼吸，不能思考。请你把我变成傻瓜吧♬变成什么都不知道的傻瓜♬眼泪究竟代表什么，欺骗究竟代表什么♬请你把我变成傻瓜吧♬

“这么说，眼前这个在我们面前唱歌的家伙，就是你诅咒了几个月，—_—大力提倡应该打包到南极，让一堆企鹅踩上几脚的家伙?”

现在我的耳朵里，除了乐队令人陶醉的乐曲声外，什么也听不见。我轻轻合上眼，整个人听得失魂落魄……允儿看我不行了，拼命摇着我的手臂。—_—

“喂，干什么!! -0-”

“是不是那个家伙嘛?!!”

“是他，没错！”

周围所有的视线立刻都集中到我们身上，—_—允儿尴尬坏了，改为凑近我的耳朵小声说道：

“这就是缘分啊，居然能在这种地方再次碰到。他歌唱得不是一般的帅耶，怎么样？等表演结束之后，就把他绑到你的老巢里去？”

“—_—……”

还老巢咧，要死了，我无言地狂扒某人头顶毛发一顿，重新沉浸在那男孩好听的歌声之中。

这样对我太不公平♫我因你放弃幸福♫你却只能给我如此的真心♫如此的爱♫我失去所爱，我必须不停思考♫我必须不停思考♫

男孩深吸一口气，接着一个长音，终于结束了这首蛊惑人心的歌，他率着乐队其他成员一起向四周的观众鞠躬致意，随后蹦蹦跳跳地消失在舞台背后，看上去十分开心。

“喂！他逃走了！我们是不是该把他捉回来啊？”

晕！她还真以为自己是土匪头子啊!!!! —_—///

“好好给我待着吧你，死丫头!! 想想上次其实我也没干什么好事，责任大家一半一半。还有啊，如果他追着我要洗衣费怎么办？—_—”我深谋远虑，考虑得比较长远。

允儿无话可说，立马使劲往嘴里塞了一口拿在手里的面包。

“想不到他前后形象差这么多，那时候穿着校服真没看出来。不过这家伙不用去学校的吗？—_—”

“喂，云净媛，都已经过了五个多月了，你居然还没忘记他的长相？你确定你没看错人？”

“我说了是他就是嘛！我记得很清楚。哎呀～！不知道啦，真没想到他居然还会唱歌。—_—走人啦，快下雨了。”

听完我的话，允儿担心地抬头看了一下天空，惟恐自己的面包被淋湿，干脆一口解决掉。—_—她挽起我的手臂，使劲扯着我，咯噔咯噔往外跑去。

那时还是四月份吧？不知不觉已经过了这么久了。五个月前，存了好久的零用钱莫名其妙地就被我花光了，一时财政告急，我急得没头苍蝇似的到处找机会赚钱。终于在游乐园找到了一份打工的工作，就是戴着一个草绿色的大恐龙头，—_—给每位光顾我们这间竹制小店的客人分发气球（—_—悔不当初啊，直到现在为止，每当允儿要吃的东西的时候，她都会很卑鄙地掏出我那张大恐龙头的相片威胁我）。其实当时我的感觉还不坏啦，戴着个颤颤巍巍的大恐龙头，每天乐呵呵地跑来跑去，给每一位穿着校服，光顾我们这家快餐店的男女分发气球。春天正是发情期的说，那时不少学生都耐不住寂寞跑到游乐园里来“打猎”，成双成对地掀起了一个小高潮。瞧，这不又来了，四对四，幼稚得要死，我确定这些家伙比我年纪还小……哼哼……我啪嗒一声把菜单放到桌上，同时送上八个气球。

“请问要点什么？”

那几个女孩反应都一样，竖起她们的斗鸡眼瞪了我一眼。

“请问你们要点什么？”我又问了一遍。

因为同桌是男生的关系，那几个女生才勉强压住怒火，—_—个子最高的那个女生努力挤出一滴滴微笑，说道：

“我们想点餐的时候自然会点。”

“啊，这样子啊，明白了。”我微笑地转过身，打算去厨房找允儿（因为允儿拼死也不愿戴那个大恐龙头，所以被发配到了厨房），就在这时……

“啊哈哈哈哈，>_<看啊，它尾巴快要掉下来了！”

“—_—”

我慌慌张张转回头来看挂在自己身后的尾巴，羞耻地按住它，急急忙忙向厨房走去。

“喂，试试喷火呀小恐龙～客人来了，你怎么还不喷火呀～～”还是那个家伙，四个男生中看起来最跳的那个，他嘻嘻笑着，看着走开的我，还夸张地咬住气球嘴，睁着圆圆的眼睛滴溜溜地看着我。

"臭小子你刚才对我说什么？—_—"太过激动，忘了客人至上的本分。

"嗯。—_—"

"你知道我是谁吗？—_—"

"不知道。—_—"

"那你为什么要招惹我，一会儿说什么尾巴要掉了，一会儿说什么让我喷火，存心想惹我上火对不对？"

"只是觉得小恐龙很可怜嘛。—_—"

"我为什么可怜？—_—"

"长得很难看嘛。—_—"

"我长得好不好看你们这些家伙怎么知道！-0-"我伸手就要摘头上的恐龙头套，另外七个孩子睁大着眼，诧异地看着我。

刚伸手我就后悔了，何必跟这帮小P孩一般见识呢，于是转而放下手，可是，当我看着那个臭小子拿掉嘴里的气球，气定神闲地看着我，然后恶心地冲我吐舌头的时候……我炸了，眼里惟一能看见的东西就是旁边一个孩子手里端着的可乐杯，—_—^谁也无法阻止我……我夺过杯子冲那个男孩就是一阵哐哐哐……他旁边的朋友飞快地拍下这个令人难忘的场面，我想这个家伙也忘不了我。

那臭小子低头看看自己的校服，又抬头看看我，表情深奥，复杂难懂，简直值得开课研究一个学期。—_—……他的朋友立刻都从位置上站了起来，一步步向我走近。说时迟，那时快，厨房里的允儿和收款员姐姐飞快地冲向我，一人架起我的一只胳膊把我向厨房里拖去。—_—不过，对结束战斗起了决定性作用的人是餐厅老板娘，她二话不说地当场解雇我，把我从后门赶了出去……—_—

哈，那次悲惨的打工经历居然已经是五个月之前的事情了，时间还过得真快。—_—我轻轻闭上眼，随着允儿一起上了巴士。

当天晚上，除了要和学员谈话没回家的爸爸，我们全家人都围在饭桌周围。

"云再光，你最近怎么没有去爸爸的学院?"妈妈有些怒气。

"—_—谁让爸爸每次找人示范过肩摔的时候，不挑别人专挑我。"

"你都学了五年了还怕什么，想让我揍你是不是? -0-"

"妈妈你什么都不知道!! -0-坏妈妈! 坏死了!!"我那小弟，嗖的一下从位置上蹿起来，啪嗒啪嗒就向二楼跑去。—_—

"净媛，再光他这是怎么了?"

"青春期的小男孩呗。—_—"

"都十八岁了还青春期? 喂，你上去看看。"

"我在吃饭呢。"

"是弟弟重要还是你吃饭重要啊! 还不快给我上去!!"妈妈一把夺过我的饭碗。

"ㅜ_ㅜ该死的云再光，你死定了。"

吃顿饭都让人不得安生，饭饭啊，我可怜的饭饭啊……ㅜ_ㅜ我咒咒骂骂推开再光的房间。

"—_—这小子，又跑去哪儿了?"

该不会……—_—我飞快地跑上顶楼推开楼门，果不出我所料，顶楼的一角正悠悠扬扬地冒着青烟。

"不准动!!"

"-0-姐姐……"

弟弟慌慌张张把香烟扔到地上。—_—我敏捷地一跃上前，没好气地拼命按着那臭小子的脑袋。

"要死了你，要死了你，这次被我逮个正着吧你。"

"你上来干什么啊，不好好在下面吃你的饭?!"

"你以为我想上来啊! 每次没事就朝我养的花里扔烟头（我在顶楼养了几盆花），亏你还有脸说是什么住在隔壁的大叔扔的，这次你倒是说啊?"

"真是被你烦死了!! 我说了我没有扔啦，放手，放手啊你!! 还不快放手?!!"

"我会放了你才怪，臭小子!! 走，我们去见妈妈去!!"

"姐姐，我亲爱的好姐姐，我好喜欢你噢。┬_┬……"

那小子抱住我的腿，拼命装出一副可怜样，我才不管，一把扯起他，拼死拼活地把他往外面拖，＞_＜奶奶的，这小子平时都吃什么的呀，力气这么大，嘿咻咻，嘿咻咻。＞_＜

"不要啊~~!! -0-"再光猛地推开我，我一把扯过挂在一边的黄色晾衣绳，再用力按住再光的头，打算用绳子套住他的脖子，这结实的绳子真是好使啊……眼看即将大获成功，我忽然一抬头，愣住了，只见对面的顶楼上不知何时站了几个人，他们大张着嘴，弯腰躬身，津津有味地看着我们这边。我的视线对上他们的……

—_—；……

—_—；；……

再光乘机摆脱我，飞快地朝屋内跑去，手上还挂着几件晾衣绳上的内裤，死小子……—_—面对第一次见面的邻居，我一时也不知该如何是好，低下头，冲他们行了个礼。

"你们好，—_—第一次见面，以后请多多关照。"

"啊，客气了，我们上个周末才搬到这里，以后也请你们多多关照。"邻居大婶忧心忡忡地看着我。—_—

"哪里的话，大家互相关照，互相关照。"呼~!! ┬_┬我飞快地用手扒下依然挂在我脑袋上的晾衣绳，"那那……再见了，很高兴见到你们，┬_┬我们的新邻居。"我诺诺地说道，感觉脸上热烘烘的。

我好不有礼地鞠了一下躬，缓缓转过身，一步一步向顶楼楼门走去，等等，净媛……？—_—刚才我好像看到了什么……—_—我有些怀疑自己的眼睛，重新转过头朝对面的楼顶看去，这下我确定无疑了，那个人，真的是他，上次嘲笑我绿色恐龙脑袋的家伙，还有刚才在大学路上表演的家伙，此刻他正一脸寒心地看着我，不屑地对我吐着舌头……—_—

站在他身边的那位大叔可能是他爸爸，大叔皱着眉头，侧耳接听大婶传递过来的淅淅嗦嗦声。大婶一边一脸忧心地斜眼瞟我，一边继续趴在她老公耳朵旁打着小电报，—_—另一个女人应该是那小子的姐姐了，拥有惊人的美貌。—_—不过我觉得最扎眼的还是那个坏小子，瞧～～瞧～～！他还在冲我吐舌头。—_—

啊啊啊啊啊啊啊!! ┬0┬

“什么!! ┬0┬你说再光他又抽烟！ >O<”

#第二天早晨。

我和再光肩并肩地走在上学的路上，再光边走边心痛地摸着他满头大包的脑袋，额头肿得油光锃亮。而我，昨天由于大受打击而没有去洗头发（其实只是偷懒的借口—_—），形象也好不到哪儿去。学校已经放假了，不过该死的学校依旧拉着我们补课。

“邪恶的女人，喜欢告密的坏东西，死女人，老打小报告，没道德，不讲卫生，良心让狗吃了的坏女人。—_—”

“=_= 云再光，你刚才说什么？”

“我要告诉你所有的朋友，你没有洗头发。—_—”

“=_= 上学的路上你也想见见血吗？所以你才表现得对我如此热情，嗯？是不是啊，我亲爱的弟弟?!!!”

我那弟弟上下打量了我一眼，正好身边一辆计程车路过，他飞快地招手跳了上去。

“你!!! 每天都要坐计程车上学吗!!! 离学校才不过五分钟的路程!!!”

“这才是我的魅力!! 猪头女！ -0-”

“有种你今天别回家，回来你就死定了!! ┬0┬”

计程车悠悠然地驶走了，只剩下对我的嘲笑。计程车大叔仿佛觉得很有趣似的，临走还叭叭叭叭冲我按了几下喇叭，云再光那臭小子把头探出车窗，冲我咧嘴嘿嘿一笑，悠然自得地消失在我的视野之中。我气愤不过，气呼呼地盯着计程车的方向好半天回不过神。突然，—_—我猛地回过神来，该死，要迟到了，我挂上书包，使出吃奶的劲全力向学校冲刺。

2

#教室里。

“真是要死了，就在我嗖地扯下晾衣绳捆住我老弟时……!!”

“拜托，同样的话你已经说了五遍了，—_—反正他肯定认不出你就是那时的恐龙头，有什么关系。”

“话是那么说啦!! ┳0┳可是，他就住在我隔壁耶!!! 第一次见面就看到我是个拿着晾衣绳往人家脖子上缠的恐怖女人!! 对一个男生又是扔又是摔的!! 虽然那个男生是我弟弟的说! ┳0┳”

“你对那小子有兴趣? —_—”

“才没有!!”

“那不就行了，还在这 JJWW 干什么?”

事情不是这样的，坏丫头，┳_┳允儿这小妞半分心思都没有放在我身上，泰然自若地对着镜子挤自己脸上的痘痘。

“喂! 头儿! 今天大扫除!! 你去擦擦窗户玻璃!”闽哲气呼呼地一边喊一边向我走来。—_—

“呀! —_—为什么是我擦窗户? 还有啊，什么头儿不头儿的，我是黑社会的吗? 要死了你!! -0-”

“┳0┳是班长让我来叫你擦窗户的!!”我的粗鲁显然吓倒了闽哲，他带着哭腔嚷道。

“—_—^我擦还不行吗?!!! 擦不就行了。”

自从班上那帮家伙知道我往年曾经练过柔道之后，班上所有的重活、惊险活都落到我头上了。韩允儿这个死丫头，你以为你那张脸能当饭吃呀，成天对着镜子挤来挤去，青春痘没挤下几颗，镜子倒可以挂你脸上了，这个不成器的丫头。

好不容易搞定了烦死人的大扫除，我和允儿两人喘着粗气，大汗淋漓地走在放学的路上。终于被我俩幸运地追上了一辆巴士。V_V

“喂，今晚 12 点你出来一趟。”

“干吗? —_—”

一般情况下，这丫头用这种语气对我说话都不是什么好事。

“我哥不是在啤酒店打工吗，可是最近几天他有点事不能去，所以拜托我们临时去顶他几天，反正去不去学校补课对我们来说都无所谓。”

“要去你自己一个人去好了。”

“女孩子一个人去那种地方是很危险的，我们一起去嘛，嗯？”

“不要，干那个一天又挣不了多少钱。”

“可是可以在厨房里偷东西吃啊。”

“几点开始？—_—”

呼……今天又要翻顶楼了，—_—都怪我那个严格又保守的老爸，绝对不同意我晚上外出。—_—回到家洗了个澡，转眼已经到了 5 点 30 分，我用大大的毛巾草草包好身子，乖乖地到厨房去洗堆积如山的碗。好久都没这么早回家了，很少有放学后直接回家的说。

叮铃铃，叮铃铃，叮铃铃 ~!!! 门铃突然响了起来。

“谁啊？妈妈吗？”

当当当当!! 当当当当!! 这下不按门铃，直接改为敲门板了。

“—_—云再光!! 这次你死定了。”

我咬着牙，发挥天才少女惊人怪力，猛的一下拉开门……晕死，我眼珠差点没掉出来，眼前出现的是一个搁在盘上的大西瓜，还有一颗长着一堆乱蓬蓬头发的脑袋，是隔壁的男孩，—_—也是我在游乐园里结下的冤家对头，更是大学路上公开演唱的男生。

“—_—请……请问有什么事？”

“我妈妈让我来把这盘西瓜送给你们。”

男孩嗖的一下递过盘子，上面放着个大西瓜，—_—还是头一次见到有人用盘子盛西瓜来做搬家见面礼的。

“收下了，谢谢你们。”我伸手接过盘子，彬彬有礼地回了一句，该有的客套可不能含糊。

“喔喔唔，-0-好困啊……喔。”男孩拍着嘴，打了个大大的哈欠。

“等等，你不是学生吗？”

“是学生啊，怎么了？0.0”

“你不用去学校补课的吗？O.O”

“—_—嗯，不用。”

“为什么？”

“因为每次睁眼的时候已经下午2点了。—_—”

“—_—所以你就不去了……？”

“对啊。”

“原来这样，—_—谢谢，慢走。”

果然是不招人喜欢的家伙，半点都没有和我搭话的意思。—_—他又大大地打了个哈欠，用不太赞赏的眼光看了我一眼，接着就三两下蹦跶不见了。—_—

晚上妈妈终于回家了，9点多的时候再光和爸爸也回来了，我探头探脑地观察好他们的动静，—_—之后来到鞋柜前，取出我的鞋子，为晚上翻楼顶做准备……就在这时，——

“云净媛！”

嘣咚，我的心猛地跳动了一下。>_<

“呃……呃……？”

“这西瓜是哪来的？”

“啊，这个呀，是隔壁新搬来的那户人家送的。”

“那这个盘子呢？”

“啊，盘子呀，西瓜就是搁在这上面端来的。—_—”

“真的？奇怪的人。那你把这个还过去。”

“什么？”

“我说让你把这个还回去。”妈妈扬了扬手里的盘子。

“妈妈你不能自己去还吗？”

“妈妈很忙，没看见吗？”

“—_—~~~！”

我嘴里不服地嘟嘟嚷嚷着，举着那个花纹奇怪的盘子就向玄关门走去，这时，忽然有人害羞地扯了扯我的手腕。—_—

“又怎么了你，云再光，想干什么？”我十分警惕地看着这个表现异常的弟弟，看他低头含胸，面泛桃花，根本不是他平常的样嘛。

“姐姐，你去隔壁家?”

“是啊，—_—让一边去，看到你的脸我就讨厌。”

“隔壁家的姐姐好漂亮呢！＞_＜”

“啊，是嘛，然后呢?!! —_—^”

“嘻嘻，＞_＜要不要我陪你一起去隔壁还盘子。＞_＜”

“—_—妈妈～～!!! －0－再光说他想擦地!”

“－0－……”

“真的？太好了，再光啊，抹布就在那边，二楼的地板你也一起擦了吧!!!”妈妈十分高兴地说道。

嚇嚇，云再光啊，谁让你撞到我手里呢，我就是见不得你好。—,.—云再光惊了，睁圆了眼珠直溜溜地瞪着我，在他的唾沫星子向我飞来之前，我赶紧脚底抹油溜出了家门。

那小子的家和我们家长得一模一样,我毫不犹豫地按下门铃,可盯了大门老半天就是不见有人来开门,干脆……我轻轻一推门,咦!居然开了,我大胆地冲里迈了几步,—_—溜进了他们的家。

屋里好黑，起居室的灯都关着，萧条冷清的感觉扎得我汗毛都竖起来了，这可不是什么好地方，我匆匆放下盘子，正要往外走，耳朵里突然传来熟悉的声音……音色明澈纯净得不含半点杂质，不过比这更打动人的，是这家伙歌声里饱含的深情……

它不是水♫不是橘子汁♫不是柠檬雪碧♫

我仿佛中了魔一般，抬腿缓缓向歌声传来的二楼走去。—_—楼道里，我小心地推开声音流淌而出的那扇房门，哇哇～!! O_O整间被CD包围的房间，究竟这房里有多少CD啊。房间的一角放着一张白色的大床，那家伙正趴在床上，在一张白色的纸上写着什么，一边写一边唱，—_—真不敢相信，这么好听的歌声只是他趴在床上随随便便唱出来的，打击死我了。

似乎感到了什么动静，那家伙嗖的一下从床上跳下来，抬头看到了我。

“干什么啊？谁啊？”

“不，不是的……我只是来还盘子的，可是听到你正在唱歌。”我居然有种当场被捉包的感觉，一向神经线条粗大的我说话都结结巴巴起来。

“我正在作曲。—_—”那家伙颇有些自豪地说道。

“你房间里CD真多，如果卖了的话，值不少钱吧。-0-”我一边啧啧有声地四处打量，一边感叹着。

“没有一张是我买的。—_—”说起来依旧是一副很自豪的口气。

“那全部是你的爸妈买给你的喽？”

“不是，都是女孩子送给我的。”

“你也有女朋友？—_—”

听到我这话，那家伙似乎有些受伤害。

“我才不和女人交往……”他不屑地撇撇嘴。

“真的？不过看来你很受女孩子欢迎啊，真是很受很受欢迎。”

“除了音乐我什么都不关心，她们问我话，我就回答；送我CD，我就接受。只有很小的时候，我曾经真心喜欢过一个人。”

“是吗，不过我好像没问你这个。—_—”

“—_—从你嘴里好像一般听不到什么好话，你说话很损吧？”

“哈哈哈哈，>_<想死啊你？—_—^”我干笑几声，接着恶霸霸地伸出拳头。

“不想。=_=”

“不想就算了，好好作你的曲吧，你的声音很漂亮，我走了。”

“等等！-0-”

—_—？那家伙忽地跨到我面前挡住了我，咧开大嘴笑得很开心……就这副蠢样还有那么多女孩送CD给他?!!! —_—我看那些女人不是疯了就是眼睛近视了，—_—这种没品的家伙有什么好的。=_=

“听完我刚写的歌再走吧。^_^”

“—_—我不懂欣赏歌曲的。”

“没事，不懂得欣赏也没事，我也没指望过你会懂。”

“—_—^……”

那家伙完全无视我铁青僵硬的表情，开开心心地自顾自唱了起来，不过，这歌词……我听着听着，错愕了起来。—_—

它不是水♫不是橘子汁♫不是柠檬雪碧♫是令人害怕的恐龙可乐♫从那天起我不再喝可乐 -0- 谁都有自己可怕的记忆，湿乎乎的校服，啊啊，黏糊糊的校服，我穿着可怕的校服从游乐园回来♫这是我人生中最恶的记忆，那里是我人生中最恶的场所♫Oh，oh，我讨厌游乐园!! 我讨厌可乐!! 我更讨厌湿乎乎黏糊糊的校服♫可是，可是，更让我感到可恶的是你♫会喷火的小恐龙♫会喷出热腾腾火焰的小恐龙头♫♫

-0-…… -0-……

3

那家伙盯着我吃惊不已的脸，露出一脸高深莫测的表情。

“-0-……”

“你怎么了?”

“这，这首歌真好听。-0-”

“不错吧? ^_^名字就叫做《可怕的恐龙头》。”

“看……看来这首歌有来历的啊? -0-”

“嗯，还是第一次有人敢向我泼可乐，我想以后也不会有了，而且居然还是个女人，你说我怎么忘得了。—_—^”

“哈，哈，是啊，是忘不了，真是很奇特的经历啊。-0- 我该走了，我真的该走了。”

“—_—你笑得真假。”

“—_—是吗，那对不起了。”

“我又不会抓住你不放，你走吧。—_—^”

“—_—谢谢了，我感动得眼泪都快出来了……再见。”

>_<我压住狂跳不已的心脏，努力让自己镇定下来，就在我

抓住房门手柄的那一刹那，那个可怕的家伙突然一下抓住我的手腕，嚇~!! -0-我头上刷刷直冒冷汗，天啊，他想杀死我吗? ┬0┬

“这双眼睛好像在哪儿看见过……O_O”

不会吧~~!! 这样你都能认出来，惟一露在恐龙头套外的一双眼睛……—_—

“啊哈哈哈哈！这双眼睛有什么稀奇，满大街都是，太普通了嘛!!”

我使劲想甩开那个家伙的手，可是远比看上去的费劲，┬_┬更为可怕的是，那家伙突然把脸埋进我的肩颈，吸着鼻子四处嗅来嗅去。

“呀呀!! 你在做什么啊！ -0-”

“不会呀，第一次闻到这个味道呀，怎么会觉得在哪儿闻过呢?”

“—_—你靠味道记忆人吗?”

“嗯。O_O”

“你究竟是人还是狗啊？—_—”

那家伙没有吱声，只是默默地放开紧抓住我的手。

“我走了，谢谢你的歌。”

“嗯，好走。”那家伙懒洋洋地冲我挥挥手，又开始哼起他那《可怕的恐龙头》。

妈呀，居然有这么恐怖的鼻子，惟恐他的鼻子又记起什么，我一扭一扭大踏步地离开这个阴森的家……呼~!! 真是差点死掉，┬_┬仅凭味道就能记住人的家伙，┬_┬这人还不是普通的神唉，不过，那家伙用的是什么牌子的香波啊？真的好好闻。

我回到家，刚上二楼就看见再光捏着一块抹布蹲在墙角打手机，—_—此时不走更待何时，他打手机可是我溜到楼顶的好时机，否则粘住我又得没完没了。想到这，我拿起鞋，蹑手蹑脚地向楼顶走去。这时，只听再光在那头十二分烦躁地说道：

“NND，打一通电话之后就不联系是我的魅力，懂不懂？谁说讨厌你了？说了不是那样的嘛~~我要学习了，ㅜ0ㅜ电话挂了。”

真像个疯子，—_—这年头只要是男生都有人喜欢吗?！我偷偷摸摸好不容易爬到楼顶，正打算往外翻，忽然眼见着一个烟头向我亲爱的花盆飞了过来，—_—我飞快地转移视线搜索那个祸害我小花的凶手，果不其然，是那个坏小子，他正泰然自若地立在自家楼顶上，无所谓地耸肩看着我。—_—

“—_—^你，你，这么说这几天，一直朝我的花盆里扔烟头的人是你!！~你说啊!！啊……唔！-0-”我猛地捂住自己的嘴，不行，不能叫得这么大声，会被爸、妈，还有再光听见的。ㅜ_ㅜ苦啊我，什么叫有苦难言。

“没错，就是我。”

“—_—^想死你也不用这么着急吧，存心找死啊你。”

“我就是喜欢这样怎么样？-0-”那小子不知搭错哪根筋了，突然急了，梗直脖子冲我大声嚷道。

“—_—知道了，知道了，镇定点，镇定点，算了，这次我就放过你，行不行？就当我刚才什么都没看见!！”

“你要去哪儿啊？^_^”那家伙显然看出了我的不轨企图，马上变脸笑眯眯地看着我。

“你问这么多干吗？-0-”

“大婶~~婶!!!”

“喂!！-0-知道了，对不起，嘘，嘘，ㅜ0ㅜ我去见我朋友，行了吗?”

“那为什么要翻楼顶？O.O”

我要晕了，这小子问题还真是多。

“我爸晚上不让我出去。—_—^问够了没你，我真的要赶快走了。”

那家伙睁圆了眼，用诡异的表情看着我，上次我戴着恐龙头套的时候他也曾经用这种表情看过我，霎时间，我心中升起一股不祥的预感。

“可不可以帮我做事？O.O”

“当然不可以!! ┬0┬”

我要疯了，真的要疯了，我惹上了一条鼻涕虫不成，他一定是老天爷派来整我的。

“我的电吉他真的好重好重……O.O”

我莫名其妙，他突然提他的电吉他干什么。

“所以，┬_┬所以你想怎么样？┬_┬”

“每天放学之后背着它去练习室，真的是好辛苦啊。O_O”

“—_—^臭小子，所以你想怎么样，你把它放在你的练习室里不就可以了。┬0┬”

“可是我必须在家里也练，练习室里也练啊！”

“说出你的重点好了。—_—^”

“帮我背电吉他，就一个礼拜。O_O”

-0-什么……什么……世上竟有这等厚脸皮的人，如此强人所难的不平等条约他这么随随便便就说出来了，还一副理所当然的样子看着我，呸~呸~！我会签这种丧权辱国的条约才怪!!!

“—_—你不是说喜欢你的女生可以用卡车装，让那些丫头帮你背不就行了。”

“谁让那些女人都喜欢我，我就更不能和她们在一起了，否则烦都要被烦死了。O_O”

“—_—……”

“作为报答，我可以伸手拉你一把。^O^”

如果这小子就站在我面前，我保证啪的一下拧歪他的脖子，狠狠摔他个大马趴，让他老老实实地待到下面和云再光一起擦地去……就在我百感交集，┬_┬进行激烈的思想斗争的时候，那小子悠悠然地又掏出一支烟，点上火。—_—

“好，我帮你背一个礼拜的吉他，不过你要保证，以后再也不冲我的花盆里扔烟头了。┬0┬”想归想，形势逼人，这丧权辱国的条约我多半是要签了，谁让人家掌握着主动权呢。

“嗯嗯。^_^”

“┬_┬别妄想我会好声好气对你，知不知道？┬_┬”

“嗯嗯。^__^”

真搞不懂他为什么还可以这么开心……气死我了，气得我两腿直哆嗦，我火大地手脚并用翻下楼顶，什么可以打工赚钱，什么可以偷吃下酒菜，┬__┬赚了钱又怎么样，吃了东西又怎么样，这些换得回我一个礼拜的尊严吗……我越想越呕，越想越不值得。我刚在地上站定，正准备远行，那个杀千刀该用雷劈的小鬼头突然冲我大声喊道：

“我的名字叫成隐葵！再见!! 搬运工!! 走好啊，再见!!!”

咱们走着瞧~!!! 打完工后见，┬__┬还有上次游乐园的账，你等着，总有一天我会捏碎你的脑袋，新账旧账一并了结。┬^┬

4

#当天晚上，啤酒店。

乓乓~!!

杯子没碎真是奇迹，我叮零哐啷往桌上放着啤酒瓶和水杯，允儿见状，凑过身来小心地询问着我。—__—

“怎么了你，出什么事了，我的朋友？是因为我逼着你来，所以你生气了？是这样子吗？”

每当允儿有些心虚的时候，她都会亲昵地唤我为“我的朋友”。

“是用刀把他砍死比较痛呢?!! 还是用手掐死他比较痛?!!! 真是难以抉择，要不干脆直接把他从楼顶上推下去，神不知鬼不觉，你说是不是？—__—”

“疯了你？—__—”

“没有。—__—”

“允儿啊，过来搬一下箱子!!”老板娘冲我们这头大声喊道，允儿不着痕迹地避开我，屁颠颠地跑了过去（她谎报年纪，骗老板娘说自己已经满二十了）。—__—已经凌晨3点了，没什么客人，我百无聊赖地捞着碟子里的炸薯条，真是的，就剩这么点下酒菜了。可就这么点菜还被老板娘发现了，受了一堆卫生眼不说，还被她狠狠警告了一通。就这样，我多灾多难的第一天打工总算结束了，我和允儿一起离开了啤酒店。

“喂，老板娘要我们明天早点过来，10 点开始，你没问题吧？”

“太早了吧，爸妈要是跑到我房间里来，我就死定了。┬┬_┬┬”

“你在被子下面塞个东西，装作你已经睡了不就成了，你对这种事不是很在行嘛。”

“呼～！不知道啦。”

我和允儿在巷子口分手，来到自家的屋下，脱掉鞋子，眼看就要顺利抵达我家的楼顶，—_—嚇～!! 那是个什么怪物蹲坐在楼顶上?!! 可惜他不是怪物，而是我那小老弟再光，他俯视着我，嘴巴笑得差点没裂开。该死!! ┬┬0┬┬大事不好了!!! ┬┬0┬┬那家伙平常总是光着身子，穿着条短裤就到处乱晃，今天可倒好，穿戴得整整齐齐，—_—准是考虑到隔壁那位漂亮姐姐。—_—

“我说净媛啊～!!! >O<你这是打哪儿回啊？（语气活像宫里的太监似的。—_—）>O<”

小子，你可别乐坏了，小心摔下去!!!!

“刚才我错了，再光啊。┬┬_┬┬”

“你很怕我对不对？>O<”

“是啊是啊，所以拜托你闭上嘴，安静点。┬┬_┬┬”

“好了，要不要我们来首姐弟同心大合唱啊，叫我们的爸爸妈妈出来？>O<”

“你到底想怎么样!! ┬┬_┬┬”

“接受我介绍的平八哥。-0-”

“平八哥？—_—你还是大声叫爸妈得了。”

所谓的平八哥，就是和云再光一起练柔道的兄弟，他今年一十有九，强壮得，强壮得……怎么说呢，总之让我感到有负担就是了。—_—

“真的要？”

“是啊，—_—咱们走着瞧，我要是被老爸收拾了，你也没好下场。”

“爸爸今天心情非常不好，—__—刚才在电话里和咱们学院隔壁的剑道学院馆长大吵了一顿，能砸的东西都被他砸了，妈妈痛骂了他一顿。”

“不会这么丧吧，他该不会真的要谋杀亲女？ㅜㅜ__ㅜㅜ”

“如果你不想这样就乖乖接受，-0-平八哥多好啊，他那么爱姐姐。”

“如果你是女人的话，你会接受那个家伙吗?! ㅜㅜ0ㅜㅜ”

“这样啊？你还是不肯接受？明白了，^__^你等着，我这就去叫爸爸，有什么话你和爸爸好好沟通一下吧。^O^”

再光转身就朝顶楼的楼门走去。

“喂……等……等等，你等等!! 死云再光!! 臭云再光!! 肮脏卑鄙的小子!! ㅜㅜ__ㅜㅜ好啦，我答应和他见面，不过就见一天，如果你还想发羊癫风威胁我什么，你们两个都等着受死好了!! ㅜㅜ__ㅜㅜ”

“^O^最爱你了姐姐。”

如果天下的男人都像你和成隐葵，那我还是和平八结婚好了。ㅜㅜ^ㅜㅜ

啦啦啦~~!!! 再光愉快地哼着小曲朝门内走去，等他走远之后，我才完全爬到楼顶上来。

“噢嘞哩~噢嘞哩!! 平八和净媛♬噢嘞哩~噢嘞哩♬平八和净媛♬”

我含着泪花，朝不远处望去，除了成隐葵那个缺德鬼还会有谁，他轻松自在地跨坐在顶楼护栏上，膝盖上放着一只小狗，一边抚摸着小狗一边自得其乐地唱着歌。—__—

“我发起火来很可怕的，你最好马上给我闭嘴。—__—^”

“明天3点到安贤高中正门来。-0-”

“—__—练习室不远吧？还有啊，说好就一周的时间……嗷嗷呜呜！ㅜㅜ__ㅜㅜ”

想想就悲从中来，扔下还在那儿自说自话的家伙，我大踏步向家里走去。

当晚，我在床上翻来覆去就是睡不着，好久都没睡得这么惨了。—_—

第二天，因为昨晚打工实在是太累了，直到下午2点我才勉勉强强睁开眼睛。

“妈呀!! 都已经2点了!!”

刚睁开眼我就看见自己房间的天花板上，魔术般地写上了一行字。——

“净媛啊，知道安贤高旁边的橘子咖啡厅吧？记得4点到那儿去啊，平八哥会在那儿欢迎你的!”

“呀呀呀呀!!! 这个兔崽子，又在天花板上乱写乱画!! -0-总有一天我要剥掉他一层皮!”我癫狂地在床上乱蹦跶了一阵。

耍了一顿泼皮之后，我肚子也饿了，—_—随便在桌子上找了一堆吃的，披上一件小棉T就出门了。—_—这么快就2点20分了！迟到一会儿他不会对我怎么样吧，4点约我在橘子咖啡厅见面，应该来得及帮那小子搬吉他，—_—^为什么偏偏是安贤高中的旁边呢。等等……平八也是，平八也是安贤高中的学生!! —_—没错，就这么办，想到这儿我简直眉飞色舞，-0-平八这种资源不善加利用简直是浪费了，我一定要好好撺掇一下平八，让他帮我教训成隐葵那小子一顿（平八可是柔道三段)!! >O<呀嚯呀嚯，我一下来了精神，扭着屁股，加快步伐向安贤高中冲去。

5

#安贤高大门口。

3点钟早就过了，那个家伙怎么还没出来啊，该不会是见我迟到了，一生气就走了吧？拜托，千万不会是这样吧？-0-喔喔，-0-我看我还是离开算了，到时候就来个恶人先告状，反咬一口，说来了没看见他……

想到这，在见到成隐葵那颗大脑袋之前，我转过身，冲不远处的橘子咖啡厅走去。就在这时，一声熟悉的声音洪亮地响起，我的脸立刻皱成了苦瓜。

“是净媛吗？净媛!!”平八手上仿佛提着两袋大米似的，硕大的身躯，吭哧吭哧老远就冲我平移过来，身上纠结的肌肉随着他奔跑的动作上下起伏。我紧张地咽了咽唾沫，虽然已经见过多次，可见到如此庞大的体形，我依旧会有压迫感。

“-0-……啊，是……是，你不跑这么急也没关系的。—_—”

“好！好！好久不见了!”那家伙瓮声瓮气地说道，脸红彤彤的。

“啊，是，是啊。—_—”

平八可能不知道接下来该说些什么，怔怔地盯着空气发呆。

“听到再光说你想见我，我不知道有多吃惊！不管怎么说，很高兴你愿意见我！谢谢!”平八终于找回了他的镇定。

一个个学生从校门口经过，每人都一脸新奇地看着我俩。

“先不要说了，我们找个地方坐坐吧!”

“嗯，嗯，—_—我肚子饿了，你要请客。”这个提议我还是很赞同的。

“呵呵，-0-那有什么问题！你难得来找我一次!! 一顿饭算什么!! 你想吃多少顿我都请!”

不是难得来找你一次，是我从来都没有找过你，这个搞不清楚状况的家伙。—_—平八很自然地就把手搭上我的肩，我凶巴巴地一掌劈开了那只讨厌的毛手。

“喂，对了，平八。”

“嗯?”

“—_—你把声音放低点，你们学校有个叫成隐……”

妈呀，-0-那是什么鬼东东？远处有个不明物体摇摇晃晃地向我们这边靠来，阳光洒了它满身……—_—我终于发现，物体下面还有一个人，是那个臭小子，他神采飞扬，仿佛背了一身的阳光，虽然头发湿淋淋的仿佛刚从水里捞出来，可我从没见他笑得如此耀眼过。他大步朝校门口奔来，看见我，停住了。—_—

“呃？搬运工你来了！”

“你跑到哪儿去了?!! 怎么弄得像只掉到水池里的笨狗一样。=_= ”

平八有些吃惊，他火辣辣的目光来回看着我和成隐葵。接着，一个好似成隐葵朋友的家伙也吭哧吭哧跟在他后面，停在了我们面前，他手里也拿着个白铁罐，只不过比成隐葵身上的小很多，一看就知道是在玩幼稚的铁罐装水游戏。—_—

“这丫头是谁?”那家伙的朋友伸出手指弹了弹他湿乎乎的头发。

“嗯，住我家隔壁的丫头，来给我背吉他的。”

“ -0 -啊 ~!! 就是她?!! 长得还行啊! O_O”

—_—^兔崽子，你有什么资格对我评头论足。

“是吗?! 你长得可一点都不行。—_—”我瓮声瓮气地盯着他说道。

那小子听完我的话受刺激不小，—_—一时收声，只能死盯盯地看着我。

“喂，成隐葵，你认识净媛吗?”

面对平八的提问，成隐葵皱了皱眉头，似乎不怎么情愿地点了点头。

“（摇着脑袋）冬勋，你去教室把我的吉他和书包拿来，O_O我介绍我姐给你认识。^O^”

“好啊!! -0 -”成隐葵的朋友嗖地钻进了学校。—_—

“喂，你怎么认识净媛的?”平八满脸警惕地看着成隐葵，把我藏到他身后。—_—这小子疯了吗？—_—^

“她是我的搬运工，把她还给我。 -0 -”

晕 ~!! 我哪点看起来像他的了?!!! =_= 那家伙突然紧抓住我的手腕，把我死死往自己身边拖，—_—平八见状也急了，他脸涨得通红，毫不示弱地抓起我另一只手腕，拼了老命把我往自己怀里拉。

“除了这个女人你还有很多女人，=0=可是我只有她一个啊!

=0=”

就这样，这两个混账东西居然一人占领了我一只胳膊，一左一右展开了拉锯战。我受不了了，怒目圆睁，扯着嗓子高喊道：

“在我数到三之前，你们再不放手，我保证你们，一定会很后悔，很后悔！ =0=”

平八吓了一跳，首先放开了我的胳膊，毫不意外地，我身体失去平衡，莽莽撞撞地向成隐葵怀里倒去。 -0-

6

成隐葵一阵紧张，抱着我不知该如何是好。

啊!! 好讨厌，我脸好像红了（过了十九年冰清玉洁的日子，我还是第一次被男生抱在怀里！—_—）我飞快地从那家伙怀里挣脱出来，咆哮得像头母狮子一样，用大嚷大叫掩饰自己的羞涩。

“你们俩究竟想怎么样!! 搞什么飞机呀！我是东西吗?! -0-干吗抓着人家的手推来揉去！ -0-还有啊！你，金平八!! 这样的小角色你都不能摆平，你柔道三段是纸糊的呀!! 你还学柔道干什么！ -0-干什么！ -0-”

平八闻言张皇不已，低着头不作声，倒是成隐葵那小子，啊哈哈哈哈~!!! 仰天长笑，笑声三分钟都没打住，接着他神色一正，表情一百八十度大转弯，一本正经地对着我说道：

“搬运工，不知道吧，我赢过这小子。”

“……”

我顿时语塞，睁着眼，小心地比较起这两个家伙的块头来……平八有些不太自在，避开我再三审视的眼，低头冲地上吐了几口唾沫，用脚抹掉。—_—

“什么，你说真的？金平八，你输过这小子？嗯？这是真的?”

“NND，那只是因为这小子比我更早开始练柔道的。可是你知道的，我打架很厉害的。”

“知道什么啊！ -0-你是我爸道场的耻辱！ =0=你还是趁早放弃得了！ -0-”

平八掩着脸，似乎在努力克制自己的怒气，就在这时，成隐葵那个笑呵呵朋友背着他的书包和吉他出来了，成隐葵倒是干脆，直接把吉他递给我。

“干吗？”

“走吧，我要迟到了，冬勋，明天学校见！平八，再见了!!^_^”成隐葵提着他那个空书包率先朝前走去。

看到平八那副窝囊相我就生气，我一声悲鸣，含着泪，跺跺脚，转身跟在成隐葵身后走了。满心指望那个家伙能好好打压一下成隐葵的嚣张气焰，他倒好，我还没开始做梦呢他就劈头泼我一盆冷水，ㅜ_ㅜ难道说真要我亲自动手摆平这家伙。ㅜ_ㅜ这该死的吉他到底是用啥东东造的啊……这么重!!! -0-踏踏踏踏！离开了安贤高中，那小子忽然良心发现，放慢步伐走在我身边。

“很重吧？ -0-”

我不会天真地以为他这么问就会伸手援助我。ㅜ_ㅜ

“—_—你平常也有练柔道？”

“嗯。O_O”

“—_—^不好好唱自己的歌搞什么柔道，你不是说你只对唱歌有兴趣吗?!!”

“看到你我突然想起了一首歌，O_O要我唱给你听吗？”

“不要唱！ -0-”

“偏要，我就要唱。—_—”

“说了让你不要唱嘛!!! —_—^你那该死的练习室究竟在哪儿!”

“歌名就叫《一只背着吉他的猪》!”

“想让我把你的吉他摔给你看吗！ㅜ0ㅜ”

那家伙根本无视我的威胁和时不时的暴力举动，一路兴致勃勃地唱着他即兴谱曲的《一只背着吉他的猪》，—_—我可怜的耳朵啊，惨遭荼毒……虽然也曾闪过把这把吉他砸到他身上的想法，可想想我家还说不上富裕，更不能说是有钱人……—_—好一会儿之后，我俩终于在一栋黄颜色的建筑物前停了下来。

“就是这儿吗（小命去了半条，我只剩下喘气的份了）？—__—”

“嗯，不过你打人真的好痛啊。O_O”

“不痛怎么叫打人。—__—”

“哈哈，> O < 真可爱。”

“什么……？”我几乎要疑心自己的耳朵，就在这当口，那家伙忽然粗暴地抓起我的手臂，拼了命地把我往里拖。

“喂，干什么呀你！我不都已经拿到这儿来了吗！！干吗还要拽我进去！”

“你要帮我背到里面去！”

“放手啦，干什么啊你！”

看来这小子真的是个练家子，力气大得出奇，┬__┬他制住我的反抗，拖着我向地下一层的练习室走去。昏黑的练习室，角落里堆满了乐器，好陌生的风景。里面一个看上去二十出头、衣着奇特的女人百无聊赖地抚着电子琴键盘，另一个男生躺在沙发上，不知和谁通着电话，开心地不时昂头大笑，奇怪，这声音怎么这么熟悉。我的出现引起一阵骚动，两个人不由自主地回过头来。

“云净媛……”男生吃惊地从沙发上直起身子，皱眉看着我。该死的，为什么在这种地方，为什么偏偏是他……我把吉他重重往地上一放，推开成隐葵，疯了似的朝练习室外跑去。

我一口气跑回家里。

7

-我不认识那样的家伙。

-真的？那我怎么打都没关系了？

-哼，只要不打死她就行。

-哟哟，江西苑，今天才发现你原来这么残忍啊！

-我先出去了，你们看着办，这丫头脾气硬得很，哈哈。

我记忆中最最黑暗的一天，回家的一路上，那天的对话如梦魇一般不断在我脑海中盘旋，一点一点侵入我心扉，一点一点把我击垮。不要这样，云净媛，你为什么要学习武术，加油啊!! 云净媛!坚强点!

打开玄关门，家里果然一个人都没有，一_一呜呜，ㅜ_ㅜ肩膀好痛。我从冰箱里翻出一堆吃的，把自己喂得饱饱的，一_一然后就躺在床上等着睡神造访。时间不知过了多久，就在我迷迷瞪瞪、半睡半醒的时候，一_一突然觉得有人使劲拍了一下我的肩膀。

"啊啊…… -0 - 啊啊啊啊。>O<"

妈呀!!! OOO 某人鬼森森地站在我床头，捏住我的肩膀……定睛一看，是云再光那个臭小子，脸上贴着好几个创可贴。一_一

"你疯了? -0 - 干什么你! 干什么这样!"

"都怪你，我被平八揍了一顿! ㅜ0ㅜ你到底对平八说什么了?"

"一_一^那个垃圾东西，一点用都没有，就会欺负弱小，他打你了?!"

"是啊!!! -0 -"再光撅着嘴，大声答道。

我用尽全身的气力推开他，一_一艰难地支撑起身体，看着骂骂咧咧的弟弟，第一次觉得这小子看起来有些可怜。一_一

"怎么这么没用你，只会等着挨打吗?!! 你也打啊!"

"你敢打前辈吗? -0 -"

"那小子又不是你们学校的，怕什么，该还手就还手好了!"

"哎呀，不知道啦! 脸可是我的生命呀，现在好了，落下伤疤了!! 将来我该怎么活，该怎么活下去啊! -0 -"

"把你房间里的镜子砸掉不就行了，-0 - 再说你长得也不漂亮!"

"我这张脸在学校可是数一数二的! -0 - 你以为是你啊?!!"

"什么你啊你的! 你多大了，对你老姐就这么说话吗? -0 -"

"我十八岁了，怎么样!"

"哎哟! 真是幼稚啊你! 我都懒得打你。呀呀呀! 幼稚的东西! 让开! 小痞子! -0 -"我大力推开云再光，拾过自己的衣服，开

始穿上。

“MD。”云再光摸了摸我淤青的肩膀。—__—

“楼顶的门不要锁，我大概3点左右回来。”

“又出去？—__—^”

“是啊！ -0-怎么样！打工赚了钱我也不给你买东西！”

“去吧去吧，总有一天老爸会抓到你。”

“和你无关！ -0-”

我悄悄摸到顶层，推开门，—__—忽然听到一层传来一阵哐当哐当的声音，—__—楼下厨房在施工吗？不过也不错了，不用担心被捉到，我三步并作两步翻下顶楼。外面淅淅沥沥下起了小雨，没见到那个家伙，不知道又跑哪儿疯玩去了。-0-

我踢踢踏踏跑到巷口，迎面却见到了那个家伙，虽然隔着老远，我依旧能一眼认出他，现在是9点45分，他背着那把大吉他，看上去好累。他也看见了我，盯着我看了好一会儿，之后，他吐掉了嘴里的香烟，面无表情地从我身边经过。

“不要哭。”

“什么？”我的身形猛地顿住。

“我让你不要哭。”

“哈， -0-你这小子又瞎说什么，我什么时候哭了！”

“刚才。”

“刚才我什么时候？”我死撑着嘴硬。

“跑走的时候。”

“喂！一定是你眼睛出了问题看错了！我才没有哭！”

“好吧，你没有哭。我还是要对你说不要哭。”

“真是要疯了！—__—刚才只是，刚才只是……打工要迟到了，我走了！”

那家伙咧嘴一笑，冲我露出白白的牙齿。—__—该死的，好丢脸，从没觉得这么丢脸过！ -0-我匆匆忙忙转过身，好似竞走一般大踏步快速前进。那家伙在我身后，突然轻轻地小声哼起了歌。

无论是寂寞或忧伤♬我拒绝哭泣♬忍耐忍耐再忍耐♬泪水请你离开我♬

“－0－咦？歌词好像有点不对劲，0.0‘忍耐’唱四次好像比较押韵。嗒，嗒，嗒，嗒，一，二，三，四。”

这小子肯定脑袋进水了?! ┳0┳我脚下的步伐迈得更快了。

#啤酒店。

“受不了你了，你猪仙投胎啊，－0－吃这么多也不怕撑死你!!! 不要再偷吃下酒菜了，被老板娘抓到可不是好玩的!! ┳0┳你真想被开掉啊!!”允儿急得直跺脚。

“喵呜喵呜，好吃好吃。”

就在我和允儿互相磨蹭，拉扯不休的当儿，酒吧的门忽然被推开了，一位闪着光的女人走了进来，这个女人，我并不陌生，她满头如丝绸般柔滑的褐色直发在空中飘逸，引人遐思，猫般的眼睛妩媚且闪着钻石般的光芒!! 她，所有的一切一切都是我的梦想！这个女人，正是成隐葵的姐姐。－0－

“哇，我的天，太漂亮了，你说是不是?”允儿也看呆了，在我身边大呼小叫。

素颜姐身边还有一位看上去很有钱的高个子男人，二十大几，长得平凡无奇，让人不会有想看第二眼的欲望。他们在酒吧中间的一张桌子旁坐下，顺手拿起了桌上的菜单。—_—

“住我家隔壁的姐姐。－0－”

“—_—再光准定又盯上她了吧。”

“嗯，嘻嘻，如果他知道这位姐姐已经有男朋友了，他又该伤心了。－0－回家我得好好开导开导他。”

今天打工还算顺利，无痛无灾地结束了，可是从酒吧出来，发现外面的雨可不是闹着玩的，瓢泼似的打得人睁不开眼。－0－

“妈呀，这么大雨，我们打车好了。”

“嗯。啊！那边有一辆过来了，你先坐吧！”

"你呢?"

"我坐下一辆不就好了。^_^"

"好吧!明天早上我再给你电话! >O<那我就先走了!对不起!"

这丫头也算朋友，她头也不回地跳上那辆计程车走了，—_—直到计程车开走之后，我才猛地发现我口袋里一分钱都没有。哇啊啊啊!! 惨了，惨了，┬0┬这下该怎么办?! 我还从来没为这种事操过心呢。我欲哭无泪，只能咬咬牙，卷起裤脚就向大雨中冲去。就在我以光速冲到我家巷子口的时候，突然发现远处某位无聊人士站在大雨中，他举着一把大大的黑雨伞，不时旋转着伞柄激起一堆水雾。这么晚还在这儿嬉戏雨水，他有病啊!!!! —_—

8

黑雨伞渐渐向我靠近，妈呀~! 我吓得身子后退一步，—_—黑雨伞居然嗖的一声向我头顶伸来，我微微仰起头。

"喂，成隐葵，干什么啊你…… -0-"

那家伙一句话没有，一步一步朝我家的方向走去。

"哈哈哈，>O<吃错药了你!该不会是担心我淋到雨，特意跑到这儿来等我吧?哎哟哟，笑死我了，你真是太可爱了，哎哟哟，我牙笑得好疼!"

"你爸、你妈现在在顶楼上修楼梯，你不要爬上去。—_—"

"……?你就是为了告诉我这个才跑出来的?—_—"

"嗯!"

"-0-什么啊?你这位大叔不是说对女人没兴趣吗?!!!! 原来你只是说说，假装纯情啊。"我大吃一惊。

成隐葵皱起左侧的眉头。—_—

"我对你没兴趣。—_—"

"那你为什么来接我?不是因为担心我才来的吗? -0-"这下我可得意了，证据确凿，他还敢狡赖。

"家里一个人都没有，怪无聊的，所以我才出来的。"

“切~~！-0-别好笑了你！喜欢就直说嘛！我不会介意的，说什么除了音乐什么都不关心，假模假样的。”

“看见你我就有谱曲的灵感。”

“这算好话吧？—_—”

“不算。—_—”

“是吗？—_—”

就这样，我们好一阵子谁都没有说话，默默地走着。

“为什么不问？”

“什么？”

“我从你们练习室里突然跑出来的理由。”

“你哭了不是吗，那当然就是伤心了，问了你岂不是更伤心了。”

“我说了我没哭!!!”

那家伙扑哧一声笑了出来。^_^

“是，你没哭。^_^”

“—_—^我没哭，我怎么有可能哭，要想看到我的眼泪，比见到外星人还困难。”

“如果我把你弄哭了呢？”

“什么？”

“我们要不要打赌，十天之内，我绝对能把你弄哭。”

“如果我没有哭呢？”

“我答应你一个要求。^_^”

“那要是哭了呢……？”

“还没想好，—_—到时候再说吧。”

“我们要不要拉钩钩？”

“嗯，嗯。”那家伙志得意满，连连点头，好像已经胜券在握似的。

嚯哈哈哈哈！=0=鹿死谁手还不一定呢……你死定了，看你到时候怎么求我，我要折磨你，折磨得你求生不能，求死不得，嚯哈哈哈哈，嚯哈哈哈哈……

“喂，老子都发话了。还不快老老实实把钱交出来。”

“真的没有了，全部都在这儿了，真的没有了。”

这又是什么？我顺着声音的方向转过头去，只见一个十七八岁的小混混抵着一个中学生，学生正在苦苦哀求他。

“喂喂，你看那边，那边。”

隐葵那小子似乎半分都不关心，步伐丝毫没有停下来的意思（不知什么时候已改口称他隐葵了—__—）。

“喂！我叫你看那边啦!!! 我们应该过去帮他!”

“为什么?”

“什么？ -0-难道我们就这样坐视不理，就这么没事人似的从他们身边路过?”

“我没兴趣。O.O”

“—__—你这家伙真没人性!”我愤愤地说道，就差没骂他畜生了。

“嗯。O_O”

“—__—算了，你先走吧，让你先走你就先走，不要多说了！喂！臭小子，你在干什么！ -0-”为了救那个处于险境的中学生，我甩开膀子大踏步向他们走去。

成隐葵那小子也真听话，踏踏踏踏!!! 头也不回地朝家里走去。 -0-这个残忍的人。

把那个小混混摔到地上爬不起来只用了我八分钟的时间。—__—初中生连连弯腰鞠躬对我说谢谢。

“啊哈哈哈哈！ -0-这没什么的，没什么，这种小事不值一提。以后不要这么晚在外面走了，知道了吗?!!”

回到家，坐着越想越生气。—__—成隐葵，刚才还差点认为你是好人，结果呢……在这个世界上我最讨厌没有人情味的人了……

我支起猫爪，踩着猫步，小小心心，蹑手蹑脚地摸到云再光房间，用黑色的记号笔在他房间的天花板上写下几个大得不能再大的大字之后，我这才心安理得地回到房间睡了觉。

嚯哈哈哈哈!!! 隔壁的美女姐姐有男朋友了，非常非常之帅，你见到肯定羞愧得无地自容，只有钻桌子逃跑的份。好了，要不要我给你准备份胃药啊？OK，晚安，做个好梦。>O<

#八个小时之后。

“都这么大个人了！死丫头！还这么喜欢在天花板上乱写乱画?!”

“没有啦。—_—”

“什么隔壁的美女姐姐？你就是欠你老爸一顿揍，必须老爸收拾你一下，你才能老实点!”

“我错了。┬_┬”我哭丧着脸，可怜兮兮地说道。

云再光，你这个天下第一狡猾的家伙。┬0┬奸诈之徒!!! ┬^┬一大清早还没睁眼，—_—我就被劈头盖脸地骂了一顿。为了显示自己的不屈，我充满反抗精神地没有吃早餐和午饭。饿了两顿之后，我前胸贴后背地走出了家门，为了帮那个没人性的成隐葵背吉他。

只剩下六天了，六天，今天熬过去之后，只剩下五天了，┬_┬我勇敢地蹲在安贤高中门前，等着那个家伙。平八不会好巧不巧地在这个时候出现吧，我微微有点害怕，受了昨天的刺激和打击，—_—那小子会不会揍我?

这时，地上突然出现几个黑影，我脑海中腾地升起一种不祥的预感。

“呀，这不是云净媛吗?”

“真的吗？喂，你把头抬起来一下，快点。”

这声音，这又是谁啊……我双眼闪着火苗，缓缓抬起头来，从地上站了起来。

9

“哟？真的是她！嘎嘎嘎嘎。>O<看起来很不错啊，没伤胳膊没伤腿的，那时候可是被我们揍得爬不起来呢，嘎嘎嘎嘎。”那

个疯女人猛地伸手握住我的脸。

“滚开，趁我发火之前。”我一把甩开她的手。

那帮家伙闻言嘎嘎嘎嘎笑得更欢了，她们一共四个人……和那时一模一样的组合，我想忘记的，我真的不想记住这几张丑恶的脸，可是……我全身剧烈地颤抖起来，害怕？—__—ˆ不！是复仇的火焰在我胸膛中燃烧。

“◎#￥%#什么时候力气变这么大了，嗯？练了吧你？要不是吃了什么大力再生丸？嗯？”那女人又伸手推了推我的脸。我记得她的，她们当中最最歹毒的一个女人，围攻殴打我的那一天，就数她踩得最带劲，最开心。

“想找死吗你们？—__—”

似乎觉得我的话很可笑，那几个坏丫头冷哼几下，JJWW 笑成一团。

“啊哈哈哈哈。＞_＜喂！你们听到没?！云净媛，看来你比我们更想找死啊！笑死我了，笑死我了，哈哈哈哈。”

“不会是那时候太受伤，被西苑伤害得太深，所以脑筋变得有点不正常了吧？啊?”

女人 1 说完，笑得全身膘肉狂抖，手简直没地搁，—__—我利落地架住女人 1 的手，呼啦呼啦抡了个大满贯。

“妈呀呀呀呀！＞_＜”

剩下三个女人都被吓住了，大睁着眼，一动不敢动（实在太讨厌她们了，连名字都懒得叫），—__—女人 1 抱着手臂，痛苦地在地上滚来滚去。

过了半晌，吓破了胆的她们中总算有一个下了很大的决心，呜哇哇叫着就向我冲了过来……

“呀呀呀呀呀呀！－0－啊啊啊～～！”

冲锋陷阵声还没结束，很快就被惨叫代替，女人 2 躺在了女人 1 身边，痛苦地呻吟着，—__—女人 3 和 4 吓得连退好几步，我使出最大的努力，露出平生最最狰狞的表情，一步一步缓缓向她们走去。这时，就在我用力地拽住女人 3 的时候，——

“啊！美莲啊！你这是怎么了！”一个虎背熊腰的小子打雷似的喊着，快步跑到了躺在地上的女人1身边。他心疼地扶起了在地上滚来滚去的女人1，同样的安贤高校服，看样子是这个女人的男朋友。—_—

“呜呜呜呜呜呜！┬0┬占贤，那个女人，那个女人，她打断了我的胳膊！┬0┬”

“什么？是谁，是谁这么大胆子?!!!”

“就是她！┬0┬那个穿着短裤的死丫头！┬0┬”

那男人从地上站起身，跨步向我走来。—_—他长得真是可笑，和平八有得一拼。—_—可是我一点都笑不起来，手心里紧张得出了汗，不知拼了我这条命，能不能打赢这个男生……

事态越来越严重，更让我晕倒的是，又接二连三有几个男生从校门里走了出来，站到他身边，总共有八个人，显然他们都是一伙的。—_—那些家伙闹哄哄地聚在一起，一边交头接耳，一边斜眼看着我。—_—即使是平八那个家伙在也好啊，总比我现在孤立无援一个同伙都没有强!!! ┬0┬女人3和4灵巧地躲到了男生们后面，一脸嘲弄地看着我。

“喂，你什么东西啊你，嗯？竟敢来招惹美莲，想找死吧你!!”那个叫占贤的兔崽子啪的拍了一下我的肩膀。—_—

“我没有招惹她，她手折断了吗？那可真是太好了，还有啊你，为什么随便拍别人的肩膀？”我豁出去了，挺直胸膛死撑着。

旁边顿时一阵哗然，真的是很给面子啊，那八个打手级人物和那两个女人东倒西歪笑成一堆（甚至连躺在地上的那两个女人也笑了起来—_—)。

“第一次碰到你这种不要命的，你究竟搞没有搞清状况，臭丫头!! 你啥子学校的？几岁了？”

“这儿是光州吗？—_—你以为讲方言就很拽吗？-0-”

“怎么，我想用不行吗?!”那家伙伸出两只手指扯住我的脸皮，使劲来回拧动。

气氛越来越凶险，环境越来越险恶……我到底是女孩子啊，力

气上敌不过他。—_—^

“占贤，干掉她！彻底干掉她！”女人3兴奋地嚷嚷着。

10

“要干掉谁啊！放开这丫头算了……今天我可没心情发火。”

隐葵推开人群，踢踢踏踏走了过来，那个叫占贤的兔崽子一脸惊讶，松开了我可怜的脸蛋。

“隐葵，你刚才是在和我说话吗？”

成隐葵一声不吭地牵起我的手，就要往外走，所有围观的家伙都倒吸一口气。

“喂！成隐葵，你认识这个臭丫头？”

“烦死了，小地痞一样。”

“什么……？ -0-”那家伙嘴一下张得老大，半天合不拢嘴，没想到对方居然敢这么嚣张。—_—

终于虎口脱险，幸免于难的我喜气洋洋地看着他们各位。

“搬运工，我们走吧。”

“好耶!!! -0-”我回答得无比嘹亮。

^O^吧嗒吧嗒。那些家伙该不会突然冲上来袭击我们吧？不过为了尽快逃离这个地方，我也顾不得那么多了。这时，那个叫占贤的家伙扯着嗓子很激动地大喊道：

“成隐葵，你再这么下去，小心我们大家真的孤立你。”

“那你就试试啊，不要光说不练，你就孤立我试试看啊！”

“……”

说完拖着我继续走路。这家伙真不是一般的酷，我偷偷伸了伸舌头。

“喂，成隐葵，你究竟算哪个学校的？你不是我们学校的吗？你，你，而且你不是说你没有女朋友吗!!! >_<”女人3用接近嘶吼的声音悲呼道。—_—

“她不是我女朋友，还有啊，你不要没事就在我眼前晃，头晕！”

“……”女人3用仇恨的眼神盯着我，好可怕，我觉得自己快被她烧死了。

“即使你给我买五百张CD，我也不会喜欢你的。”隐葵似乎喃喃自语地吐出这么一句话，接着加快步伐。—__—我也只好加快步伐跟在他身后。

“喂，一起走啊，把吉他给我，我替你背。”

“不要。”

“为什么？我就是为了帮你背吉他才来的嘛。”

“你脸上痛。”

“—__—你不是说你对别人的事没兴趣吗，为什么要帮我?! -0-”

“不知道，总之看着就是心烦，我讨厌心烦。”

“看吧！我就说你爱上我了！ -0-”

成隐葵一脸看疯子的表情瞪着我，潜台词就是，“没睡醒吧你，说什么疯话呢？—__—”

“你知道我眼光有多高吗？—__—”

“你为什么不和女孩子交往?”

“交往了就要负责任，还要照顾她，麻烦死了。”

“那你找一个比自己大的女朋友不就成了?”

“我讨厌女人，MD，怎么办，手好痛。”那家伙皱起脸，把食指含进嘴里。

“—__—你该不会是喜欢男人吧？嗯？难道是这个原因? -0-”

“滚一边去！ -0ˇ-”

我们吵吵闹闹，很快就走到了成隐葵的练习室附近。那栋有江西苑的建筑物，那个有江西苑的练习室。

“我走了。”

“怎么?”

“已经到了啊，我走了。”

“一起进去吧！我唱歌给你听。^__^”

“你的歌不听也罢，我真的走了。”

“一起进去吧，一起进去吧，一起进去吧！”成隐葵这小子不是一般的难缠，他可没那么好打发，死皮赖脸地拖着我要进去。

“我说了不要了嘛！”我激动地大吼一声，他吓了一跳，被我震得双眼发晕。

“我们正好想找个女主唱，你要不要唱着试试？看你声音这么大，中气这么足，肯定没问题。-0-”那家伙调侃地看着我。

“我没心情和你开玩笑，成隐葵，我真的要走了。”

“好吧。”

“对不起。”

就在这时，—_—

“我们家的小猪呀！”

—_—^—_—^—_—^发出声音的地方，果然是云再光那个死人，还有他身边的那帮狐朋狗友，闻言KKKK猛笑。—_—云再光扛着手臂，顶着他的招牌动作，吧唧吧唧走了过来。他脸上贴着几块创可贴，也没看见他身上的书包，不知道卖到哪儿换饭吃了，更让人觉得碍眼的是他手上戴着的那个大戒指，足足有人眼珠那么大……=_=他杀猪的呀，这么品味俗气的人居然是我弟弟……

“姐姐！”

他还有脸叫我姐姐。—_—

“—_—发春啊你，喊成这样。”

“见到姐姐你高兴呗！＞_＜”

成隐葵趣味盎然地看着再光。—_—;

“大哥！这位大哥！能不能把你姐姐的电话号码告诉我啊！”

-0-这个臭小子，我就知道他不可能看见我这么高兴。

“我不知道我姐姐的电话号码。-0-”成隐葵这小子回答得更绝。

“切～～!! 怎么可能！”

“—_—是真的。”

“那家里的电话号码呢？”

“我姐姐最喜欢有挑战、刺激的东西了，你直接去找她吧。”

“真的？那我几点去好呢？ -0-” 再光这小子来劲了，喜形于色。

“喂！云再光，你给我闭嘴，还不快滚回道场去！”

“我回不了道场了，都是因为你，得罪了平八大哥。”

“还有啊你，以后在街上碰到我不要和我打招呼，最好装作不认识！ -0-看你穿得小混混似的，你就这么在街上兜来晃去？”

“姐姐，你见到我不高兴吗？ ┬0┬”

“丢死人了，丢死人了知不知道啊臭小子！ -0-”

就在再光大张着嘴，正准备又喊出些什么的一刹那，他的一个朋友壮起胆子走上前，扯了扯他的衣服，把他拖到一个角落里，接着他那帮朋友一拥而上，围着再光叽叽咕咕了些什么。之后，再光一脸慎重地大步大步向我走来，充满警戒地看了隐葵一眼之后，突然抓住我的手腕，急急忙忙使劲把我往外拖。

“喂！干什么啊你？还不快放手！”

“白痴，你什么都不知道……”

再光加重了手劲，使出吃奶的劲儿死命拖我。隐葵迷迷糊糊地看着我和再光，啊啊！┬0┬手好痛！！云再光这个家伙！

“你先把我手放开！你不想当街出丑吧，现场变身长出一头包很难看的！ ┬0┬”

可再光这小子丝毫不为所动，他紧抿着唇，加重了手下的力道，同时加快了行动的步伐。

11

整条街上都听见我哇哇大叫的声音，路上行人纷纷回避，没想到我还有清道的作用啊！终于到了家门口，再光这才放开了我的手。再光身边的朋友也一个两个不见了，一_一这些小子，┬_┬不是那些没到几个月就放弃练习柔道的家伙吧，所以怕见到我爸。

“云再光，你干什么啊！”

似乎拖我拖得很辛苦，云再光粗粗喘了一口气，使劲抹了一下额头的汗。

“白痴，你以后不要和那个家伙在一起!”

“那个家伙？谁?”

“那个长得忒稀奇的家伙！刚才背着吉他的那个家伙!”

“你觉得那家伙长得很稀奇？ -0-臭小子，我还不知道你，只要是比你长得帅的男生，你见谁都说长得稀奇!”

“呼～～！你这个肤浅的女人，见到漂亮男生就和丢了魂似的。”

“—_—从你嘴里能听到这种话，还真是一种全新体验啊。”

再光一脸寒心地看着我，刚缓缓张开嘴，成隐葵家的大门突然打开了，—_—一个让人眼前一亮的女人出现在门口（隐葵的姐姐）。那女人支着两只伶仃的细腿，缓缓从我们眼前经过。

“—_—很漂亮，是不是啊再光?”

“那还用说，天啊，—_—^怎么会有这么美的女人。”

“是谁比我更肤浅，见到漂亮的皮囊就丢了魂。=_= ”

“谁让我们是姐弟呢，＞_＜我去道场了!”

云再光找了个去道场的烂理由，跟在那女人身后屁颠屁颠走了。—_—

“喂！你不是有话要对我说吗?！为什么我不能和那个家伙见面啊!”

没有收到回答，云再光那小子只是在后脑勺上方冲我招呼了两下手，加快步伐走远了。—_—什么啊，居然有这种家伙？┬_┬

当天晚上，再光没有回家，肯定是回家的路上被他那帮狐朋狗友招呼喝酒去了，陷在那里回不来，—_—反正绝对不可能是和那个女人旅行去了，也肯定不会是被钟楼怪人袭击了，那……拜托，该不会是被平八绑架了？ -0-不，不会的，当然不会，平八又不是傻瓜，绑架一个饭桶干什么。—_—

虽然这天晚上我又从顶楼翻到屋外去打工，可是没见到成隐葵。

第二天下午1点多的时候。

“喂！起来啊！净媛！起来啊!”

“嗯嗯嗯～～=_=”我顶着一对熊猫眼。

妈妈围着个围裙，满脸激动地站在我床前。

“云再光去哪儿了？手机也关机！”

“不知道，=_=我还要睡。”

“你为什么不去学校补课！-0-喜淑说她女儿每天都去补课！你为什么告诉我你们学校不用补课！”

“啊，事情是这个样子的，我们班主任老师怀孕了。”

“你们班主任不是男的吗?!”

“啊，前段时间换了个临时班主任，是女的。”

“喜淑女儿也是你们班的吧，可是她为什么要去补课啊！”

我老妈的智力越来越高了，不像以前三两句就能瞎掰过去。

“那丫头转班了。—_—”

“还不快给我滚到学校去?!!!”老妈的狮子吼差点没把房子给震塌。我惟恐自己晚上偷偷打工的事情穿帮，所以三下两下从床上起身，飞快地拾起校服穿上，逃离了这个恐怖的地方。呜呜呜呜！ㅜ_ㅜ去哪儿好呢？允儿那家伙现在肯定好命地在家睡觉，ㅜ_ㅜ志英也去学校了。

没头苍蝇似的围着家里的小区转了两圈，我终于还是朝成隐葵的学校走去了。那群死丫头，今天不会又碰见她们吧！—_—哼，她们要是敢再找我的麻烦，我绝对有她们好看，不会像昨天那样轻饶她们。—_—2点10分，这种时间，我在校门口蹓跶了一会儿之后，深呼吸几下稳住自己的呼吸，威风凛凛地朝学校大门走去。

大大的运动场，足球球门，篮球场，青翠欲滴的林阴道，和其他所有的中学都一样。操场对面有一幢红色建筑物，隐葵那个家伙就是在这里面学习吧？某种微妙的好奇心升起，在我斩断自己的魔念，打消好奇心之前，我的脚已经不由人控制地走到了教学楼里，脸牢牢地贴上了一块窗户玻璃。—_—

喔喔！-0-这是男生班，一个老师用教鞭指着黑板，一个一个点着学生站起来回答问题，可转眼已经点了十来个学生了，还是没有人能回答出他老人家的问题，老师一副要吐血的表情。这帮白痴，没一个看得顺眼的，算了，没什么值得我看的。—_—我晃到了隔壁一个班，偷偷往里瞅。—_—喔喔！-0-哇~！坐最后一排的那个家伙长得好丑啊，丑得我看着眼睛痛，没见过这么丑的。

我蹑手蹑脚，又悄悄晃到隔壁一个教室。—_—

哇~！这个教室有特色，虽然教室窗户上挂着窗帘看不清楚，但也能看出里面不是一般的闹腾，—_—这是一年级还是二年级？三年级在几层呢？-0-成隐葵那个家伙又在哪个教室？我把脸凑近窗户，眼睛珠子滴溜溜乱转，这时……

“喂！你！你这个死丫头！”

-0-伴着一声暴吼，某君刷的一下从座位上站了起来，是昨天那位占贤君，扯我脸蛋的那个!!! =0=

12

那家伙好巧不巧的正坐在靠窗户的这一组，瞅见窗户外的我，立刻刷的一下站了起来，教室里立刻乱作一锅粥，所有的家伙都扭头看向我。这下可了不得，上课的老师简直要疯了，哪能容得学生如此猖狂，他三下五除二地把那家伙拽到教室前面，—_—又是耳刮子，又是电闪雷鸣的咆哮。我好整以暇地站在窗户外，微笑地看着班里的这帮家伙。—_—

瞧我看见了什么?!是隐葵，他坐在第二组最后一排的位置上，耳朵上塞着耳机，有丝诧异地看着我，没想到他和那个叫占贤的居然是一个班的。看着看着，他忽然咧开嘴笑了，接着掏出一张纸，在纸上奋笔疾书些什么，写完之后，他依旧低头看着纸上自己写的东西，越看越开心，干脆手舞足蹈地压着节拍一下一下晃动了起来，看着我都替他捏了一把冷汗。—_—惟恐那个恐怖老师发现我，赶紧开溜方为上策。

“过来，过来。”

这又是打哪儿冒出来的外星人？┬_┬只见一个穿着西服的男人坐在玄关门口，伸出他干枯卷曲如鹰爪的手指指着我，看我的眼光那分明就是看哥斯拉嘛。

“干什么的你，看你穿的校服，你应该是明园高中的学生吧！-0-你跑到别的学校的男生班外面，探头探脑地想干什么?!”

敢情不是看哥斯拉，是把我当女色情狂看待了。—_—那个穿着西服的男人渐渐向我走近，—_—看样子多半是这个学校的老师。

“—_—我是来看弟弟的。”

“你弟弟是谁?”

“—_—我说出名字你就能知道吗?”

“你，你这个不懂尊师的学生！怎么能用这种口气和老师说话?看你铭牌像是三年级的，你叫什么名字?”

“铭牌上不是有吗。—_—”

“云净媛？好，见到明园学校的老师我一定要和他们好好说说!”

光我们这个年级叫云净媛的家伙就有五个，—_—你想去搬弄是非就去搬弄是非吧，白痴，我才不怕。我喜气洋洋地俯视着他(他个子比我还矮—_—)。

“是，那我现在可以走了吗?”

“等等，把你的学生证交出来。”

“什么?”

学生证上有我的照片，┬0┬把它交给我们学校的老师我不就死定了……更何况他们要是知道我学校补课不去，而是跑到别的学校的男生教室外探头探脑……我真的—_—……我想……我爸会把我打成平八吧。—_—

那个穿着西服的家伙一脸恐怖表情，大踏步地向我走来，他把手伸进我的上衣口袋，嗖地就掏出了学生证，所有的事情都发生得让人措手不及。┬┬_┬┬

“你碰哪儿呢你！-0-”我急中生智，大叫一声。

“-0-什么？你说什么?”

“你刚才不是把手放进我口袋里了吗?！把学生证还给我！否则我就要告你非礼其他学校的学生！-0-”

“西服”如遭雷击，大张着嘴看着我，半天吐不出一句话，接着飞快地转身逃向建筑物里面。

“小偷～～!!! －0－”我捂住脸，发出绝望的悲鸣，追是不可能追上他了。┯0┯呜呜呜呜！┯0┯……

“我来了，我来了!”

这家伙这张脸，不知怎么搞的，今天看起来尤其讨厌，我厌恶地别过头不想看他。他倒是不以为意，大大方方地把吉他往我身上一挂，腮帮子快乐得像在吹气球。

“┯0┯一个力气很大的可恶大叔把我学生证抢走了！┯0┯”呜呜呜，我简直痛不欲生。

“力气很大的可恶大叔？是谁啊？0.0”

“就是你们学校的老师，坐在玄关门口的!”

“啊，－0－你该不会是说侏儒吧!”

“是啊！呜呜，我该怎么办?！都怪你，自从遇到你之后我没一件好事!”

“我会帮你抢回来的。”

“你怎么抢回来?”

“我现在是悄悄从教室里溜出来的，被发现之前我们得赶快出去。”

隐葵那小子说完就踏踏踏踏飞速向校门口跑去。臭小子，知不知道人家现在担心死了啊……┯^┯……从校门口出来，过了一会儿，那家伙突然从口袋里掏出一个气球放在我手掌心。

“干吗，你又想要什么花样?”

“我们来打赌，看谁的气球吹得更大!”

“我现在没心情和你吹什么狗屁气球！┯0┯”我要疯了，歇斯底里地冲着他耳朵狂喊道。

“咦～！你这人真没劲。—_—你知不知道这样扫别人的兴，别人会骂你缺德没教养的，还这么大声。”那小子嘀嘀咕咕。

“你以为你就有教养不缺德了？－0－”

“我褐色头发漂亮，还是黑色头发漂亮?”

“—_—问这个干吗?”这小子怎么老是问这种奇怪不着边际的

问题。

“说是要拍毕业照了！”

“-0-你染什么颜色的头发都很搞笑！”

“真的？O.O”

“是啊！”

“我觉得你的鞋子更搞笑。”

“我的鞋子怎么样了！你倒是说啊！它怎么样了！啊！我的鞋子招你惹你了！-0-它怎么样了！你倒是说啊！它怎么样了！”我叉起腰，歇斯底里地步步迫上前，那家伙吓得连连倒退。

“呃?! 我们去拍大头贴吧！走吧走吧！我们去拍大头贴！”那家伙为了转移我的注意力，讨好地说道。

“什么？=0=”我扯着嗓子又是一个高八度，激动的情绪还没有平复。

成隐葵见状嗖的一下闪进街边的一栋建筑物，毫无意外的，刚才还在街中央伸直脖子大嚷大叫的我，瞬时间也消失不见，被他扯进了拍大头贴店。

“我不拍这种无聊的东西！-0-”

“减免你帮我背吉他一天！”

“—_—”

隐葵正准备拖着我转进那可笑的拍照机，门当啷忽然又开了，两个女人嘎嘎大笑着走了进来。一见到他们，隐葵立刻像老鼠见了猫一样，慌慌张张地躲进了大帘子里面。

“哎呀！这不是隐葵么！-0-”两个女人惊喜万分，飞快地上前拨开大帘子，—_—那家伙的表情瞬时间变得僵硬难看无比。

“—_—嗯，姐姐好。”

“哎哟哟，＞_＜好久没见到我们可爱的小隐葵了，一段时间没见，又长高了好多！昨天我们还去了你家呢，没看见你！你这小家伙每天都在哪儿晃悠啊？”

“不知道。”

“嘻嘻嘻嘻。＞_＜”那两个女人见着隐葵酷酷的样子，笑得更开心了。

“你们问我姐姐不就知道了。”

啊，-0-看来好像是他姐姐的朋友。现在我是不是可以消失了。拍这种滑稽的大头贴真是丢死人，┬0┬更何况我要是和这个家伙肩并肩站在一起拍照，那脸蛋的 SIZE 岂不是差异立现，┬0┬……瞅个空当，我悄悄卸下背上的吉他。—_—

“隐葵，听说你歌唱得不是普通的好耶？我们去卡拉 OK 厅好不好？”

“我不喜欢卡拉 OK 厅，我从不唱流行歌曲。”

“那我们去唱儿歌好不好，这样就没问题了。>0<”

“对年纪比你们小的男生这样，你们羞不羞？”

“-0-什么？你刚才说什么？我们只是看你是朋友的弟弟！”

两个女人老脸挂不住了，满是张皇，趁他们仨角力的当口，我飞快地闪身溜出大头贴店。呜哇啊~呀嚯!!! 终于解放了，反正已经到练习室附近了，今天应该也算一天吧！-0-再加上刚才答应减免的一次，哦嚯！只剩下四天了！

我简直是用飞的到家的。待会儿可以找几个同学去卡拉 OK 厅 K 歌，或者让她们到我家来玩，>0<反正现在妈妈肯定也出去玩了不在家。我心安理得地打开玄关的门，刚进去就看见云再光坐在地上吞云吐雾，一脸疲惫的表情。

“你，你，你这个死小子又抽烟！-0-还不快给我灭掉?!”

“—_—……”

“你昨晚为什么没回家！等着妈妈待会儿回来收拾你吧！-0-”

再光在烟灰缸里使劲搓了搓烟屁股，满脸严肃地看着我。

“抽烟就真的那么酷吗!! 是谁向我保证过不再抽烟的！-0-真要我揍你一顿你才开心吗?”

“我昨天还没告诉你为什么不能见隔壁的那个哥哥吧。”

“别想转移话题臭小子，-0-看我今天不好好收拾你!”

“不要打我嘛，先听我说！-0-”

“你以为我会相信你的胡编乱造！你这臭小子，最喜欢来这一招了。昨天晚上你又去喝酒了对不对？一晚上没回家。”

“他们都说那个哥哥是杀人犯！”

“香烟对身体……什么！你刚才说什么？”

“听说那个哥哥初中的时候杀死了他的朋友！”

“别……别好笑了！”我的声音有些发颤，“什么那个家伙杀不杀死的！干吗编这些有的无的？ -0- 就是因为人家比你长得帅，你忌妒了对不对？毁谤人也不是这种毁法。”

“真是要疯了！你疯了小猪？ -0- ”

“你啊你，什么猪不猪的，谁让你每句话结尾都加‘小猪’，这么称呼姐姐的?! -0- 我完全是国际标准体重，学校有口皆碑!”

“白痴，你以后最好不要见他了，不要和他走得太近，否则会有危险的!!!!”

“……谁说的?”

“昨天我那帮朋友中有和他一个中学出来的。”

“确定吗?”

“是啊。”

“知道了，拜托你不要再说什么奇怪的话了，抓紧时间好好吃你这顿饭，做好心理准备挨爸爸的老拳吧。”

“白痴，我昨天晚上在爸爸道场熬夜练习了一晚上。”

“我上去了。”

“嗯。”

脑袋里一阵白茫茫什么都不能想，双腿仿佛突然被谁抽走了力气，连迈步子都十分艰难，除了苦笑我说不出任何一句话……

哈，真是荒唐，太荒唐了，真是太……

13

#第二天晚上。

再光爬到顶楼，探头探脑地倾身冲隔壁屋窗户里瞅。

“姐姐啊，露出你美丽的脸庞吧，让我看一眼～～就一眼～～

一眼就好～～”

那小子在嘴里念念有词，吵得我头晕，本来就已经很混乱的头更加混乱了。

“姐姐，姐姐，姐姐啊！”

“喂！你能不能给我安静点！”

“呃，那个哥哥出来了。”

“什么……？”我偷偷摸摸冲对面楼顶一看，果然看见成隐葵那小子堂堂正正地站在自家楼顶上，可怕的是他那双眼睛，那双充满仇恨的眼睛狠狠瞪着我，闪烁着复仇之火。—_—

“你这个卑鄙的女人，—_—昨天居然就这么逃走了？ -0-昨天晚上我叫你，你为什么不回答?!!”

“……”再光一句话不说，咯的一下挡在了我前面。

“姐姐，你快进去（这小子用异常悲壮的声音说道）。—_—”

“呃……”

我偷偷看了隐葵那可怕的眼神一眼，轻轻退回屋内，躲在顶楼门后面听他们俩说话。—_—

“不要和我们家小猪说话！ -0-”

这小子。=0=^

“为什么？ 0.0”

“我家姐姐说讨厌你。—_—”

“她真的这么说?”

“是啊!”

—_—以后该怎么面对这家伙啊，ㅜ_ㅜ不过如果他真的是杀人犯……那我确实是该讨厌他。ㅜ_ㅜ

“那你以后也不要和我家姐姐说话。 -0-”

“为什么！ -0-”再光惊了，差点没跳起来。

“我愿意。有香烟没有，扔一根过来。”

“其实你和我家姐姐说话也没关系。”

-0-小子耶!!!

“没有香烟吗?”

“刚才都抽光了。”

“那去叫你姐姐出来。”

“为什么！ -0-”

“不愿意?”

“不是的。—_—”

什么??? 这种卖姐求荣的家伙都有!!! ┬0┬我愤慨啊~~~!!!! 那家伙急急忙忙冲回屋内，挠着脑袋对我说道：

“姐姐，—_—那家伙叫你出去。”

“喂，-0-我问你，如果我和隔壁姐姐同时掉进水里，你会先救谁?”

“那家伙叫姐姐出去。—_—”

“滚出去！见到你我就讨厌！ -0-”我激动万分，—_—云再光愁眉苦脸地看着我，一脸“这样不行啊”的表情，之后颠颠地出去了。一会儿之后，隔着窗户突然传来成隐葵那家伙的声音。

“云净媛！出来，我有东西要给你!”

“……”

“我真的有东西要给你，你不喜欢也要收下，从此以后我不再找你麻烦，不再缠着你了。”

“……”

“我一会儿也要出去了，没时间多等你的，快点出来啊，还是你觉得自己可以龟缩在里面一辈子?”

“……”

一会儿之后我就该出动打工了，┬_┬呜呜，从顶楼翻下去的时候碰到他怎么办？昨天幸亏这家伙回家晚，没碰上，今天估计就没那么好运了……我陷入一片苦恼之中。突然，我手机的信号灯突然一闪一闪亮晶晶……

“喂?”

“净媛吗！我是允儿!”

“嗯，我马上就出来，老板娘发火了没?”

“没有！今天她老人家没有排我俩的班！喂！出来啊!”

"嗯?"

"别磨蹭了，快点出来啊！我们去哪儿好好玩玩，好久都没疯一疯了!"

"去哪儿啊？ -0-这大晚上的。"

"一个认识的大哥说带我们去情侣咖啡厅见识一下！哇噻!!想想就兴奋，好棒！快点出来吧，三十分钟后，我家门口见，OK!"

"喂！我现在没法从顶楼翻下去！ㅜ0ㅜ"

嘟……嘟……嘟……一阵让人郁闷的长音……这个该死的丫头ㅜ0ㅜ，为什么偏偏是现在啊！我偷偷瞅向门外，观察对面屋顶的敌情，呃呃！ -0-没有人？此时不走更待何时，我慌慌张张拉开楼门，扭着屁股就要往下爬。

"云再光，我去去就回。"

"你去见隔壁的哥哥吗？ -0-"

"不是，—_—^顶楼的门不要锁。"

这小子怎么想的啊，看我这样子像是去找他的吗……我惟恐那个家伙突然从顶楼上冒出来，三下两下爬下了楼梯，呵呵……-0-呵呵…… -0-

"计程车（其实不用叫这么大声也行啊，我这是紧张哪门子劲儿—_—)!"

允儿这丫头，每次都是叫我去她家门口见面，真是的!! —_—我从计程车上下来，一眼就扫见了停在她家门口的一辆车，从没见过，陌生得紧。叭叭！前面的车窗玻璃缓缓摇下。

">_<净媛！快上来!"

只见允儿那张脸，涂得和油漆板差不多，—_—驾驶席上坐着一个男人，第一次见到，长得一般般。

"喂，允儿，她就是你说过的那个朋友?"

"嗯！大哥，我朋友很漂亮吧!"

"长得还算有些魅力。^_^"

那男人还算有些眼力见儿，看出了我对他眼神的不满，赶紧收声（我这人听不得称赞的话，听到就全身不对劲闹别扭—_—)。

那男人小小心地发动了车，这才有胆对我问道：

“怎么，有什么不高兴的事吗?”声音极其轻柔，惟恐一个不小心惹怒了我。

“没有，—_—去哪儿的情侣咖啡厅?”

“我有个朋友，开了一家这样的咖啡厅，环境不错，怎么样，不喜欢吗?”

“你朋友多大了居然能开情侣咖啡厅？ -0-拜托，他该不会是超过二十五岁了吧？ -0-”我嗓门大，心直口快地大声嚷道。

允儿的脸一下垮了下来，皱着眉头看着我。—_—

“没有，万幸他还只有二十四岁，如果他超过了二十五岁，到时候你们揍我一顿好了。^_^”

“你是允儿的男朋友吗？—_—允儿啊,你和这个男人在交往?”

“不是什么‘这个男人’，是‘大哥’，‘大哥’!! ┳0┳”允儿简直要被我弄哭了，使劲纠正我的错误，“只是走得比较近的大哥，很帅吧？^_^”

“没觉得啊。—_—”

“ -0-”

气氛骤然冷却，明明就是不帅嘛，我怎么能昧着良心说帅呢，臭丫头!!! 汽车飞驰在道路上，一路无语，—_—允儿叹了一口气，间或从鼻子里哼哼着歌，这就是整个车厢里惟一的调剂了。车很快就到达了我们的目的地，整整一面都是玻璃墙的两层情侣咖啡厅，还不错！我轻声吹了下口哨。

男人熄了车子的发动机，说道：

“这儿的主唱和允儿一般大，听他唱歌，那是享受，酷毙了。”

“女的?”

“不是，男的。^_^你，小心一点，到时候别把眼睛珠子掉下来了，自从他来到这间咖啡厅之后，这里的营业额是直线飙升啊!”

“ -0-他多大?”

“去看看不就知道了，^_^不知道今天是不是他来这里唱歌的日子。”

允儿扑通（很像落水的声音对不对，允儿，对不起，我不是故意用这个词形容你的—__—）一下从车里蹦了出来，冲着我兴奋地喊道：

“喂！净媛！终于轮到你出场了！去勾引啊！你的理想型不是唱歌唱得好的吗！”

“—__—才不是，最讨厌了，我最讨厌唱歌唱得好的男生了。—__—”

“哦，是吗，看来你这小丫头眼睛长在头顶了，眼光不是一般的高呀！^__^”那男人扔下这么一句话，悠然自得地迈步走进了咖啡厅。—__—

“呀呀呀！ =0=他居然敢这么讽刺我!!!”

“净媛啊！忍耐，忍耐！我可是特意为了把他介绍给你才安排这次见面的啊！ㅜ0ㅜ我已经知道我错了，现在只能拜托你老人家不要和他打架，好不好！ㅜ0ㅜ就算为了我，进去！我们进去吧，嗯?!”

“他要是敢再惹我一次试试看！ㅜ0ㅜ”

我总是禁不住允儿的苦苦哀求，只能憋着一口气，踏进了这家咖啡厅。

14

咖啡厅比想像的规模还要大，只是灯光有些让人倒胃口，让我联想到厕所灯光。—__—每张桌子上都坐满了客人，70%以上都是女人。—__—咖啡厅老板见到我们立刻笑脸迎了上来。

“啊！成圭呀！来了。”

“嗯，^__^还带来了两位美丽的小姐！有位置吗？”

“当然！我特意为你们留了最好的位置，就在主唱唱台的前面，去坐吧！是你亲戚家的妹妹吗？”

“不是，认识的妹妹。^__^”

“嗯，^__^你们好！^__^”老板热烈地握着我和允儿的手。

“您好！^O^”

允儿甜蜜蜜地冲对方微笑致意，我板着一张脸，只是微微颔了颔首，兴一起，拖着允儿的手大步向我们听歌的位置走去。偷偷回头看了看，只见老板和开车送我们来的那个男人一脸不赞同的表情看着我，显然对我的印象恶劣到了极点。—_—

我才不管，冲四周看了看，在位置上坐下，嘹亮的电子琴声瞬时间响起，前奏过后，一声熟悉的男音回荡在唱台上，我顿时全身僵硬。

我的记忆力非常糟糕♫不记得爸爸的生日♫不记得妈妈的生日♫昨天吃了什么也不记得，刚才呢喃了些什么也没有印象♫我什么什么都不记得♫可是真的好奇怪♫

“喂，净媛，真的好帅啊，真的真的，比再光还要帅，┬0┬快点看啊，快抬起头来看看啊！┬0┬”允儿激动得简直要哭了。

“不要，不想看。=_=”

奇怪允儿这家伙居然没认出他来，可能那天老远的印象实在不深刻。

我头低得更下了，一动不敢动，允儿那个死人却在一边拼命地推我。

“要你看你就看嘛！”

“=_=不看，不看，说不看就是不看嘛。┬0┬”

就在我们俩在台下来来回回折腾个没完的时候，台上的歌声一直没有停下。

♫你喜欢的歌曲，你的生日，你的习惯♫所有的一切都牢牢装在我的脑海中♫一切一切，点滴不漏♫其他所有的事情都无法进入我的脑海♫看来我注定，一辈子都要这样活♫

歌声戛然而止，台下先是一阵静默，接着掌声如潮，各种各样的惊叹词成串成串地冒了出来，什么“哦”啊，“哇”啊，听得人想跳楼。这时，那个叫成圭的家伙在我们对面坐了下来。

“怎么样允儿，很帅吧？”

“嗯，简直让人尖叫。大哥，你知道这家伙月薪多少吗？－0－”

我狂晕，允儿不愧是允儿，帅哥也比不上钱重要，三八到这程度也真令人叹服。

“这个，一＿一这个，说到钱嘛，对了，你们要吃点什么？”

“我？现在好像不能吃东西吧？”

“没事，这儿没有时间限制的。^＿^”那两个人摊开菜单就开始商议起来。

我就像什么犯了罪的人一样，一直低着头不敢抬起来，呜呜……ㅜ＿ㅜ那家伙拿着麦克风站在唱台上，用比平时轻佻得多的声音说道：

“现在献上今晚的最后一首歌，这首歌不是我作的曲，是一位大哥为我谱的曲。”

真的是成隐葵这个臭小子，ㅜ0ㅜ虽然我打心眼里不愿承认，ㅜ^ㅜ可是除了他，谁还会有这种恶心巴拉的声音（违心得我自己都要脸红一＿一），难怪他刚才会突然消失在顶楼上，原来跑到这儿来打工了，呃呃呃呃。ㅜ0ㅜ

“净媛，你要吃什么？”

“和你一样。”

该死的允儿，我现在是吃东西的心情吗?!!!

“把头抬起来嘛。”

“讨厌。ㅜ＿ㅜ”

“是不是唱歌的那个男孩太耀眼了，照得你抬不起头来啊？^＿^”那个叫成圭的男人狡猾地笑着，对我说道。

一＿一我懒得理他，低着脑袋，咽了一大口桌上的冰水，稳了稳怦怦跳个不停的心，听着那家伙唱歌。

这时，一盘鲜虾炒饭递到了我面前，早已饥肠辘辘的我哪能放弃眼前美食，埋着头，筷子勺子齐上阵，拼命往嘴里塞着炒饭。

啊，喵呜喵呜，好吃，好吃！ =0=吃完这碗，再叫一碗才对得住这肚子。那家伙说这是最后一首歌了，唱完了就该走了吧？啊啊……

“净媛啊，好吃吗？^__^”

>0<啊啊…… -0-所有的一切都发生在电光火石间，刚才还好好唱着歌的成隐葵，突然举着麦克说了这么一句。嘹亮的声音在整间咖啡厅里嗡嗡作响，一时下面嘘声一片，大家交头接耳，议论纷纷。

“这也是歌词的一部分吗？”

“好像不是耶？净媛是谁啊？”

允儿诧异地瞪起眼看着成隐葵。

“呀，云净媛，你认识这个家伙？”

“不，不认识。”

嗓子眼一下被堵住了，我抓起面前的水杯，拼命往里灌水。

“不要喝太多水，会长小肚子的。”

又是成隐葵对着麦克风说话的声音。

“什么呀，云净媛，他明明是在说你嘛！你怎么认识他的!!!”允儿兴奋急促地推着我。我只觉得头一阵阵晕眩，干脆把水杯往桌子上一放，啪的一下站起了身。

“怎么，要走了？下次再来啊！再见！ -0-”

所有人的视线刷刷都集中到了我身上，我忍耐心已经达到了极限，豁出去了，我啪啪踩上唱台，站在这该死的家伙对面，一张脸扭曲着冲他狂吼道：

“喂！成隐葵！究竟想干什么你！你干什么要这样对我？我是来吃饭的！不是来看你的！”

“我说什么了？^O^”

成隐葵那小子居然还笑得蛮开心。不知道他又是和谁干了一架，嘴唇裂开了口子，-0-哎哟哟……眼睛也是青青肿肿的，-0-呼～!! =0=对他我真是没了脾气。

“你干吗老是惹是生非，就不能安分点吗？还有啊！我再也不帮你背吉他了！”我依旧扯着嗓子很大声地喊道。

成隐葵把麦克风从嘴边拿开，一脸严肃地问我道：

“那你帮我背什么？”

“什么也不背了！ -0-” 我真是要抓狂了，“我不想再和你有什么牵连！你很可怕！我不想和你走得很近！”

这小子重新又把麦克风举到嘴边。—_—

“为什么？因为我歌唱得太好了吗？O.O”

“不是！因为你很可怕！所以你不要再找我说话了，不要再冲我开玩笑了，我是说真的，你很可怕……”

扔下这几句话，我头也不回地冲咖啡厅外跑去，允儿也一路追了出来。这么明朗的笑容，这么纯净的歌声，这样的人怎么会杀死人呢……他怎么还能这样笑得若无其事。无意识之中，那个家伙已经在我生活中占据了越来越多的部分，我好像已经很信任他了，我已经把他当做一个好人了，可是……明明不关我的事的啊，这狂涌而上的怒气从何而来，这样的失魂落魄究竟为什么?!!!

之后一个礼拜的时间很快过去了，这一个礼拜内，我和隐葵那个兔崽子碰过无数次面，可是每次都是一晃而过，就像我们第一次遇见时那样，他用冰冷的眼神看着我，从我身旁擦身而过。

15

“哟嚯！今天是最后一天打工了！再光啊， -0-姐姐出去了！”

“出去碰到素颜姐（隐葵的姐姐）的话，让她给我打电话！”

不知什么时候开始这两个人联系上了，—_—不过当然了，他们对对方的感情是八杆子打不到一块儿去的。再光？他把素颜姐当做自己美丽的恋人，而素颜姐？不过把再光当成是一个可爱的有意思的、还经常会有些突发奇想的邻居小弟弟。

“—_—知道了，你会待在家里吧？”

“嗯，啊！姐姐，我有话对你说！”

“什么？”

“嗯……哦，哈哈，不好意思，忘记了！ -0-”

“那就闭上你的鸟嘴，死人！—_—我出去了。”

“嗯嗯。”

过了今天，短时间之内就没有什么事情需要我翻顶楼了，以后再也不用过这种提心吊胆的日子了！呀嚯！ -0- 这会儿还没见他在顶楼上抽烟，估计那家伙今天不到凌晨是不会回家的（他连续几天都会在这个时间到顶楼上抽烟）。

唉~~！快走啦，多想无益。我小心地翻下顶楼，刚刚要走出小区，突然老远看见两个人影，一长一短的两个影子歪歪斜斜投射在地上，今晚的路灯出奇的明亮。是成隐葵，扶着他的那个女孩我也见过，就是那天在练习室里见到的奇装异服的女孩。—_—疯子!! 借酒装疯靠在女孩子怀里很舒服吗?! 说什么去搞音乐，其实是找借口去喝酒!!! 我正准备和往常一样，面无表情地从他身边经过……

“我为什么很可怕?”

拧作一团的声音，让我的脚步戛然而止。

“……”

“没别的意思，我只是很好奇，毕竟我是第一次听到别人这样说我。”

那家伙的声音有些挖苦，他身边的女孩更是满脸诧异地看着我。

“第一次？好吧，我承认，那天我说话是过分了点。不过我没法再像以前那样面对你了，一直以来我们也说不上走得很近，总之，维持现状好了。”

成隐葵深褐色的眼珠更加幽深了，他的眼神牢牢固定在我脸上，仿佛要把我看穿。

“和维不维持现状没有关系，我只是想知道你为什么会那么说？为什么会觉得可怕？这种莫名其妙的评价究竟从哪里来……我真的很好奇。”

“隐葵，你醉了，我们走吧。”他身边的女孩小心地说道。因为旁边有别的女人在，所以我勉强忍住骂粗话的冲动。

“你好奇这种莫名其妙的评价究竟从哪里来？难道你觉得杀人像吃萝卜白菜一样平常吗？何止是可怕啊，简直是恐怖，不知道你怎么想，反正以我的标准来说，就是那样，这个理由够不够?”

“什么?”那家伙的酒仿佛突然一下都醒了，睁大眼，大声反问了一遍。

“我都说完了，是你非要我说我才说的。”

我有点后悔了，别把这杀人魔王惹急了连我都干掉了……想到这，我简直是用跑的，加快步伐冲过他身边。

“喂！云净媛！喂！”成隐葵扯破喉咙在后面喊我的名字。我已经放弃走路，干脆用跑的了……—_—那家伙要是用背上的吉他砸我脑袋怎么办，—_—绝对不能在发薪水的这天死掉。=0=等我跑到啤酒店，我那汗哦~!!!千沟万壑、横七竖八地在我身上淌。和往常一样，允儿早就到了店里，正在工作，见到我，——

“哟，你跑来的啊?”

“呼哧！ -0-呼哧！ -0-呼哧！ -0-嗯!”

“—_—你去搬啤酒箱吧，客人看到你这副德性会不愉快的。—_—”

“呼哧，呼哧！ -0-知道了!”

“算了，-0-你还是不要去搬了！要是又像上次那样，差点摔了一箱啤酒怎么办！你就在这儿等客人点东西吧。”

“—_—你知不知道你从刚才到现在一直都在侮辱我，而且有间接藐视我的嫌疑，知道吗? -0-”

允儿根本没分神在我身上，她围上围裙，急匆匆地向厨房跑去。我气馁地胡乱抹了抹额头上的汗水，深呼吸几下，总算把气给喘匀称了。这时，

“小姐，这儿，我们要点东西。”女人轻快的声音。

“是!”我急急忙忙朝最靠角落的一张桌子走去。

有句话叫“无巧不成书”听过没有，没想到又见到了他，他穿着一套黑色正装，一个女孩紧紧粘在他身侧，一双圆溜溜的大眼正滴溜滴溜盯着我。

“是我们这。^_^大哥，嗯~你是要吃酱汤呢?还是来点干鱿鱼下酒?”

"随你便。"

"是喝烧酒还是啤酒?"

"随你便。"

"什么啊，讨厌啦，哪有这样的，亲爱的，你究竟要吃什么嘛?"

听到大眼睛女孩撒娇似的话，男人点了点头，侧过头来看着满脸僵硬的我。

"云净媛，真是好久不见啊?"

"西苑哥，你认识她吗?"大眼睛女孩来回看着我和江西苑。

"嗯，有段时间曾经非常熟，嘻嘻，你和隐葵在交往吗?"

"没有。"

"隐葵他知道吗?"

"什么……"

"你和我是什么关系。"

"请问您要点什么?"我故意避开江西苑调笑的眼神，转头对大眼睛女孩问道。

"啤酒 3000CC……大姐姐，你认识我们大哥?"

"不，不认识。"

16

大眼睛女孩一脸迷糊地来回看着我和江西苑。干得好，净媛，忍耐，是的，一定要忍耐。

"请问您要点什么下酒菜?"

"大哥，我们要不要来点水果?"

"听说不久前你把安贤高的女生打趴下了?"

忍耐，净媛，一定要忍耐，到目前为止你不是忍耐得很好，那时你自己也有不对的不是……忍耐，我牢牢握紧拳头，指甲深深陷入了肌肤之中，几乎要渗出血来。

"一个水果拼盘，啤酒 3000CC，对吗?"

"是。"

“请稍等一会儿。”

好了，过关了，终于过关了，心好久都没有跳得这么快了，我坦然地转身准备向厨房走去。

“喂，离隐葵远一点，凭你就想勾引他?! 你要是惹隐葵伤心，到时候可不是挨一顿揍那么简单了，你就等着收尸吧。”

“……”

“如果你以为仅凭那顿打我就能原谅你，那你就大错特错了，我爸爸还在监狱里受苦，都是因为你这个臭丫头……”

我同我老爸是一个性格，多血质，现在已经不是忍不忍耐的事情了，这攸关我的性命，再忍下去我肯定会吐血而死。我一时兴起，哐当一声！一拳头砸在江西苑的桌子上。

“谁，谁让谁伤心了，你又是怎么对我的？认识五年的朋友，我那么相信你，你却找来一帮流氓丫头那样揍我，那样踩我，把我打得好几个月下不了床。而最让人寒心的是你找我去的借口，居然是说给我开生日派对，你究竟还有没有人性，是不是人?! 你知道当时我有多痛苦，多伤心，你站在我身前恶心地笑的时候，比我身上更痛的，是我的心!!!! 我那么哭着求你……五年珍贵的友情，真是可笑对不……一夜之间被你用最残忍的方法击溃了。别再喋喋不休在这儿饶舌了，安静喝你的酒，否则我决不再忍耐。”

江西苑冷冰冰地盯着我冒火的眼神，尖锐地开口道：

“不再忍耐？那就不要忍耐好了，你尽管试试不忍耐。友情？死丫头，你也配说友情？五年的友情，五年生死与共的朋友，你居然向警察局指控好朋友的父亲？嗯?”江西苑举着拳头，满脸愤怒地站起身，他已经有些疯了。

我也不是那么好惹的，好啊，谁怕谁！我撩起袖子就要要泼干架，江西苑也不示弱，走出桌子拉开架势，见我们这样，立刻从厨房里和周围桌子冲出来了一帮人，扯住我俩。在老板娘，允儿和另外几个人的不懈努力下，江西苑和那个女孩被拖到了酒店外面。

我孤零零地跌坐在地上，双目失神地看着眼前虚空的一切，嘴里漫无边际地喃喃自语，允儿上前搂住了我。

“很辛苦是不是净媛，我知道，虽然你看起来很坚强，平日里也总是笑嘻嘻大大咧咧的，但是我知道，你的心是苦的。”

“允儿，允儿。”

“嗯，我知道，我都知道，没事的，哭吧，有我在，你尽管哭吧。”

我趴在允儿的肩上，泪水再也忍不住，开始号啕大哭，忍耐了三年的泪水，今天终于有机会。好一会儿之后，老板娘无言地递给我一瓶烧酒和一瓶啤酒。

“……”

“今天是最后一天了吧？你的薪水我已经先给允儿了。要是还难过的话，喝完再回家吧！喝到没有力气哭为止。”老板娘静静地说道，允儿也在一边陪着点头。

时间过得真快，不知不觉已经2点了。

“我！我真的不知道！我真的不知道那个大叔就是西苑的爸爸。”

“嗯，嗯，我理解，我理解，净媛。”

“＞_＜嘎嘎嘎，＞_＜这是肯定的嘛！如果是你，允儿，如果你在路上看见一辆车撞死了人要逃走，你会不会向警察指控？当然会是不是？更何况我又怎么知道那个大叔居然刚巧是西苑的爸爸。＞_＜”

“那是当然的啊，你只不过是做了每个公民都应该做的事！”

“可是，可是他为什么要那样对我，那样狠狠把我踩在地上，疯子，疯子！┳_┳对不对，他就是一个疯子，我说得没错对不对？”

“把他红烧了吃掉也不为过啊，最好还要先剁一剁，兔崽子，混球！”

允儿梆梆地敲着我的肩膀，很够义气地和我一起诅咒那个坏蛋。

“我难过的是……让我想死了算了的是……不是被那群臭丫头揍得下不了床，也不是对西苑的恨……”

“……”

“而是西苑他，我认识了五年的西苑，总是逗我开心的西苑，我难过的时候会陪着我一起哭的西苑，比任何人都重要的我的朋友……他居然会用一副完全不一样的面孔看着我……第二天，我全身痛得像要散架一样，我怀念生病的时候会给我买药的西苑，我不停地哭，不停地哭，想要找回以前那个西苑，希望一切都是做梦，可是我没有找到，我当时真的差点疯掉，好长一段时间每天醒来枕头都是湿乎乎的。”

“忘了吧，忘了那种人吧！因为这种理由就离开你，伤害你，这种人不是你真正的朋友。我以后会更加好好对你的，所以，忘了那个时候的坏家伙吧。”

“我是想忘的允儿，可是忘不掉怎么办，每天它都会一千遍，一万遍地在我脑中徘徊，我有时候真希望自己没了这颗脑袋。”

“等一下，净媛，你电话来了，要不要我帮你接？”

我无力地点点头。

“喂？谁，再光？嗯，我是允儿，净媛在我旁边，真的？那你告诉我吧，我转告她，嗯，嗯？谁，嗯。什么事？—_—知道了，我就这么告诉她，好吧，你也……”

允儿挂上电话，小心地要搀扶起我，一边搀扶一边说道：

“净媛，再光要你赶快回去，你妈现在在洗澡，—_—估计三十分钟之后会找你搓背，所以他通知你赶快回去。—_—”

“嗯。”我把全身的重量都支撑到允儿肩膀上，艰难地站起身。

“啊，还有，不太明白他说的什么意思，不过他要我就这么告诉你：隔壁的哥哥不是杀人犯，朋友搞错了，是隔壁哥哥的朋友，-0-还说请转告姐姐不要打他。-0-”

“—_—……”

“他就是这么说的。—_—隔壁的哥哥？—_—是谁？”

“大嘴巴的兔崽子，乱嚼舌头，=_= 我回家一定要把他的嘴给封起来。=_= ”

“你现在满身酒气，能给你妈搓背吗？—_—”

“嗯，嚼几块口香糖妈妈就闻不出来了，走一会儿酒就醒了，我很强的。^_^"

"是啊，你够强！！我送你到你家门口，走吧。"

酒店老板娘真够意思，把我和允儿一直送到酒店门口。就这样，允儿吃力地扶着一路放歌的我，我俩就这样歪歪斜斜地向我家走去。

"好了，－0－允儿，你走吧，现在我没事了！"

"你可以爬楼梯吗？不会摔下来吧？"

"不会，我酒都醒了，怎么会犯这种低级错误呢！你不要担心了，回去吧！"

"—_—你身上还是酒气冲天，该不会回家正好被你妈逮个正着吧？"

"我最会瞎掰了你又不是不知道，不要担心，快走快走！时候不早了，臭丫头。"发现允儿还是一脸怀疑地看着我，我使劲推着她的背。

—_—我很娴熟地推开大门，惯偷似的顺着台阶一级一级往顶楼爬，就在我大约上了一半楼梯，啪！一个烟头扔在了我脚边。

17

"又是你？"我眯起三分之一的眼看向他。

成隐葵站在对面顶楼上，一脸火大地看着我。

"你喝酒了？"

"你刚才不也喝了？－0－"我嘟囔道，实在不明白他气从何来。

"你没有手表吧？知不知道现在几点了？"

"你小声点，－0－被我家里人发现了怎么办！我回得晚，你发这么大火，嚷这么大声干吗？！"

"十九岁的大丫头了居然喝醉成这样，你该不会每晚偷跑出去都是为了喝酒吧？"

"和你有什么狗屁关系，－0－我喝不喝酒！"

"气死我了，真是气死我了……"

那家伙嚯的一下转过身，正准备走回屋内，突然又想起了什么似的，回过身，从口袋里掏出个东西，啪的一下向我扔来……我的学生证!!!

“不会吧你?!! 你该不会是从你们老师那儿抢来的吧？ -0-嗯?”

“那天我说了有东西给你嘛，你死活不出来，我就是为了还给你这个。好好待着吧你，虽然就住在你家隔壁，这么说有点可笑。”

那晚在情侣咖啡厅里，他裂开的嘴唇，青肿的眼睛和脸，该不会是……为了要回这个?

“你该不会是为了要回我的学生证被那个老师揍了吧？所以那天你的嘴唇才裂开了?”

我衷心地希望自己不要这么聪明，我的猜测是错误的，否则我会……

“不是，接吻接成这样的。—_—”

“那眼睛怎么也肿了。”

难不成还能吻到眼睛上？—_—

“进去吧，我还要唱歌呢。”

“……对不起，隐葵。”

那小子瞬时满脸张皇，变得不知所措。

“我误会你了，听人瞎说什么你杀了人，我真是太BT了，居然这样误会你。你那时候为什么不生气，也不为自己辩解，弄得我好像很坏似的。ㅜ_ㅜ”

“你哭了?”

“才没有!!! ㅜ0ㅜ为什么每次都让我变成坏女人？江西苑是这样，ㅜ0ㅜ云再光是这样，ㅜ0ㅜ连你也是这样，ㅜ0ㅜ为什么每次只有我是无知的坏女人！ㅜㅜ0ㅜㅜ”

成隐葵扑哧一下笑到了地上，他扬着下巴，拼命狂笑。

“你是不是有什么难过的事？所以才找了个借口发泄在我身上？^_^”

“是又怎么样，兔崽子，ㅜ0ㅜ是有难过的事！怎么样！呜呜鸣鸣！对不起，误会了你，T^T对不起，真的非常非常对不起。T^T”

“你不是说要见到你哭，估计比见外星人还困难，^_^你这不是哭得很精彩嘛!! 噢耶！太棒了！还没有超过十天！你哭了，你哭了！我赢了，我赢了!”

那家伙嗖的一下火箭似的从地上冲了起来，两只手兴高采烈地在空中乱舞，真是荒唐，见他这样，我的眼泪哗一下收了回去。

“—_—好吧，算你赢了，说出你的要求吧，你赢了，我答应你一个要求。”

“嗯!”

“说吧，什么，不要太费钱的事情哦！不过也行，我今天刚领了薪水，费点钱也没关系，谁让我那么冤枉你，只要是你要求的，我一定很爽快地买给你。”

那家伙踌躇了一会儿，忽然露出极不协调的害羞表情，老天！他该不会……我还来不及多想，那家伙已经轻声说道：

“不要再翻顶楼了。^_^”

“……什么?”我愣了。

“不要再翻顶楼了。”

“这就是你的愿望?”

“不要翻顶楼，不要太晚回家。”

这个……这小子怎么又让人这么感动啊，真是!! T_T今天才真正觉得你这张脸超级耐看啊，不，不只耐看，是好帅，成隐葵。TT_TT

“我最喜欢赢了！我赢了，哦！我赢了!”

“喂，成隐葵。”

“嗯？O_O”

“我现在真的真的很难过。”

“嗯，为什么，因为被我打败了？嗯？嗯?”隐葵语气里透着兴奋。

这是什么眼神!!! 这分明是殷切地希望我的回答是“YES”的

眼神，这臭小子，这么在乎输赢。—_—

“不是，只是因为一些难过的回忆。”

“O_O”

“仅此而已，你，你，我，你……要不要做我的男朋友试试?”

妈呀！┬┬0┬┬我结巴了起来！我刚才说男朋友！┬┬0┬┬好丢人啊？我找不到能把自己眼睛固定起来的地方，眼珠子不安地四处乱转，屏住呼吸等着那家伙的答案。

“不要。”

“—_—好吧，反正我也没抱太多希望，不管如何，祝贺你赢了。”

“你做我的女朋友。”

“-0-这……这不是一样嘛！-0-”

情况骤转之下，我恨死这家伙了。

“嗯,还有啊,让你妈重新烫一次头发,现在烫的卷都掉下来了。”

“我妈妈？—_—你看见了?”

“嗯，在你后面。”

“┬0┬”

“你这个死丫头！想飞天了你！我就奇怪呢，怎么每天都听见顶楼上咯吱咯吱的！你跟我进来!”

┬0┬爸爸好像也在家里，┬┬0┬┬我哆哆嗦嗦，哆哆嗦嗦，抖着双腿从楼梯上爬了下来。

“女朋友，明天开始，照常给我背吉他啊！小心点，我要唱歌了。♫”

这个噩梦一般的晚上，就以他欢快而嘹亮的顶楼歌声画上了句号，歌声响彻天空。

18

#第二天早晨。

“姐姐，很痛吗？-0-要不要我给你‘呼呼’一下？-0-”

“闭嘴！-0-滚开！我让你滚开!”

“姐姐，今天是你和隔壁哥哥的第一天吧？”

“算我求你了行不行，千万请你老人家闭上你的嘴！┬0┬”

“哇，那么举世无双的姐弟情侣不就这么诞生了！啊，对了，姐姐，昨天有个男人打电话找你。”

“是谁？”

“不知道，挺熟悉的声音，#＄％％^&＊，那疯子噼里啪啦骂了一堆，骂完了就挂了。NND！要是被我知道是谁。”

“-0-居然撒野到我家里来了，特意打电话来骂我!!! 虽然平常是没有什么男人给我打电话!!! 江西苑，是你吧……一定是你对不对？”我恨得咬牙切齿，几乎忘了身上的疼痛。

“怎么突然提到那个兔崽子。”云再光呼的一下提起自己的书包，表情僵硬地朝外走去。臭小子，哎呀呀！天上下红雨了，他今天居然拿了书包出去!!! -0-

“云净媛！你还不去学校?!”妈妈又在魔音穿耳了，家里顿时充满毒气。

我小心翼翼地套上校服裙子，就怕碰到了腰，呜呜～!! 恶毒的妈妈，打哪儿不好，打得我腰部全肿了。

#学校。

“什么?! -0-你是说情侣咖啡厅里的那个家伙，乐天世界里的那个家伙，还有隔壁的大哥!! 他们居然全部是一个人？-0-”

“是啊。—_—”

允儿已经冲我耳朵叫了三十遍了，依然很难接受这个事实。

“而且，现在你和那个家伙开始交往？-0-”

“是啊，—_—你是不是该祝贺一下。”

允儿不管三七二十一，抱起我就摇。

“干什么啊你！”

“在你人生十九岁的时候，你的人生道路终于敞开了！敞开了！铁棒终于磨成绣花针，万年铁树也开花了！>0<”

不至于吧!!! 我交个男朋友也没这么困难吧。—_—

旁边家伙听到我俩的对话，一脸不置信的表情，眼睛冲我们这边瞟啊瞟。

“你这是在为我祝贺吗?! —_—”

—_—汪汪汪，汪汪汪，汪汪汪，手机屏幕上显示出让我害羞的三个字：成隐葵（不知什么时候交换了电话号码—_—）。

“喂（虽然班上所有的学生都在学习，我一点都不介意的）?”

“我。”

“知道，有什么事?”

“我现在在被罚站!”

“罚站？为什么?”

“我做了反抗学校的事情，今天你不要3点过来，3点30分过来吧!”

“你做了什么，-0-掀翻了教室里的课桌?!!”

“不，是更为灿烂辉煌的行动，待会儿见!”

电话挂断了，这家伙究竟做了什么啊!! 我正在呆想，坐我前排的那个家伙突然转回头来，满脸不可置信地看着我，压低声小声问道：

“-0-你真的有男朋友了？不是吧?”

“—_—”

接下来，是那兔崽子的同桌（女的），干脆把椅子搬转个个，冲我咬着耳朵说道：

“不是平八吧？ -0-嘿嘿嘿嘿！ -0-”

看到我因愤怒而红彤彤的脸，那两个家伙无言地转过了身。

#安贤高正门前。

允儿死乞白赖地求了好久让我带她一起来，可是脑海中的警笛一直告诉我不行不行，所以我今天依旧是一个人单身赴宴。ㅜ_ㅜ 他该不会误会我是被班上同学孤立，交不到朋友吧!!!

老远来了一伙人，讨厌，怎么又碰见他们，鼻涕虫似的，正是捏我脸蛋的那个混球！不过万幸，女人1，2，3，4没在，我最大限度地板起自己一张脸，偏过头，不看他们。可偏偏有些家伙不识趣，那小子油滑的声音传进我的耳朵里。

“哎哟哟，瞧瞧这是谁啊！没朋友的家伙，今天又是一个人！-0-”

“—_—……”

成隐葵出现了，他呼啦啦一下挡在我身前……好帅，好像咸蛋超人！O.O

“—_—你和这臭丫头是朋友？”

“（点头点头）O_O”

那个扯我脸蛋的，叫占贤的家伙勉强地扯了扯嘴角，把手搭到成隐葵的肩膀上，——

“要我祝贺一下你们吗，开始交往？喂，咱们走着瞧！”

他是看着我说的，—_—似乎话中有话啊！我好好咀嚼了一下那家伙说的话，还是没弄明白，放弃，我决定问一下成隐葵今天罚站的原因。

“你今天为什么被罚站？”

“隐葵啊，他今天在楼顶冲下面上体育课的家伙扔水气球，被校长逮个正着。”

占贤得意洋洋解释的同时，成隐葵羞红了脸。

“你说你做了反抗学校的事，你还说是比掀翻课桌更为灿烂辉煌的行动。”

“背着。”成隐葵那小子把吉他往我手臂上一套，提前跑了。

“我说错什么了吗？-0-”占贤露出一脸迷糊糊的表情，—_—是啊，你这个笨蛋。—_—我哐啷哐啷跟在隐葵身后追去，故意用欢快的声音说道：

“你害羞的对不对？坦白吧你，是害羞了对不对?！-0-”

今天，居然就是我俩交往的第一天。—_—

19

那家伙嘴里嘟嘟囔囔的，埋着头拼命往前走。这可是绝好的机会呀，以前总是他嘲笑我，今天我终于可以报一箭之仇了。

“喂，你要不要听听，我刚刚也想了一首歌词，－0－你这个专家来给我评评，嗯？－0－”

“—_—”

“名字就叫《飞出去的水气球》。－0－”

“—_—找死啊你。”

“它不是手榴弹♬它也不是大篮球♬更不是可爱的小小棒球♬我也不知怎么它就啪嗒啪嗒，嗖嗖嗖，哗啦啦♬ =0=唔～!”

成隐葵那个没人性的家伙居然回过身来一把捂住我的嘴。

“下次我可不是只用手了。”

“－0－”

隐葵维持原姿势拖着我，眼看着又朝我们上次去过的那家大头贴店走去。

“我不说了怕了嘛！＞_＜不要啦！我不想自己的脸显得那么大，特别是站在你身边，臭小子，放手!!!”

“你靠后站点不就行了!”那小子飞快地掏出口袋里的硬币投到机器里。

“用宽景好不好，宽景切分的那种?”

“不要选择需要变换表情的！我做不来!”

“就选这个吧，宽景的!”那小子根本没听我说话，已经自作主张地按了下去。

我定睛一看，我晕!! 宽景，变换表情的。—_—最过分的是那家伙为了防止我逃跑，一只手臂拦腰搂住我，另一只手熟练地按下了启动键……不要啊!!! 在我拳打脚踢，挣扎着要逃出他卡住我腰的魔掌的时候，机器已经很忠实地开始执行起命令了，咔嚓！咔嚓！

“唉～! 真是的，除了最后一张，没一张把你脸拍好的。”

大头贴一张一张从机器里出来，—_—靠着灯光效果，成隐葵那张脸看起来比平常还要容光焕发，而他身边的我呢，看上去就让人倒胃口，一脸迷茫不说，没一张拍得正儿八经。

“你都拿去，你都拿去!”实在不忍心看第二眼，我没好气地大喊大叫道。成隐葵也没生气，他拿起剪刀，剪下最后一张，小心翼翼地贴在我的手机盖上。情况大逆转，我半咧着嘴傻笑，露出了大门牙不自知，那家伙也可恶地笑着，仿佛拥有了全世界。

出了大头贴店，刚好看到路边有一家水果冰淇淋店，我俩颠颠地跑了进去，哇～～！可是，可是……为什么那么多种好吃口味的冰淇淋，他却偏偏买了两只我最讨厌的草莓口味冰淇淋，还强行递到我手上。T_T

“我说了我讨厌草莓口味的！！！”

“那你只吃下面的冰好了。”

“—_—气死我了。”

“我的女朋友，一定要和我吃同样口味的冰淇淋，和女朋友一起吃冰淇淋，这可是我一直的心愿。”

“那你以前为什么不交？”

“女人好烦，老是喜欢干涉你。”

“那你为什么和我交往？”

“因为你不干涉我啊！”

“就只因为这个？”

“嗯，嗯。”

“那么说，如果我以后想干涉你，想管你，想约束你，你立马就会和我分手？”

那家伙满脸理所当然地点头。不知怎么搞的，我突然觉得很荒唐；不知怎么搞的，我突然很生气，有揍他的冲动。

“好啊，放你的大头心，我才不会干涉你！对没有心的家伙，我才没有兴趣说三道四，让他做这个不要干那个的！”

“我们要不要打赌，看谁能把冰淇淋吃得更漂亮？”

“不要！”

“咦？西苑怎么出来了。”

……！真的是他！前面不到一百米的地方就是隐葵练习室所在的那幢大楼，江西苑正站在门口来回踩着步，仿佛在等谁。我悄悄往后退了退，隐葵却牢牢抓住我的手。

“他是我最喜欢的朋友，走！我介绍你们俩认识。^O^”

“……不认识也可以的。”

“我说了要介绍你们俩认识嘛。”

“我说了不认识也可以的嘛。”

“不要，我一定要介绍你们俩认识。”

“你最喜欢的朋友，他也可能是某人最讨厌的人。”

“真的？那你最喜欢恐龙头？ -0-”

我的心毫无预警地咯嘣一下，他说什么呢。—_—

“在这个世界上，我最讨厌恐龙头了!! -0-所以说难道你最喜欢它!”

“搞不懂你在说什么，分明就是两码事嘛！总之就是有这种可能！不和你瞎扯了，我走了!”

该死的，—_—实在理解不了这疯子的逻辑，我用尽全身的力气想甩掉这条鼻涕虫，可他捉着我的手依旧不肯放开，这时……

“隐葵!”光听到就让我全身汗毛都竖起来的声音。江西苑朝我们这边跑来。

“嗨！西苑!”

“哈哈，哈哈，你好。^_^”江西苑看见我，居然略微举手示了一下意。我避开他的视线，细细咀嚼他的话。—_—

“你认识净媛？你们认识?”隐葵疑惑地来回看着我俩。

那家伙倒替我省事了，主动回答隐葵那小子的问题，

“没什么，只不过以前是一个小学的，后来又上了同一所中学。喂，隐葵，上次你去釜山演出的时候，不是说有一个女孩很可爱吗，还记得吗?”

“谁？O.O”

“就是那时候那个嘛，第三次演出的时候，和我们一起演出的女歌手，好像也是某个乐队的主唱，戴着蓝色的隐形眼镜，你说了好几次她很可爱呢。”

“啊……好像是有这么回事，怎么了?”

江西苑……你究竟想干什么。

"那丫头说想到我们这儿来看看，正好她和我一个后辈是一个班的，所以我就把她带到我们练习室来了。"

"你带她到我们这儿来干什么?"隐葵皱了皱眉头。

"快进去吧，她在里面等着你呢。"

"她等我干什么?!!!"

"当然是对你有意思了，我正好也想把她介绍给你呢。"

"我有女朋友了。"隐葵啪的一下把我俩紧握在一起（其实是他握着我的啦一_一）的手举到西苑面前，无比欢欣鼓舞地说道。

"隐葵，她不行！^_^"

我觉得西苑差点没晕倒，很佩服这个时候他还能笑得出来。

"为什么不行?"

"她？她是一个很可怕的女人，说不定什么时候就会背后捅你一刀。"

"我走了。"我支起腰，不想继续听这个混球说下去，否则难保我不会当着隐葵的面做出什么来。

隐葵依旧没有要松开的意思，我哆哆嗦嗦抖了半天，他却粘得像强力胶一样。

"江西苑，净媛她没什么可怕的，还有，你送那个女孩回去吧，我说过讨厌陌生的女人进我们的练习室的。"隐葵盯着西苑脸，平静无波地说道。

"我们需要一个女主唱啊，你也同意的，她做我们的歌手也不行吗?"

快说不行啊，说不行啊，说不行……

"那倒可以。^_^"

"臭小子，我就知道你，快进去吧。"

隐葵嘻嘻笑着，牵着我的手就要往里走，我拼命地强行甩开他。

"我说了我不要进去！还有，江西苑你!"

"……"

"闭上你那张造谣生事的大嘴，听清楚了没有？下次见到你我决不会就这么轻易放过你!!!”

有那么一瞬间，江西苑的脸突然变得异常狰狞，可怕得我怀疑自己从来没有认识过他，可是随即他又恢复了正常，笑眯眯地看向隐葵。隐葵那个笨蛋，瞅都没有瞅我，用夹杂着几丝火气的嗓音说道：“云净媛，我知道你嗓门大适合做广告，可是不要对我朋友这样，破坏我的心情。”

“……”

正好一辆出租车经过，我想也不想地跳上车。从车窗里，我看到了得意洋洋的江西苑，他笑得像狐狸，一脸“你绝对斗不过我”的傲慢样……搂着隐葵的肩膀，昂首大笑着走进了练习室。

20

车很快开到了我家附近，本来我是不经常坐计程车的，可刚才我实在没有自信能走回来。是啊，那家伙也是成隐葵的朋友，相信他就像我当年相信他一样，期待他会站在我这一边，是我的错。可是这一切事情，究竟是谁的错……

“停在这儿可以吗?”

“好的，就停在这儿吧。”

刚踏下车，就看见了再光那小子，他身上只披着一件单衣，双手插进口袋，垂头丧气地站在门口长吁短叹，这兔崽子~!! 我那弟弟很快也发现了我，光速向我冲来。

“干什么啊，弄成这样。 -0-”

“还不是因为素颜她，唉~! NND，都这么大丫头了，怎么能随便在外面过夜呢!”

“—_—素颜? 成隐葵的姐姐? 你等那个姐姐干什么?”

“姐姐，我该怎么办，我好像真的陷入爱河了，我真的真的好爱她啊，我还是第一次有这种感觉，老是牵挂着她，老是为她担心，你知道的，我从来都不知道‘担心’两个字怎么写的，>0< 看来我是变了!”

“让开，臭小子，—_—好狗不挡路!”我忽悠一挥，那小子挡不住我的大力金刚掌，跌跌撞撞闪到一边让路。

“你怎么了你！-0-什么时候这么虚弱了！-0-”我大吃一惊，看着倒在门侧，浑身软绵绵的再光。

“我也不知道啊，腿好痛，┬┬_┬┬姐姐，我肚子好饿。┬┬_┬┬”

“哈，=0=进去吃饭吧！你从一早上就这样待到现在？”

“你帮我弄碗吃的来姐姐。┬┬_┬┬”

“你自己进去吃不就好了！-0-你这小子到底抽什么风啊?!!”

“要是我进去吃饭的当口，素颜姐她正好回来了怎么办?!!”

“—_—那你先坐下再说。”

“不行，我一定每次都要以雄纠纠的形象出现在素颜姐面前，决不能让她看到我那副熊样！”

“知道了，—_—那你就这么待着吧，行了吧？”

“姐姐，┬┬_┬┬你帮我端碗吃的来，端碗吃的来。”

“—_—”

废了！废了！完了，这小子是彻底成废人了！我们天下第一的再光，什么时候见他主动给女生打过电话啊，连手指头都不曾主动朝女生伸过一下，现在居然沦落到这种地步。—_—

“你进去吃饭吧，我在这儿等着，看到那个姐姐我叫你。”

我那亲爱的弟弟，眼睛里立刻露出前所未有的快乐光芒，他用崇拜和感恩的眼神看着我……我从没有见他如此看过我。—_—现在我承认，这小子是有点帅啦，否则也不会迷得一票女生成天往家里打电话，挤破了头似的在我家门口排队，—_—^可是……我为什么要帮这小子傻坐在这儿等那个姐姐啊!!! ┬┬0┬┬

我化石似的坐在自家门口发呆，没过多久，一辆高级轿车突然转进了巷口，缓缓滑动，终于停在了我家对面的大门外。我是什么眼神！超级2.0，而且凭我的直觉，我猜就是他们。—_—^果然不出我所料，副手席上坐的是素颜姐，而驾驶席上的，就是我上次在啤酒店见到的那位大哥。—_—再光没在，真是万幸。素颜姐摆出超级性感的姿势倚在大门旁，哇~！看得我都直流口水，瞧瞧她那双妩媚的眼睛，我就是做三次整容手术也做不出这效果。那个长得不咋的的男人走近素颜姐，轻轻抚摸着她的头发。

“呀，不要摸！我没洗头发！”

-0- -0-我差点没跌倒（幸亏是坐在地上的）。就在我疑心自己耳朵之际，那个男人开口了，——

“那又怎么样，有什么关系。什么时候能再见到我美丽的素颜呢，短时间内我有点忙。”

“刚才多吃点就好了，肚子一下下就饿了，怎么回事啊？”

“素颜，我不是在和你开玩笑。”

“嗯，知道了，你说什么？有点忙？那你不忙的时候我们见面不就好了！ +_+”

“好吧，你进去吧，等我的电话，不要不接哦。”

“知道了，再见！再见！ -0-”那女人在空中挥舞着两只手，兴高采烈地欢送自己还没有坐上车的恋人。

—_—得赶快告诉再光去，想到这，我吧嗒吧嗒一溜小跑冲进屋内。

疯了，真是疯了，血缘关系真是可怕啊，以后该怎么应付这家人，突然发现的事实让我变得忧郁起来……我甩了甩脑袋，冲进厨房，正要喊叫，突然发现我那可怜的弟弟哦，只见他嘴里咬着勺，像阵亡了似的趴在桌子上，睡死过去。我压下自己那些不道德的想捉弄他的想法，悄悄朝楼上走去。

这家伙究竟等了几个小时啊，那个成家的女人到底有什么好的，让他能咬着勺，这么一脸幸福地睡去。—_—

#当天晚上。

为了给顶楼的花盆浇水，我爬上顶楼，打眼就看到对面顶楼上什么东西在迎风飘扬。对面的晾衣绳上整整齐齐地挂着三大张纸，每一张纸上面都有一个大大的字。

“对，不，起。”

噗哈哈！＞_＜我眼泪都快笑出来了，疯子！—_—你这样就算道歉吗?!还是在变相撒娇?!你以为这样我就会 HoHo～张嘴大笑吗（其实已经笑得不成人形了）？—_—

突然，我觉察到一股来自暗处的森冷视线，眼珠子朝四周一瞅，我已经在不到一米开外的地方发现目标了，只见几根茶褐色头发顺着顶楼窗户沿稀稀疏疏地冒了出来，还有一双栗色的眼睛，—_—他今天又去情侣咖啡厅表演了吗，眉角还嵌着一枚弯月形的饰品，在星光的照耀下闪闪烁烁。有那么一瞬间，我的眼不小心对上他的，他顿时慌张了起来，那颗头嗖的一下消失不见了。什么呀，这小子究竟在搞什么鬼，他该不是疯了吧？—_—我能肯定的是，这小子的心理年龄，比我姨妈的儿子还要低，铁定如此。

我真的好想跳起来喊住他：你不是要向我道歉吗?!可是……哐当！我猛地带上顶楼的楼门，转身回自己房间去了。

今晚又会有一个好梦啰!!! >_<

#第二天早晨。

在妈妈的斥责和爸爸的眼神杀伤力之下，我非常“善解人意”地背着书包去学校补课了。刚到巷口就看见了成隐葵，他似乎只比我早出发一会儿，机器人似的一步一步往前迈。

装作不认识他？还是就像什么事都没有发生一样上前拍拍他的肩膀，他昨天已经表现得够可爱的了，—_—我大人有大量，就以我宽广的胸怀原谅他吧。想到这，我加快步伐就要追上前，吓！-0-一个穿着经进高校服的女生不知道一下从哪儿跳了出来，她拿着书包使劲砸了砸成隐葵的肩膀。

隐葵转身朝后看了看，我飞快地闪身躲到电线杆后。—_—那家伙看上去笑得很开心的样子，而那个女孩紧紧粘在他身边，—_—看不清她的正面，只能看见背影。

—我现在所能知道的事实就是—

那个女孩的身材苗条匀称——我并非如此；

那个女孩的校服干净整洁——我做不到这样；

那女孩子个头娇小——我个头很大；

那女孩发质很好——我只能说不坏；

那女孩皮肤相当的白——我们家不存在白色肤色的遗传基因；

那两人越走越远，几乎化成两个小点，我站在他们身后，呆呆地望着他们远去的背影，一种不可言状的感情牢牢缠绕住我。

21

#学校。

课间休息时间，一个从没和我说过几句话的家伙突然悄悄凑到我跟前。

“……那个，净媛啊。”

“嗯？”

“是真的吗？”

“什么？”

“你认识江西苑吧？”

闻言，我脸上的肌肉猛的一下僵硬起来，那家伙见了，惶恐地慢慢蜷缩成一团。允儿一脚踹开课桌，站起来大声嚷道：

“谁要是再多嘴多舌，喜欢嚼舌头根子，我就送他一记拳头尝尝。”

刚才还在我身边的那个人立马走出教室消失不见。

“我没事的，吓唬那些善良的老百姓干什么？—_—”

“我生气嘛，听说江西苑和你男朋友是好朋友。”

“嗯，是啊，而且啊！还是他最好的朋友。”

“对你来说，现在最重要的事情就是……！”

“……？”

“为了让江西苑那个大嘴巴不要这儿那儿地说三道四，搬弄是非！为了不让他在你和你男朋友之间挑拨离间，惹是生非！还有，为了你将来能有一条平坦幸福的道路！”

“就这样顺其自然好了，不要惹出些事端来，我的朋友。—_—现在这样就好。”

"—_—笨丫头。"

可是，今天要不要去帮他背吉他呢！去……还是不去……一上午我都坐在椅子上苦闷这个问题。可是我很快就明白所有我这些苦闷都是浪费时间毫无用处。

从学校出来，我们正式成员六人组，—_—一人嘴里叼着一个冰淇淋，晃晃悠悠走在大街上。刚刚逛完了一条商业街，大家都累得够呛，我们一伙人站在路边抓计程车，半天都没见一辆路过，有几个家伙已经愤怒得要举垃圾桶了。—_—突然，某人瞪圆了眼。

"喂,那个……净媛。"允儿忽然跑到我身边,梆梆戳我的肋骨。

"干什么?"

好痛啊！知不知道臭丫头！每次都爱戳我这儿。

"那不是隐葵吗?"允儿一脸担心地指着某处。

"什么?"我顺着她手指的方向看去，果然看见了隐葵，他刚从一辆计程车上下来，旁边还停了一辆计程车，从两辆计程车上乌拉乌拉一下下来了七个男孩，估计都是他同学。－0－如果我身边的这帮家伙知道我和他在交往……—_—老天，这两帮人会和在一起还不变成集体相亲了，┳┳_┳┳想想我就觉得恐怖。┳0┳

"（偷偷摸摸）允儿啊，就装作没看见好了，没看见，没看见，不要对身边的那帮家伙说。"

允儿诧异地盯着我，不过还是点了点头。我躲在一群人中间，掏出手机装作低头打电话的样子，菩萨保佑，这次一定要顺利过关！正念着佛经，成隐葵那帮人缓缓从我们面前经过。—_—

"咦？是这所学校吗？喂，你们学校是不是很烂的那所啊！是不是啊！"

成隐葵的声音。—_—

"嘿嘿嘿，以前我喜欢的姐姐就是这所学校的。喂，你要不要给你女朋友打个电话啊，她不就是这所学校的，错过了怎么办?"隐葵同学的声音。—_—他干吗带这么一个朋友在身边嘛!!┳┳0┳┳我飞快地把手机关机，抢先一步走到马路，嘴里愤愤地骂道：

“那帮混小子，跑到这儿来干什么，又不是他们的地盘，去哪儿玩不好啊。”

就在这时，一辆计程车迎面而止，我惊喜地冲上前拼命挥手。可惜啊！就差那么一点点，就差那么半臂的距离，还是被一辆摩托车抢了先，先于计程车堵在我面前。我张大着嘴瞪着那辆摩托车，嘴巴里足足可以塞进一颗鸵鸟蛋（太夸张了，鸡蛋还差不多—_—）。”

我们小区内惟一的一辆摩托车，ZX－7R。—_—摩托车的主人我也再熟悉不过，—_—非常非常熟悉，不仅熟悉，我还坐过这辆摩托车。—_—呜呜，可怕的回忆。

“隐葵！净媛在这儿。”摩托车的主人冲着那头大声嚷道。—_—该死！—_—^

“你来这儿干什么，┬0┬金平八！”

“隐葵叫我来的！怎么了！”

“┬_┬脱掉安全帽。”

“为什么！－0－”

“让我揍你一下，就一下！┬0┬”

不这样我如何消得了心头之恨啊!!!!

“不要！－0－隐葵啊！小子们！这儿！这儿！”

平八四平八稳地戴着他的安全帽，拼命朝成隐葵那帮人招手。那七个安贤高的学生，一摇三摆地向我们走来，脸上表情异常糟糕。我那帮朋友一脸不可置信地看着我。

“云净媛。”

是成隐葵在叫我的名字。好吧，我认命好了，今天所有的神仙都抛弃了我……所有的幸运都撇下我飞走了。我曾经大言不惭地对她们这帮人吹嘘过我绝对不交男朋友，还批评说交男朋友是一件多么让人无法理解的事情，┬0┬这下好了，当场被捉包，丢死人了!!! ┬0┬

“eng～！你们这是去集体相亲吗?”

“你看见我了，还是没看见?”

“没看见。”我急急忙忙说道，什么叫欲盖弥彰，做贼心虚。

“把手机给我。”

“……—_—不要。”

那臭小子一句话不说，三两下缴走我手上的手机。

“为什么关机？^_^”

“手机没电了。”

“是么？^_^”

“是啊。—_—^”我硬是从嘴角挤出一丝微笑，眼睁睁地看着那家伙把我手机开机。6_6

“电池满格啊?！^_^”

“啊，看来充好电了……”我本能地随口瞎掰。

“—_—^你是不是还在为昨天的事生气?”

“什么呀，什么呀！-0-昨天有什么事，昨天怎么样了!!!”平八猛地一跳老高，激动得像个弹簧似的在地上蹦来蹦去。

“呼～～！平八啊。”隐葵那小子暂时把视线转向平八。

“嗯?”

“把你的安全帽给我。”

“嗯。”一句废话都没有，平八顺从地把手里的安全帽递给成隐葵。

我还记得那时，平八每天都追在我身边让我坐上他这辆摩托车，说了十几二十次，终于有一次我点头了。—_—坏蛋平八，他呼哧一下从摩托车上跳下来，成隐葵熟练地骑了上去。

“你坐上来，我有话对你说。”成隐葵用有些烦躁的声音对我说道。

“不要。”

“我让你坐上来你就坐上来。”

“我说了不要就是不要！你说坐我就要坐呀?!”

“哈。”那家伙压抑不住自己强烈的愤懑，仰头干笑一声。—_—所有我那些朋友简直不敢相信地看着我，—_—还有成隐葵那帮同学啊，一脸贪婪地盯着我这些朋友。—_—看来今天是逃不过一劫了，我避开那小子锐利的眼神，结结巴巴地说道：

“那……那，我来骑摩托车，—_—我喜欢驾驶，不喜欢坐。—_—”

“穿着裙子？”那小子惊讶地指着我的校服裙子。

“—_—好吧，随你。”隐葵不再说什么，绷着嘴脱掉自己的上衣（里面还穿了件T恤），缠在我腰上，恰好挡住了我的腿。

“好了，你来开，^_^现在没问题了吧？喂，安全帽也给你。”

—_—平八满脸惊恐地看着我和摩托车，—_—臭小子，你这破摩托车值多少钱，担心我毁了你的摩托车啊？ -0-嘿咻嘿咻，甩甩手臂，扭扭屁股，>O<嘿嘿嘿，这才是我盼望的呢!! —_—想当初，我也是怕得要死啊，—_—坐三次，—_—有两次把我甩到地上，今天就看你小子的运气了。=_=

我恶向胆边生，满脸狰狞地戴上安全帽，嗖的一下跨上摩托车，—_—成隐葵那小子意味深长地笑着，在我身后坐定。从他贼贼的表情中，我隐隐约约能读到他的想法：今天你死定了！—_—没错，就是这种表情。—_—

“呀！我看这丫头是疯了!!! 我还是第一次看到女人骑这玩意呢。”

“隐葵啊，你可千万保重身体啊！要是有什么不对劲，赶快跳下来!”那家伙的朋友们还挺关心他，满脸忧虑地齐齐冲他喊道。

“云净媛！你疯了？~快点下来！ >O<”

我那帮朋友也被我吓疯了，脸上青一阵白一阵，叽叽喳喳不停地喊着。—_—呜呜呜呜呜呜，可是已经出发了啊！—_—真的好快！┬0┬咻咻咻，强大的引擎声夹着风声赤裸裸在我耳边回响，那家伙的两只手紧紧围在我腰间，歪了歪了，要歪了!!! 我惊险万分地好不容易掰回摩托车，—_—呜呜!! 好可怕哦，我要死了。┬_┬后面那家伙此刻却在我耳边哼哼唧唧唱起了歌。

停下来吧……实在有伤我自尊心，继续开吧……我觉得我这辈子的胆子都用在这儿了，我只能以最最缓慢的速度前进，可是大家也知道的，摩托车原本速度就很快，速度不快那还能叫摩托车吗?!

┳_┳我们冲下一条斜坡，驶到了我学校附近，校门附近的所有学生都停下脚步，诧异地看着我们这辆摩托车，—_—完了，这下臭名远扬了！—_—不知他们会想成什么样。摩托车剧烈的震动震得我两腿发麻，两条腿简直都快不属于我的了，那小子他怎么能这么坦然？┳0┳

“不要用手指在我背上划来划去！=0=”

忘却你纵横的泪水♬把所有的它们都洒向天际♬太阳光会把它们蒸发掉♬雨水会使它们消融♬

“┳_┳”我好想哭哦!!!

摩托车驶到了一条宽马路，万幸，刚好碰上红灯。

“喂，我腿麻了，你要不要骑一下摩托？”

不听隐葵那小子回答，他却哧溜一下把头埋进我背里。

“干什么啊你!! 还不快挪开你的大头?!”

“学生，有驾照吗?”

“—_—”

悲惨的预感，我颤颤巍巍地侧过头，妈呀！只见一辆警车正和我肩并肩地排在一块儿等红灯，红色警灯在我面前忽悠忽悠转个不停。—_—一位警察大叔从车窗里探出头来，好不亲切地冲我问道。就这样，—_—我恐怖的摩托车之旅不到十分钟就宣告结束了，我和隐葵肩并肩地被送到了邻近的派出所。—_—

22

#派出所内。

一位大叔正躲在角落里看报纸，见我们进来，他眉头往上一抬，把报纸放到一边，大步大步向我俩走来。—_—

“喂，我是不是见过你，你以前来过这儿吧?”大叔皱着眉盯了我一会儿，说道。

“绝对没有。”我苦着脸慌忙申辩，—_—我可是良民啊，绝无犯罪纪录。

“你说没有？你是不是几年前来过这儿，还是冬天，没错吧？”

“真的没有。”

“金警官。”

“是，警长。”那个在一边整理诉讼材料的警察大叔答道。

“这家伙，就是这个丫头啊，她以前是不是来过这儿啊？金警官你也应该有点印象对不对？”

“这个啊……记不清楚了。”

“啊啊！我记起来了！”警长啪的一拍大腿，扯着他的大嗓门，仿佛要通知全世界似的吼吼道，“你！就是三年前嘛！被一帮和你差不多大的丫头揍了，可怜兮兮地来到这里，当时你脸整个都肿了，看着真可怕啊！对不对，就是你，我说的没错吧？!”

啊,他原来说的是这件事啊！三年前我生日那天江西苑留给我的可怕回忆。我双手使劲捏紧了拳头,按住自己哆嗦个不停的双腿。

“你就是那时候的丫头嘛。喂，你这是怎么搞的，居然穿着校服骑起摩托车了，你脑袋里究竟是怎么想的？都这么大个丫头了，嗯？不过呢，有一就有二，来过派出所的人往往都会再来一次，啧啧啧啧，乳臭未干的黄毛丫头。”

我最讨厌了，这种话。

“乳臭干了又怎么样，还不是一样不懂事。”就像是和隔壁大哥说话一样，一_一成隐葵不怎么客气地对警长说道。

“你说什么，臭小子？”

“我也经常来这里的啊，你为什么不记得我？”

“想找打啊你?！小不点，别这么招人厌好不好！不过看来今天不教训你一下你就不知道派出所的门该怎么进？嗯?”警长高高举起手，眼看着就要粗鲁地扇下去，一个长头发的女人突然尖叫着出现了，她一把挡在隐葵身前，一副快要晕倒的样子。一_一

“为什么要打我如此珍贵的宝贝弟弟。>O<”

再光美丽的女人，=_= 之后一个接一个地出现的是成隐葵的爸爸，妈妈，我的爸爸，妈妈，一_一他们怒气冲冲地来回看着我

和隐葵。这下可好了，大家都见面了。>_<

#派出所门前。

爸爸从头到尾没开口，铁青着脸，表情可怕地率先坐上车。

“哎哟，你这孩子啊，既然要骑摩托车，那就坐在摩托车前面嘛，堂堂一个男子汉，怎么能粘在女人家后面呢，唉！你这孩子真是！哎呀！隔壁的女学生，我们又见面了!! ^O^”隐葵的妈妈先是唠叨着隐葵，接着看到我，十分高兴地啪啪拍着我的背说道。

这家人还是有好处的，看事物总看到它的积极一面。—_—

“我希望贵宅的公子以后和我女儿没有什么瓜葛比较好。很遗憾，第一次见面却是在这种不愉快的情形下。云净媛，还不快走。”妈妈转身飞快地朝爸爸的车走去。

ㅜㅜ_ㅜㅜ听妈妈这口气，回家我肯定死定了!!! 我迈着无比沉重的步伐，跟在妈妈身后。

“云净媛。”

“干什么?”

“我帮你报仇。^_^”

“哈哈，报什么仇……”

“你挨的拳头，我会以十倍的代价偿还给她们。我讨厌你这样，装作很坚强，一个人扛着所有的负担。”

“还不快过来?”妈妈跺着脚在车边鬼嚎。

—_—我无力地冲隐葵挤出了一个笑容，噙着眼泪，上了爸爸的车。ㅜㅜ_ㅜㅜ后视镜里，依旧可以看见开开心心的隐葵一家人，他的爸爸，他的妈妈，他美丽的姐姐，还有，成隐葵远去的背影……

怎么为我报仇，当时我挨了不下五十记拳头，难道你要揍你的好朋友江西苑五百下？你真的做得到吗？哈哈……白痴，明明做不到的事情，不，是可以做到你也不会去做的事情……为什么要说出来，让人如此感动……

23

#当天晚上。

我最不愿意听到的话，我最讨厌的话，我从爸爸妈妈嘴里听到了不下一百句，一千句，爸爸正准备来个勇猛的大背包把我甩到地板上，我善良的弟弟再光拼死上去阻拦住他。TT_TT

直到凌晨3点，我才终于得以逃出黑暗世界，相遇我亲爱的床。也许……我偷偷打开窗户冲外看，有些失望，没有看到隐葵那张“讨厌”的脸。

“哎哟哟，瞧瞧这些伤口，你说你这是何苦来哉？一_一”再光审视着我的满手青紫，啧啧有声，虽然他今天帮了我，我怎么老觉得他有些幸灾乐祸来着。一_一

“都怪平八那个混蛋。TT_TT”

要不是他骑着摩托车突然出现，要不是他把摩托车借给成隐葵，呜呜！我怎么会受这皮肉之苦。

“平八把他这辆摩托车看得比性命还重要，现在被派出所没收了，我看这小子八成要废了，又是一个废人出现，造孽哦!!”

“呃哈哈哈哈，-0-听你这么一说，我突然很高兴，心情好好啊!”

“一_一歹毒的疯女人。”

这是再光对我的最高评价了，他瞪了我一眼，叼着一支烟，施施然朝顶楼走去。看在今天他救了我的份上，我就睁一只眼闭一只眼吧。

明天早上不能吃早饭，一_一饭饭，给我饭饭，TT_TT我最爱我亲爱的饭饭了。

今天我比平常早离开了家，家现在对我来说已经不是什么温暖的所在了，它现在对我来说是监狱，还是不管饭的监狱。

咦？这个背影……！-0-昨天那个女孩，我铆起劲，竞走似的往前走，今天一定要看清到她长得是圆是扁。没错了，就是她

了，昨天和隐葵走在一块儿，让我感觉低人一等的背影！……呃？还有一个让我备感打击的事实！这丫头居然是蓝眼睛，虽然我知道这是因为她戴了蓝色的隐形眼镜啦，可是想到昨天江西苑提到的蓝眼女歌手……！突然，那个女孩停下了脚步，顿住！诧异地仰起她的蓝眼珠望着我。—_—真是可爱啊，—_—虽然她的美貌让我自惭形秽，自认比不上，可是我还是觉得她和我最讨厌的歌手J某惊人的相似。一大清早上学的路上居然还抹了粉，—_—眼线好像也画了，—_—我的眼睛轮廓就不是很突出的那种！呜呜！

蓝眼珠怕怕地看了我一眼，接着飞快地扭头继续往前走，—_—我也来了劲，运起神行百步功，一步不落地紧紧追逐在她身后，蓝眼珠更紧张了，干脆从口袋里掏出一支红色手机，给某处打起电话来（我随之一个急刹车—_—）。

“啊，是哥哥吗？我是娜林，什么？啊，不是的，哥哥你现在在哪儿？”

切~！—_—以为就你会装成这种娇滴滴的小女孩撒娇的声音吗，我也会！！—_—表里不一的家伙，绝对是在外面说话一个声音，在家里说话一个声音，狐狸精（从小我就最讨厌这种女孩）。

“不是的，我现在正要去学校，如果哥哥你还没有出发的话，我们正好可以一起顺路走到车站啊！而且啊，哥哥你上次教我的那首歌，我在家练习了好久呢，你不想听听吗？^^知道了！那我等着你。”

这，这……这简直是太气人了，—_—她刚才肯定是和成隐葵通电话。

“把手机给我。”

也不知道从哪儿来的勇气，—_—我没头没脑地就冲还在通电话的蓝眼珠伸出手，不管三七二十一，要了她的手机再说。

“什么？”蓝眼珠倒退一步，一副吓破了胆的模样。没见过这么匪的女人吧！！！

我不等那狐狸精同意，直接接管手机。

“要你给你就给嘛！喂！你是不是成隐葵？没错！-0-我是净

媛！怎么样！”

“怎么会是你说电话，你也认识娜林吗？ -0-”电话那头的成隐葵嗓子都惊变了，在我看来这正是做贼心虚的表现。—_—

“不认识，—_—在路上走的时候碰到了，所以就拿过来说电话了。”

“像你干的事，像你干的事，是你会干出来的事。”

“喂，今天要不要我替你背吉他啊？”

“当然！!! 喂，你等等我，我们一起走。”

“算了吧你。—_—^你们两个手牵着手，亲亲热热地走吧。肮脏的花花公子！—_—^”

啪嗒，我把手机朝蓝眼珠的口袋里一扔，头也不回地大步往前跨去。忌妒，—_—这就是忌妒，云净媛现在正在忌妒 ing~!!

“那个，请问你认识隐葵哥吗？”

蓝眼珠小心翼翼的声音。听到我就生气。—_—

“是的，还是女朋友，女朋友！ -0-”

“什么？你说是女朋友……？”蓝眼珠不死心地又问了一遍，满脸的不置信。

叮铃铃叮铃铃！叮铃铃叮铃铃！书包里的手机疯狂地响了起来，是成隐葵那个小子吧。—_—

“看你年纪比我小，我说话也不客气了。是啊，是女朋友，换句时髦的话说，就是爱人，懂吗？爱人， -0-我要迟到了，咱们下次见，88。”情绪稍微平静了点，我冲她拼命挥着双手，接着朝车站跑去。—_—

到了学校也没好事，我刚进教室，班里那帮家伙立刻像害虫一样围了过来，我就是被围在正中央的那棵可怜的大白菜。—_—

“云净媛！听说你和成隐葵在交往！ >O<”

谣言就是这样可怕啊，这么多人蜂拥而至只为了看我一个人。—_—无论是课间休息还是午餐时间，窗户上、门边，到处挤满了人，就是为了看我这张脸，不用说，一、二、三年级的人都到齐了……我是不是可以考虑收些门票……—_—终于熬到了自习课，手机突然响了起来。

“喂?”

“姐姐你在干吗?”

“请问你是? —_—电话号码虽然看着有些眼熟。”

“我是再光啊! 请姐姐为我祈祷，让上帝保佑我在大会上一定能得第一名!”再光用再温柔不过的声音对我说道，听得我起了一身的鸡皮疙瘩。

“你吃错药了你，居然想起给我打电话?!”

“你不是素颜姐吗?”再光疑惑的声音。

“我是你老姐，你再光的亲姐姐我名叫净媛。=_= ”

“唉~! 气死人了，浪费半天表情，—_—^我按错号码了。”

嘟嘟嘟嘟，—_—这小子究竟是怎么了? 以前没这么晕头转向的啊! 爱情的魔力原来这么可怕，真是真理啊，陷入爱河的人总是神经兮兮的。

下课钟声敲响，一天的补课总算结束了，我和允儿急急忙忙地冲到校门口，坐上计程车，好久都没有逛街购物了，今天一定要逛个够本。

“你不去帮成隐葵背吉他么?”

“那个蓝眼珠会帮他背的，我去凑什么热闹，—_—切! 今天再光要在道场里比赛，会回来得很晚，T T_T T只有我和妈妈两个人在家。”想想就好恐怖，我宁可和一只老鼠在家。

“你老老实实定在二楼不下来不就好了，难道还特意跑去吃你妈妈的拳头啊。”

我们从允儿最喜欢的服饰店开始逛，完全不合我口味的公主style，—_—都已经过去二十分钟了，那小妞还在里面刨得好不开心，服了她，真有毅力。闻着店里浓浓的衣服味，我百无聊赖地靠在门边，不，也不是很无聊的，我看着对面的水果冰淇淋店，喵呜喵呜! 好像好好吃的样子，我吧嗒吧嗒嘴，舔舔嘴唇。嗒! 某人突地一拍我的肩膀，

“干什么呀?”

"出来一下。"

烦死了！这家伙最近是怎么了，老是在我眼前晃。我狠了狠心，朝旁边挪动了几步。是穿着校服的江西苑，他那帮朋友，站在不远处看着我们。

"说吧，有什么事?"

"我警告过你，不要老粘在隐葵身边，凭你就想勾引他?"

我故作坦然，冷哼一下，翘起鼻孔看着他。

"你是在威胁我?"

"只是警告。"

"我要不要见他，全凭我高兴。而且，我告诉你，我会和隐葵一直交往下去，没什么勾引不勾引的!"

"哈，怎么，又想像那时候那样狡辩？我奉劝你一句，最好不要招惹我身边的任何朋友，看到你我就觉得恶心，以后最好不要让我见到你，@#$%^& 听明白了没有?"

和那时同样可憎的嘴脸，同样寒心的语气，我想忘记的，我真的以为我能忘记的，没想到却再次活生生呈现在我面前。

"哈，你说我恶心？我见到你才想吐，不知道多艰难才忍住……"

啪！我眼还来不及眨一下，左脸颊忽的一下火辣辣起来，我痛得只能捂住脸，使劲咬着牙，惟恐一开口眼泪就呼啦啦落下来。周围所有的人瞬时间都呆住了，除了江西苑那帮可恶的朋友，他们在不远处乐不可支地笑着，仿佛刚看了一场精彩的好戏。我懵了，呆了，脸上僵硬得不见一丝生气，就像傻瓜一样，就像那时一样。

"不准告诉隐葵，搬弄是非!"江西苑恶狠狠地冲我啐了一口，警告意味浓厚，接着，他志得意满地冲不远处他那帮朋友比划了一个V字，拧过身，在我回过神来之前，大摇大摆地走远了。

我居然又被他打了。手机不识趣地在这时响起，是隐葵吧！我更加不会对他放手了，我发誓，我一定要像影子一样牢牢守在隐葵身边，我要每次都微笑着出现在江西苑面前，气死他，气死他，直到成隐葵选择的是我，而不是他江西苑的那天，我会一直死死地粘在成隐葵身边……是你逼疯我的，江西苑，你让我无路可走，这是我惟一仅剩的一条复仇之路。

24

没事的，什么事都没有，尽管周围所有的人都一脸惋惜地看着我，我依然无所谓地昂首立在原地。哈，我自嘲地笑着，今天才知道，我的脸皮原来这么厚啊，一点都不痛，真的一点都不痛。

“啊！净媛，你等烦了吧？>_<”允儿两手提满了购物袋，一步一回头，意犹未尽地从商店里走了出来，“呀？你的脸这是怎么了?!”

“什么?”

“出什么事了，嗯？刚才出什么事了?”

“吵什么啊你，—_—刚才从店里出来，不小心撞到玻璃门上了，没什么大不了的。”不想冲动的允儿惹事，我故意轻描淡写地说道。—_—那个该死的混账东西，对女孩子宝贵的脸，不只是用巴掌扇扇而已，连拳头都上来了。—_—

♬♬♬★♬♥♥♬♬

“喂，净媛，你的电话。”

“嗯，喂?”我有气无力地接起电话。

隐葵的声音在电话里吼得像打雷，——

“你在哪儿啊？>_<”

“—_—我在外面逛街买衣服，你在哪儿?”

“知不知道我一直在等你!”

“要不你来找我?”

“你还要逛多久?”

“大概还得转一个小时吧。”

“算了，你逛完之后到练习室来找我，今天一定要来，挂了!”

嘟嘟嘟嘟，我懊恼地望着电话。估计是好久没出来逛了，允儿这丫头今天买得格外开心。女孩子嘛，有漂亮衣服可逛就够她开开心心地蹦跶一阵了。

"净媛，我们去买你喜欢的衣服吧！"允儿这家伙终于良心发现，扯着我要走。

"啊，嗯，对了，这附近有药店没有？"

"找药店干吗？"

"买消炎胶布。"我瞪了这个没心没肺的家伙一眼。

允儿在我肿肿的脸颊上小心地连贴三张消炎胶布，有些担心地看着我。

"喂，贴好了，不过看上去有些搞笑。"

"无所谓。不要对成隐葵说啊，就说是我脸上长癣了。"

"—_—癣？直接告诉他说是撞在门上不就好了。"

"不行，不行。"

那小子精得和猴似的，昨天在派出所听警长那么一说，今天再联想联想，不知道得误会成什么样。

托这张脸的福，无论我走进哪家服装店，大家都一脸警戒地看着我，—_—老天，我招谁惹谁了！—_—170cm 的高个子，再加上脸上这三张一看就很痞的傻膏药，结果我什么都没买成。

#练习室前面。

站在练习室门口，我有些手脚无措，心脏扑通扑通跳得贼快！就在我犹豫不决的当口，允儿哗的一下推开了门。妈呀呀！>_<是了，云净媛，不要再逃避了，江西苑他不再是你的朋友，从很久以前就不是了，所以，不要再躲在他的阴影下。

咚咚咚咚，♬♬★★♬♬♬

好帅的鼓声，虽然我很想继续听下去啦，可那个击鼓的姐姐见我们进来，立刻停下了手里的演奏，兴致盎然地看着我。是上次见过的那个姐姐！装束奇特的那位。>_<隐葵那臭小子，他正坐在沙发上，抓着蓝眼珠的头，见我们进来，立刻诧异地看着我和允儿。

">_<啊啊，隐葵哥，好痛哦。>_< O_O 咦？早上见过的那个姐姐？"蓝眼珠停止鬼叫，抬起头，充满好奇心地看着我和允儿。我突然有种冲动，想冲上前去扯掉她的蓝色隐形眼镜，老天，我这

是怎么了!!!

“喂，我来了，成隐葵。”

“你脸这是怎么了？O.O”

“长癣了，请继续演奏啊。^_^”我好不甜蜜地冲击鼓的姐姐说道。

击鼓的姐姐一脸奇怪地看着我，接着她笑了，笑得鲜花般灿烂，嘴里默默念了几个节拍之后，嚯的一下甩头开始了下面的演奏，哇~!!! 好帅，+_+这才像那种真正搞音乐的人。我牵着允儿的手，在成隐葵那家伙对面的沙发上腾地坐了下来。

“你说长癣了？怎么搞的？O.O”

那小子真够啰嗦的，还不死心。—_—^

“洗脸的时候没用肥皂。—_—^”我本能地随口瞎掰。

“哎哟，脏死了。>_<”

“你干吗不去唱歌，扯人家小丫头的头发干什么?”我尽量让自己的口气酸碱度适中，不能让那家伙得意。

“那小丫头的发质很不错对不对？就像海带一样，海带。”

那混球边说边继续扯蓝眼珠的头发，—_—蓝眼珠脸涨得通红，开口说道：

“我们早上见过面对不对姐姐？你真的是隐葵哥的女朋友吗?”

“嗯。”

“好像很漂亮的样子。”

“允儿啊！这儿怎么这么热啊（以前我好像也说过吧，谁称赞我，我就会不自觉地发火)?!”

“净媛，那个……”允儿死死按住我的手，下巴朝门口扬了扬，只见江西苑气喘吁吁地从门口跑了进来。

“对不起！对不起！迟到了，我和朋友去了一趟卡拉OK，咦？娜林你已经过来了?”

江西苑旁若无人地大步大步走到沙发区，在成隐葵身边坐了下来，从头到尾都没看我一眼。真是好佩服他啊，脸皮怎么练到这么厚的，坐下之后，看见我贴着胶布的脸居然也能视若无睹，脸不红，心不跳，好像之前发生的事他压根不知道。

“隐葵，娜林歌唱得不错吧。^_^”

“嗯。O.O”

“听我后辈说，娜林在他们学校可有人气了，^_^每天都能收到一打情书，她很可爱对不对，隐葵？”

不知什么时候，蓝眼珠已经害羞地垂下了头，哎哟！可爱死了，这丫头。—_—^成隐葵继续扯着蓝眼珠的头发，什么话都没有。

“你们俩不是住在一个小区吗，正好晚上可以一起走，一个女孩子晚上回家很危险的。”

哼～！打的什么鬼主意以为我不知道，你就是想把他俩使劲往一块儿推，惹我生气呗。—_—允儿死命捏着我的手，一个劲儿冲我递眼神让我赶快站起来，我冲她递了一个“安了”的眼神，微微点头，让她不要轻举妄动。

好啊，咱们就斗斗法，江西苑，看我的金刚钻，敌不敌得过你的金刚罩。

“隐葵，我们去海边吧？”

“—_—什么？”

“我们去海边，海边！趁还没开学，去一趟海边！”

“你怎么突然想到这个？ -0-”隐葵吃惊不小。

—_—拜托，配合一下懂不懂啊，也不看看场上气氛，这个蠢钝的白痴。

“去海边可以拾贝壳，>_<可以捡螺蛳，>_<还可以吃生鱼片，多爽啊。”我满脸陶醉，勾画着美好的蓝图。哼哼，本小姐就不信你不上钩。—_—

“你，你，那个……取下来！”隐葵被我的突然变异弄得连话都说不完整了。

“我们俩一起去，嗯？就我们俩！”人说情场如战场，我算是豁出去了，拼命尝试着高难度的动作——抛媚眼。-_/

“我说让你取下来！”

“我们是坐火车去好呢？还是坐巴士去？或者干脆来场爱的徒

步旅行~!”

隐葵突然如离弦的箭般弹了起来，迅雷不及掩耳地一把扯掉我脸上的胶布，—_—妈呀！好痛!! ╥_╥他还铁青着脸看着我，盯着我的脸僵硬了好一会儿。江西苑掏出一支烟，叼进嘴里。

“你脸是怎么搞的?”

“这个?”我装傻，明知故问。

“你脸究竟是怎么搞的?!!”

“撞到门上去了，……还是一扇很高雅，很漂亮的门咧，就是太缺德，擦得有点太干净了。”说到这儿，我侧眼瞟了江西苑一眼。

“你跟我出来。”成隐葵扣住我的手腕，扯起我就向练习室外走去。有那么很短的一瞬间，真的是很短的一刹那，不过还是被我看见了，江西苑吐着烟圈，微微扯起嘴角讥讽地冲我笑了笑。他分明就是在说：你想说就试试啊!

我和成隐葵默默地站在外面的走道里，他倚在墙边，单手插进口袋，斜眼盯着我看了我好一会儿，我也抬起眼，一声不吭地回看着他。

“长癣还能长成这样，青一块红一块的，你可真有特色!”

“……”

“是谁?”

“没有谁，被门撞的，进去吧。”

“我还记得派出所那个警长的话，那些丫头的名字?”

“什么?”

“我让你说出她们的名字，学校、年级、名字，我统统都要知道，一个都不准漏!!! 还有刚才把你弄成这样的人的名字。”

“嘁~! 你不是说不喜欢我吗，你不是说你从不关心别人的事吗，现在为什么又这么在意???!!! 够了，我现在正在报仇之中，不用你费心，至于那帮丫头，我已经报过仇了。”

那家伙的脸刷的一下硬得像大理石石雕，懊恼地一脚踹到墙角，-0-好像是真的生我气了。我讨厌站在发火的他身边。-0-

“你现在和我在交往，我就有必要保护你，这是我的原则，在我们交往的这段日子里，我必须要保护你。快说，今天我一定要听到答案，不要浪费时间。”

“我不想对你说。”

“不想也得说。”

“我要用我自己的力量解决，你不能代替我办到的……他比你强，明白了吗？ -0-”

“别的废话不要说，直接说名字！”那家伙暴躁地在我耳边吼道，头顶都冒火了。没想到这家伙也是多血质一个。—_—

“那个人……他重视你，你也重视他，比起我来，他在你心中的地位重要得多，就算是这样，你也会为我报仇……？你会在我面前，把他一脚踩在地上？为了我……你宁可看到他的眼泪，让他哭？”

“……”

25

隐葵愣住了，他盯着地上出神好一会儿没出声。

“是件很让人伤心的事，对不？”沉默半晌，我终于艰难地吐出声。

“是啊，让人伤心的事。”隐葵从地上抬起头，盯着我。

“我会用更多的爱喜欢你，更加更加爱你，直到我爱你比那个家伙多得多，多得多的时候，你再告诉我，那个时候我一定会为你报仇，为你曾经受到的伤害，为你受到的所有所有，你现在不用告诉我，虽然我很想知道，但我不会再问你了。”

果然是奇特的家伙。—_—

“好吧，我明白了，—_—我们进去吧。”

“我们去海边的时候真的来场爱的徒步旅行？”

“说够了没你，臭小子！ -0-躲开！”

“可是，昨天那位大叔说揍你的那些女孩子，她们究竟是谁呀！ -0-”

“几天之前我已经教训过她们了，该报的仇也差不多报了大半，哦，除了两个死丫头之外。—__—”

“那剩下的两个女人交给我了！”

“我现在对她们已经没什么感觉了，谈不上恨，我现在痛恨至死的人只有一个，那个让我落到如此境地的人，哦，对了，短期之内还包括我妈。^__^”掩着脸颊上那一大片丑丑的淤青，我扑哧一声笑了出来。担心允儿在里面惹出什么事来，我飞快地拉起练习室的门把，就要推门进去。

“再问一个问题，那个人……男的，还是女的？”

“……男的。”

咔嚓，沙发上的江西苑竖着眼睛看着我。—__—

“允儿！我们走！”

“嗯！”

看出允儿早就不想和那个人渣待在一块儿了，她刷的一下从沙发上站起，满脸厌恶地大步大步冲我走来。直率的丫头，眼里容不得一粒沙子。—__—

“请好走。”蓝眼珠从位置上站起身，恭恭敬敬地向我俩告别。看来这丫头还不坏，至少比看上去的。—__—酷帅姐姐（击鼓的姐姐）挥着鼓槌冲我们道别。

“好走啊，隐葵的小宝贝！”

江西苑的表情猛地变得好可怕，活像刚吞进了一块大理石。-0-我爱你，姐姐！

“一定，我还会再来的！下次再来看您！^O^”

眼看着隐葵不死心的还要送我和允儿出门去，江西苑不安了，他扯着嗓子喊道：

“喂！成隐葵！你要去哪儿！我们还要练习呢，快过来！”

“不行，今天我们家小猪受伤了，我得照顾她，明天见！-0-”

怎么和云再光那臭小子说的话一样。—__—

“该死的，女人和练习，究竟哪样对你比较重要啊？!”

哼，—__—激动了吧，瞧你激动了吧，哈哈哈哈哈哈。>O<

“现在是女人!”

Nice day!! 隐葵说完，牵着我的手，哐当哐当向门外走去。—_—；我们仨走出了建筑物，默默无语三人行，气氛出奇的尴尬。—_—不知成隐葵那小子冲允儿使了什么眼色，允儿突然立定说道：

“我先走了!”

“为什么啊! -0-一起待着嘛! 是不是这小子给你什么脸色看了?”

“够了吧你净媛。净媛就拜托你了，^_^就是她突然有什么奇怪的行动你也不要被吓着啊!”

-0-说什么呢。-0-允儿迈着轻快的步伐，很快消失在街角。

“等等啊! 韩允儿! 一块儿玩嘛! 干什么一个人跑掉? -0-”

“我也要去约会嘛!”允儿轻飘飘的声音随风传来。—_—

隐葵低着脑袋一声不响，似乎在痛苦地思考着些什么，走了好一会儿，他突然一拍脑袋，发现新大陆似的大嚷道：

“喂，你刚才那位朋友啊! 我们要不要把她介绍给西苑?”

“不行~~~!!! >O<”

那种可怕的人，谁认识他谁倒霉，更何况把允儿介绍给他。

“为什么不行? 西苑很帅的。-0-”

“狗嘴里吐不出象牙，猪脑子，—_—^你比他帅多了。”

“这个我也知道。”

“也是，这个世界上有什么是你不知道的呢，是不是啊? —_—^”

“喂，你这是什么口气呀。-0-”

“你还讨厌恐龙头吗?”

“嗯，这是我在这个世界上最最讨厌的。”

“不过就是泼杯可乐嘛，你干吗记恨成这个样子? 要是万一，非常非常万一，虽然这是绝不可能的啦……如果我是那个恐龙头，你会怎么办?”

扑通扑通，ㅜㅜ^ㅜㅜ扑通扑通，ㅜㅜ^ㅜㅜ我好紧张啊，这可事关我的爱情前景啊！那兔崽子突然一下顿住身形钉在原地，异常凶狠严肃地看着我。-0-

“不是，我是说万一，万一的话。ㅜㅜ_ㅜㅜ”

“我不会再见你了。”

“真的会这样？好的好的，我明白了，明白了。”

“回家一定要记得擦药。”成隐葵的手指轻轻滑过我青肿的脸颊，继续大步朝前走。

他说不再见面，—_—算了，操什么心啊，只要允儿不说，鬼才会知道那恐龙头就是我，没道理会被他知道的。—_—

“小心不要被我妈撞见了，我们分开走吧。”

“不要。”

“—_—不要也得要，你以为我愿意啊，被抓到你和我都死定了。”

“不要。”

“要死啊你？-0-”

几乎是与我呼啸山庄同时，隐葵的手机铃声忽地响起了，那家伙抬起手机，看了会儿来电显示屏。

“喂？啊，树林？什么树林？啊啊~~是娜林？啊，嗯，嗯。”

—_—^娜林？我立时升起十二分的警惕心，见那家伙乌拉乌拉对手机说得正欢，我加快步伐大步大步朝家里走去，就在我到达我家大门的那一会儿，成隐葵小子的电话正好结束，他冲着我大声问道：

“喂！这丫头问我如果她交男朋友的话怎么样，这种事她干吗问我呀？0.0”

“你不是说你无所不知吗，这种事还猜不出来?！看来她是喜欢上你了！-0-^”

哐！我闪身进屋，甩上的大门在原处被我震得嗡嗡作响。如果是那个丫头的话，我真的没有自信，更何况还有江西苑那个卑鄙小人从中作梗。拜托了，你可千万不要轻举妄动啊，蓝眼珠，不，善

良的好孩子。┬┬_┬┬

26

当天晚上，我做了一个十分离奇的梦，我戴着恐龙头套，江西苑挂着天使小翅膀，我们俩在一所宏伟的宫殿前面展开了决斗，—_—梦里还有成隐葵，他穿着士兵的衣服站在宫殿顶上，中气十足地吹着喇叭。

滴滴答滴滴答♬滴滴答滴滴答♬滴滴答滴滴答♬

哎呀，好烦啊，—_—我翻腾，再翻腾，在空中左腾右挪，左击右劈。O.O

“滴滴答滴滴答♬滴滴答滴滴答♬滴滴答滴滴答♬ -0-”

我猛地睁开眼，一眼就看见云再光站在门槛上，正伸直了脖子作豺狼状。—_—

“干什么啊你！ -0-都是因为你，我才做了奇怪的梦！什么滴滴答滴滴答啊！”

“喂！我得了第一名！喔哈哈哈哈！＞_＜”我那弟弟拼命摇着手里的奖杯，可怕的开怀大笑一直没有停止，如果这种傻笑就是传说中的“开怀大笑”的话，而且他也没有要停下来的意思。—_—

“你说你得了第一名？你什么时候回来的？”

“凌晨！我要把这个卖了给素颜姐买项链！”

天啊，那个除了自己叫云再光什么都不知道的小子，什么时候这么体贴人了！ -0-

“喂！这个应该摆在家里做纪念才对吧！怎么能卖掉！ -0-”

“—_—这代表了我的一片真心。”

“所以你才说出刚才那番头大无脑的混账话来！”

“什么！什么叫头大无脑！这是我的魅力！ -0-喂，有女孩子来电话找我就说我不在！啊啊啊!! 困死了，我要去睡了，你别再啰啰嗦嗦，啊啊啊。 -0-”他边说边打着大大的哈欠，伸着懒腰，颠颠地回自己屋里去了。—_—本想给他当头一棒让他好好清醒清醒，不过看他这么开心，我还是忍了。真是疯了，完全疯了，我如果再告诉他素颜姐已经有男朋友了，他还不得疯个结结实实。决定不再想这个小子的烦心事，我下床推开窗，准备好好呼吸一下窗外清新的空气，—_—一眼就看到一副光怪陆离的图画。成隐葵和漂亮的某女（素颜姐），肩并肩地坐在顶楼沿边儿，笑眯眯地冲地上一个接一个扔着水气球，看上去好不开心。我飞快地关上窗户……

"再光啊!!! 快点过来看窗户外面啊！┬0┬"

#早餐桌上。

因为再光昨天的获奖，情绪相对较好的父母。—_—我一口气吃了两碗饭，事实证明我是明智的，一上午下来，我不停地接待再光那帮追随者的电话，嘴皮子都快给磨破了，只剩下趴在地上哈气的力气。┬┬_┬┬

打扫完自己的房间，我眼光无意间落到自己箱子上面的相册上……啧啧啧，积了好多灰。

闲来无事，我一张一张地翻起这些好久没有碰过的照片，每一张和江西苑一起拍的照片晃过我眼前，我的心都会不自觉一阵哆嗦，每一张都在笑，没有一张皱起眉头，每一张都在笑，这是学校郊游的时候，这是去海边玩的时候……这是在家里，这是生日前一个礼拜，我向他表白失败的那天，我心乱如麻，嚯的一下越过无数个记忆，翻到最后一页……

—_—怎么还有这样的照片？我怎么一点记忆都没有。—_—一张是我在乐天世界打工时，戴着恐龙头套拍的，还有一张照片是我手里举着恐龙头套，撅着嘴，一脸心不甘情不愿的样子，肯定也是打工那时拍的，这两张照片肯定都是允儿偷拍的杰作，她怕我骂她，偷偷插在了我的相册里。—_—我无力地合上相册，站起身。

悄悄把窗户推开一条缝，我眯眼望去，不见隐葵和大美女的人影，今天是星期天，他一定是去练习室练习去了吧?!! 距离产生美，每天粘在一块儿也不是什么好事，—_—我干脆趁今天痛痛快快睡一天吧，补补这段时间的睡眠不足，瞧我这眼圈黑得都快成熊猫眼了！ >0<想到就做，我哐啷啷一下如山倒，倒在我那张可爱

的大床上，三秒钟不到就呼呼大睡而去。

#3点多钟。

“你爸妈什么时候回来啊？”

“今天他们有什么聚会，一时半会儿回不了。没事的，没事的~我们喝我们的好了~~”

“可是你姐姐在家啊，我很怕你姐姐的。TT_TT”

“我昨天比赛得了第一名，现在正是受宠的状态，我在家里是老大！-0-不用担心！-0-”

—_—我迷迷瞪瞪，睡着的耳朵模模糊糊捡了那么几句，倒是云再光最后一句话，立刻使我清醒了过来。我一个鲤鱼打挺，利落地从床上跳了下来，哐当哐当，大步向楼下走去。

—_—家里果然是开了酒铺，再光这小子无法无天了，带着他两个小朋友在下面喝酒喝得贼开心。咦？这是怎么回事，—_—其中好像还有一个女生？嚇，-0-这真是，这个女人，这个女人……我反倒是最先被惊倒的那个了，愣愣地盯着他们几个不知道接下来该如果反应。再光的一个朋友首先发现了我的存在，一脸受惊过度的小鸡样，什么呀，我又不是老鹰，有这么凶狠吗?！—_—

“再光，你姐姐她终于还是醒过来了。”那个朋友小小心地碰了碰再光。

其余几个，顿时惊恐地齐刷刷冲我看过来。—_—没错，没错，果然是那个丫头，刚才我还在想是不是我幻想过度，原来我真的没看错！-0-她坐在再光的朋友身边，也用一脸不敢相信的目光看着我。

“姐姐，你怎么这么快就起来了，接着睡啊！”

“你以为我是熊啊！-0-睡了一天还睡！爸妈不在家，你就要造反了，酒瓶都要喝到天上去了！”

“什么呀，他们只是来祝贺我得第一名的，不要吓坏了我的朋友，都是因为你，我十个朋友有九个都说怕怕，不敢上我们家来！”

就在我和再光老虎遇雄狮，对着大吼大叫的当口，蓝眼珠泛着水光的大眼，依旧灼灼有神地看着我。

“那个女孩是谁？你朋友吗？”我试探着问道。

“啊，娜林啊！那小子新交的女朋友，漂亮吧？虽然比不上素颜姐啦。-0-”再光指了指坐在那头的一个不起眼的小子。

噢嚯~！原来如此啊，—__—昨天她打电话给隐葵说什么男朋友不男朋友的，原来就是指再光的朋友啊，没想到今天她就成为了那人的女朋友。我为我的新发现满足地嘘了一口气，露出微笑。

“好吧，—__—你们玩得开心点，我上去玩电脑了。”

再光所有的朋友都受宠若惊，飞快地站起身弯腰向我鞠了一躬。—__—哈哈哈哈，江西苑，你的诡计破产了，你摆在我和隐葵中间的鱼饵不见了，喔哈哈哈哈！我不由心情大好，走进再光的房间，麻利地打开了他的电脑。

“那个，你好。”

害羞的声音。—__—是蓝眼珠。—__—嗯……我该怎么称呼她好呢，叫人家“蓝眼珠”好像卑鄙了点，直接叫娜林……=_=

“啊，好，你不在下面喝酒，上来有什么事吗？”

“我真的好惊讶喔，不过也非常非常高兴。^O^”

蓝眼……不不，娜林，开心地笑着，—__—^小心地坐到再光的床沿上。

“我和再光是一个学校的，真没想到他居然是姐姐的弟弟，你们看上去关系非常好的样子。”

“啊，关系吗？一点都不好，—__—这死小子不知道有多烦，从不知道‘听话’两个字怎么写，你和刚才那个小子在交往吗？真是可惜啊你~~”

“^__^”娜林但笑不答。

“姐姐，你认识隐葵哥很久了吗？”

“没多久。^__^”

“我真的没想到隐葵哥他居然会交女朋友，真是难以想像，好羡慕姐姐你啊。^__^”

“真的？—__—;；我可没觉得。—__—;；”

“啊，对了！隐葵哥他就住在隔壁吧？>_<”

“嗯，不过今天好像出去了。”

“啊，知道了，祝你们交往顺利。>_<”

“嗯，你们也是！^_^”

“会的。”

那孩子每次都微笑着回答我，可是，如果我没有看错的话，—_—蓝眼珠可爱的眼睛里自始至终都饱含着泪花，这究竟是为什么啊。-0-娜林站起身，无声地向我低头告辞，走出房间。原来她也不是那么坏的丫头，某些地方还是挺可爱的，-0-突然，我冒出种冲动，想把云再光卖了换她回来给我当妹妹，-0-把她带回我的家。唉~！-0-压住自己不切实际的想法，我接着老老实实地玩我的电脑游戏。

27

从那之后一个礼拜，我们很快就要开学了。这一个礼拜我虽然没有和隐葵正式约会过一次，可是见面却不下三十次，—_—他不是说什么有表演要我看啊，就是新作了歌词、歌曲要我听，每天缠着我简直不让我有一刻安生，我顶不住了，真的快顶不住了，再这样下去，我非成为听流行歌曲而致疯之第一人不可，同时耳朵因使用过度不幸患上耳穿孔。—_—就在这段时间里，再光对他心中女神的爱意又更深了一层。

从没遭遇过的爱情♫让我陷入此中不可自拔♫我真挚纯真的爱情啊♫全部献给了她♫那位比我年纪大得多♫不♫大一点的女人♫

云再光那小子每天哼哼这首歌起码十遍以上，柳乘俊大哥的《我爱你，姐姐》，不过还算万幸，在我的不懈挽留下，他的奖杯总算保住了没卖。—_—

今天是周六，—_—好久都没见我那帮亲如姐妹的死党了，于是大家约好今天晚上去喝酒狂欢。这不，夜黑无人之时，我穿着真正久违的正装，战战兢兢爬到了顶楼（好恐怖啊，这该死的一步裙 -0-），=_= 一会儿爬下去的时候要小心别踢翻了我亲爱的花盆盆，—_—还有踩楼梯的时候也要小心点。—_—

“请上来吧。—_—^”

-0-嚇，心脏吓得几乎要停摆，我一手抓住楼梯，一手拍胸，惊疑不安地朝上望去。除了成隐葵那个死人还有谁，他拔下嘴里的烟头，在墙边按熄，一脸很不甩的死样子盯着我。

“啊，我有个朋友喝酒喝醉了，我现在是去给她送打车钱，^O^没事的，我去去就回。”

“衣服很漂亮。^_^”

“啊，这个？哈哈哈，-0-衣服都扔洗衣机里洗了，除了这件没别的了。”

“我陪你一起去，等着～～”说完，成隐葵马上利落地翻上楼梯，就要从他家顶楼上爬下来，看来他老人家惯干这一行。—_—

“等……等等，喂！”

“嗯？O.O”

“就今天一天，一天！我去去就回。—_—我真的是好，好久没去喝，喝了，就今天一天！”

“我们不是约定好了吗？谁要是违反约定的事情，我们之间的距离就拉长一米。”

“—_—谁说的？”

“你昨天说的。”

“我真的只喝一丁点儿，喝一丁点儿就回，嗯？-0-我那帮姐妹们最近心里可不好受啊，她们有烦心事，我怎么能不去陪着喝喝，劝劝呢，我速去速回，解决了她们的问题我就回来！你等我一个小时就好，就一个小时！”

“一米，二米，三米。”

“—_—说什么啊你，你还不是每天跑出去喝酒！那时候我说什么了吗？！”

“嗯，你揍我了。”

—_—隐葵伸出小胳膊，让我看上面的淤青。

“这个，这个，那你也打我好了，行了吧?!我一会儿就回。”我艰难地迈着小步，继续下我的楼梯。

“好走啊，玩得愉快，再见，好好生活每一天。”

妈呀，不至于这么严重吧，呼～！真受不了！-0-^玩笑似的话语从隐葵嘴里一句句说出来，他的表情却一点不玩笑，严肃得像地球卫士，他甚至连视线都不愿意对上我的，径自咬着下唇，望着不知名的某处。

“干吗啊你，你不是说最讨厌别人约束你了吗，我也一样啊，我也最讨厌别人管我了。”

“……”

“—_—我一会儿就回！你等着，回来的时候我给你买草莓口味的冰淇淋。-0-”

“……”

带着一丝丝的歉疚，我加快脚步走出小区。朋友们盼这次聚会盼了那么久，我也不能临时打电话通知她们不去啊。TT_TT

虽然有些心不甘情不愿，我还是挥手招停了一辆计程车；虽然有些心不甘情不愿，我还是加快脚步冲进了啤酒店；虽然有些心不甘情不愿（真的是这样吗？—_—），我还是高兴地拥抱着我那帮久等的姐妹们，共贺狂欢派对就此开始。=_=

“呀嚯嚯嚯嚯。>0<真的是好久好久没有这样开心过了！志英！你今天真是美翻了，美得要人命啊!!! >0<”

“臭丫头，你今天嘴边抹了蜜了，存心要让人跌倒啊，喔呵呵呵呵。>0<”

“哎呀呀，听你们两个说话我简直要吐死了，拜托两位仙女，别再那儿自捧自吹了行不行！>0<”

不知名的高叫声，混合着潮水般的哄笑声，—_—场面在继续，烈酒在上演，桌上的酒瓶堆得和小山一样高（我进来时这帮人就在喝，估计已经喝了一茬了），刚刚干掉了半瓶，立马有人按铃让服务生再送一瓶来，又干掉了半瓶，这次有人按铃让服务生再送两瓶来，好些家伙都已经喝得不成人形了，大喊大叫的，猫在角落里睡觉的，更有人一遍一遍狂呼着自己心上人的名字泪流满面的，总之千姿百态，无奇不有，—_—允儿和志英还残留一些神志，她俩大着舌头哇啦哇啦唱歌唱得开心，一杯接一杯地朝嘴里灌着酒，下酒菜也都见底了。

时钟已经牢牢地指向了凌晨2点，为了驱赶走成隐葵那不住浮现在我眼前的面孔，我举着空酒瓶，OhHa，OhHa，快走开，快走开！我是超级大力女神！ *_*

“还剩两瓶了，允儿，我们怎么把这帮家伙弄回家呢？—_—”

“我们剩下的三个人，每人负责一个，把她们送回家，否则能有什么办法。=_= ”

“志英我看醉得也差不多了，-0-现在必须还有一个人清醒些才行！允儿，拦住她！”

听到我打雷似的狂吼，允儿飞身上前，猛的一下夺过志英正要往嘴里倒的酒杯。

“给我!! 干什么啊你你你~~~!! >_<”

“不行，死丫头，-0-如果连你也倒下了，那我们就有四个人要处理了！”

推开那两个在原地争抢不休的人，我摸摸肚子，摇摇晃晃地朝包房外走去，要去洗手间，还要用冷水洗把脸，否则我也不敢保证自己能安全走回去。一步，两步，咦~！隔壁隔壁的房间熟悉的声音，让我忽地停下了脚步。

房门半敞着，我凑近看去……—_—居然是她们，那几个安贤高的恶魔女生1，2，3，4，另外还有两个男生，里面也喝得正欢，每个人都类似于羊癫风的状态。—_—在他们发现我之前，我赶紧转身朝洗手间走去。

“呀？是那个丫头！那个，那个……云净媛！”

被发现了!! 我也顾不得去洗手间了，飞快地向我们自己的包房跑去。哈~哈~！我跑得上气不接下气，胸口剧烈地起伏着，允儿诧异地抬眼看着我。

“怎么了你?”

“快把门锁上。—_—”

“这儿的门不能上锁。—_—”

该死，我怎么一急就把这茬给忘了。

“……大事不好了。”

“怎么了，出什么事了，警察来了?! -0-”

“那时候的那几个安贤高女生，—_—四个，她们那帮人也正好在我们隔壁隔壁的房间喝酒，你说巧不巧，而且她们还看见我了。”

“=_= 有什么可担心的，你一个人负责三个，我和志英负责一个。”

“可是还有两个男的啊，而且块头个个都有平八那么大。—_—”这才是我担心的重点。

“什么? -0-”允儿和志英这下也惊了，两人同时惊叫出声。

“呼啦，风紧，那我们得赶快撤了!”志英慌慌张张地说道。

“这几个丫头怎么办? =_= ”我指着横卧在地的我那三个亲爱的朋友。

“现在没办法了，他们肯定正追过来，我在门口拼命死挡一阵。允儿，志英，你们赶快给认识的哥哥打电话，让他们快来帮我们，快点啊!”我用肩膀顶住门，准备孤注一掷。

哐哐哐哐!说曹操曹操就到!

“喂!快把门打开!”安贤高女人1号，这杀猪的声音非她莫属。

“我们已经叫了西苑，这次你死定了! -0-还不快把门打开?!!”

#安贤高女人2号。

“喂，我们按铃叫老板娘过来赶他们走不就好了!”允儿急中生智，颤抖着声音说道。

“你猪脑袋啊! -0-老板娘来了肯定把我们所有的人全部赶到

外面去，到时候在外面，他们想教训我们就更容易了。我不行了，累死我了，ㅜㅜ_ㅜㅜ门好像要碎了，快顶不住了，快点打电话叫认识的哥哥来啊。ㅜㅜ^ㅜㅜ”

允儿和志英这两个蠢人才终于搞清楚形势，一边按着手机号码，一边急得哇哇叫，直跺脚。

“没有人接电话，怎么办？ㅜㅜ_ㅜㅜ嗯？怎么办？”

豁出去了我！啪！我掏出口袋里的手机扔给允儿。

“一号是云再光的电话号码，八十二号是成隐葵的电话，快点打，现在我真 TMD 的想念云再光。”

“嗯！”

门上的压力越来越大了，我的脚已顶不住吱吱开始往下滑，看样子这次她们四个人一起上了。

“云净媛，快给我开门！上次的仇老娘还没好好找你报呢！今天一定要连本带利讨回来。快点开门！”女人 3 号。

嚷什么嚷，笨猪才会给你们开门呢，也不用脑子好好想想。

“算了，西苑来了一切就都解决了，喂喂，不要松劲啊！”

“不行，上次我被这死丫头打了，今天我一定要报仇！嚯哈嚯嚯哈！ -0 -”

看样子外面这位在运气聚力啊，她平时吃那么多饭干吗，力气都长手上了，ㅜㅜ_ㅜㅜ啊 ~ 啊 ~ 啊 ~ 怎么这、么、大、力、气啊…… -0 - ……哐啷啷啷……—_—

门、开、了。=0 =

28

允儿和志英简直惊惧到死，—_—死也要死得英勇，撑着。ㅜㅜ_ㅜㅜ我故作坦然地缓缓望向女人 1，2，3，4。

“你们到这儿来干什么？—_—^”

吧嗒吧嗒……好想哭哦！ㅜㅜ_ㅜㅜ

“你，你，好，有种你！ -0 - 跟我出来！ -0 -”女人 1 尖着嗓子喊道，声音里满是掩不住的颤音……说不定……事情会有好转也说不定……我突然升起一线希望……

“允儿，你跟我一起出去，志英，趁这段时间，你赶紧把地上这几个家伙弄到计程车上，把她们送回家。给再光和隐葵打电话了吗？”我最后又贴在允儿耳边小声问了一句。

允儿点点头，于是，我满脸悲壮地走出啤酒店，啪嗒啪嗒！一副慷慨就义的模样。=_= 好好的啤酒店，干吗偏偏开在这种鸟不拉屎的偏僻地方呀。不过万幸，并不见刚才和1，2，3，4在一起的那两个平八体形男人，=_= 1，2，3，4死盯着我，咬牙切齿，仿佛随时都准备冲过来把我撕成碎片。=_=

“眼珠子快掉出来了，死丫头们啊。—_—^”

“你现在是不是还没有搞清楚状况，臭丫头?！-0-”女人2狂妄地喊话。

“是啊，我脑筋笨，是搞不清楚状况，怎么样！-0-”没有那两个男生在我才不怕她们，我也无比嚣张地叉着腰吼回去。

那几个丫头一愣怔，差点没气得一头厥过去。=_=

“要死啊你！”女人1领衔主演，她一声号令，四个女人齐齐朝我扑来。

“允儿！-0-女人2交给你了！”

“女人2是谁啊？┬┬0┬┬”

“不管是谁，你随便抓一个开打就好了！┬┬^┬┬”

月光如水的明夜，我们就在这温柔无比的月光铺陈下，乱七八糟地抱作一团，如草丛里刚刚冒出的青青绿芽，横七竖八地缠作一块儿，每个人都试图举起对方的身体摔过去。

“啊啊啊，>_<还不快把我放下来？快放下来?！喂！放下来！>_<”

狡猾的1，2，3，4，她们突然改变作战策略，扔下我，齐齐向可怜的允儿奔去。允儿被她们轻而易举地抓起，吓得在空中哇哇叫个不停。

“喂，你们干什么，有种的冲我来好了！”我转身向她们冲去，试图救下允儿，终于还是晚了五秒。

“允儿！ -0-”

允儿被她们扔到地上，发出一声闷哼。瞬时间，我只觉得有什么东西在我头脑里哗啦啦一下爆炸，我已经不是我了……我腾地旱地拔葱扫出一记飞毛腿，只听见咚咚两声，两个影子应声倒地，接着反手捞到两颗脑袋，夹住脖子一使劲……嗷嗷！女人1和3嗷嗷直叫得如同豺狼虎豹，我一松手，两人滴溜溜朝地上滚去。=_=

“到这儿来啊，到这儿来啊。”我冲她们钩钩手指头。

女人2和4吓得连连后退，从一开始就厚颜无耻的女人4见情况不妙，后退几步之后，干脆转身撒腿就跑。女人2错失逃走良机，只能抬起头，双眼饱含泪水，恳切地看着我。

“等、等等，不是我，我从没有想过要打你！ -0-”

“无耻的丫头，居然敢打我的朋友！ -0-”

这儿我所说的朋友当然是指允儿，—_—比起她们揍我更让我难以忍受……我整个人血压冲上脑门，完全丧失了任何同情心。—_—我伸出一只手，狠狠扯过她那张脸皮，另一只手高高举起……女人2放弃垂死挣扎，绝望地闭上了眼睛，

“哈，阵仗不小啊！”江西苑不知什么时候出现在我不远处，他砸了砸舌，阴翳地看着一片狼藉的地面和躺在地上的那两个丫头。

我一愣，趁我这分神，女人2飞快地逃出我手掌，闪身躲到他身后。

“江西苑，又是你？”

“我担心我朋友有危险，当然要迫不及待地跳出来了！^_^”那家伙一步步向我走近，狰狞的笑容让我心惊。

“为什么，为什么你要做得这么绝，到最后也……”全身的力气早已在刚才用完，我只能用一只脚勉强支撑住自己的身体，仿佛在对他说，又仿佛是自语，我嗫嚅地在嘴边说道。

“你，我警告过你对不对，离开隐葵，不准再出现在我的面前。”

“哈哈，你直接挖掉自己的眼珠岂不是更快?！那样你就再也不会看见我了，再也不会在你的眼前看见我了!!!!”

"怎么，听不懂人话是不是？云净媛什么时候变得这么白痴了？"他两只手指狠狠抬起我的脸，我的脸距他的，10cm 不到的距离，就是这副表情，噩梦般的记忆中他也是这副表情。我缓缓露出笑，微笑中带着忧伤看着他，是的，忧伤……比起生气，我更多感到的是忧伤。

"江西苑，你的脸为什么会变成这样……你为什么会变得这么多，你曾经是我的朋友……我也曾经是你的朋友啊……"我鼓起最后的勇气，终于喊出了我藏在心中好久的那句话。

似乎忍俊不禁，江西苑突然昂头狂笑了起来。

"哈，你现在还在想努力获得同情票吗？真是可笑，是，我们曾经是朋友，可是正因为这样我才更加恨你，有把我害成这样的朋友吗？我应该为有你这样的朋友感到自豪吗？!!!! ^__^"

"我把你害成什么样了……"

"悲惨至极。"似乎强忍着心中的愤怒，江西苑这一句话说得悲愤之极，那时的记忆仿佛在他眼前回放，他轻轻闭上眼，又重新睁开，猛地提住我的衣领，把我整个人都拎了起来。

奇怪，真的是好奇怪，我应该很讨厌这个家伙的，讨厌这个一再伤害我，残忍得令人发指的"前"朋友的，可是，我终究还是下不了手，手指一动也不能动，与我的意志无关，也许我脑中还惦记着那五年的友情吧。胸口好闷，喘不过气来，脖子卡在衣领里，渐渐被勒得生痛。

"说啊，现在我要你说，以后再也不和隐葵见面了。"

我咬着牙，倔强地摇了两下头。

"是么？"江西苑狞笑着，更加勒紧了我的领口。

"呃，呃呃，呃呃……"

这该死的东西，他想勒死我么……我的脸涨得通红，双脚不停地踢着。

"我倒是想看看，究竟是你够毒，还是我够毒？我再问你一遍，你究竟还和不和隐葵见面？"江西苑又把我举高了些。

"咳，呃，呃呃。"

和意志无关，我开始觉得自己的脖子要被拧断了，意识也开始渐渐朦胧，残忍啊……你还真是一个残忍的家伙，你真的曾经是我的朋友吗，那个微笑地拍着我的肩膀，守护在我的身边，为我遮风挡雨，号称天下无双的朋友?!!! 我的呼吸已经到达了极限……就在这时，——

“OK，今天就到此为止吧。”

江西苑突然放开手里的我，让我重重摔在地上。身后不远处传来某男激烈的呼喊声。

“MD!”

我只能这样一动不动地躺在地上。

29

呼吸渐渐顺畅，意识重新清醒，我原样躺在地上，仰头看着上方，——只见再光提着一把木剑，气喘吁吁地看着我。

“干什么啊，云再光，你怎么把这个带来了?!”我干咳几声，拧着眉头看他。

“没事吧你?”再光也拧着眉头看我，平时嬉皮笑脸的小痞子不知道跑哪儿去了。

“没事!! 你来得真够快的呀，臭小子。”我居然还有力气讥讽他，真是奇迹。

“混蛋兔崽子，老虎不吃肉你就不知道老虎的厉害了，干什么老是欺负我家老姐!”再光根本懒得和我费口舌，阴沉着脸，大吼一声转身向江西苑走去。真的好久没见到这小子火成这样了，——全身抽搐，笼罩在一片煞气之中。

“你就是云净媛的弟弟？哈哈哈，叫云再光吧？还是和以前一副德性啊，无礼的小兔崽子!”

嚓！再光猛地把木剑往地上一插，气势汹汹地甩手走到江西苑面前，伸长脖子死瞪着他。

“知不知道我忍你已经很久了，之前都是看在姐姐的面子上!! 今天晚上我终于可以睡个舒坦觉了，这三年的郁闷，今天我要统统一起还给你。”

云再光，真不容易啊你小子，为了尽量表现得帅点，花了不少心思摆 POSE 吧！—_—

“姐姐，你带着允儿姐姐走。”

“不要，兔崽子，我要观赏。”

“允儿姐都口吐白沫了，你再不送她去医院就来不及了！”

—_—我艰难地拧过头，瞅了身旁的允儿一眼，她嘴里果真吧唧吧唧一个一个吐着泡泡。

“允儿！ㅜ0ㅜ”我大吃一惊，挣扎起身，痛哭流涕地搀扶起她，一瘸一拐地向外走去。身后的再光和江西苑早已扭作一团，两个人在地上滚来滚去打得不可开交。

“啊啊！ -0 - 再光！”我回过头，担心地看着弟弟，江西苑那小子也练过，不是那么好对付的，更何况他的年龄块头摆在那儿。

“快走啊！我让你快走！你忘记我在柔道大会上得了第一名了！第一名是绝对不会失败的！ -0 - 所以快点送允儿姐去医院，一会儿回家之后给我煮拉面……啊啊，你这个死兔崽子！”

好吧，云再光，我相信你，ㅜㅜ_ㅜㅜ虽然你比我还小一岁，但我相信你第一名的实力。ㅜㅜ_ㅜㅜ

“允儿，千万千万要坚持住啊，别忘了你以后还要找那几个臭丫头报仇呢。”我啪啪啪啪使劲拍着允儿的脸，可是允儿还是垂着脑袋，没有任何反应。

我见状更加焚心似火，架起她，使尽全身力气向大路走去，豆大的汗水一滴一滴往下落，越走越吃力，我几次恨不得干脆趴在地上长睡不醒，不行，坚持住，一定要找到计程车，赶紧送允儿去医院……这丫头什么时候变这么重了。ㅜㅜ0ㅜㅜ

“臭丫头！每天只知道喝酒，啤酒肚都长这么大了也不知道节制，看看你身上这堆肉！ㅜㅜ_ㅜㅜ米袋都比你轻。”

可是真的没想到啊！—_—再光什么时候长成这么可靠的男子汉了，一缕微笑短短绽放在我的嘴角，—_—不行，现在还不是笑的时候，我振作精神，正准备要一鼓作气把允儿拖到马路边上，嗖，嗖~~事情发生在一瞬间，—_——个男人的影子以光速从我身边穿过，深褐色的后脑勺……

“喂！成隐葵~！”

深褐色后脑勺完全没反应，继续一路向前狂奔。—_—

“隐葵!!!!”

转眼间深褐色的后脑勺就已经飘得老远，-0-如果他现在跑去，一定会看到斗作一团的再光和江西苑，那他不就什么都知道了!!！我心中着急，暂时先把允儿放倒在地，—_—^撒腿朝成隐葵身后追去。

还不是时候，┯┯_┯┯还不是让他知道我和江西苑之间的恩怨的时候……我迈着两条飞毛腿，刷刷一路狂奔……如果现在被他知道，他肯定会站在那个兔崽子身边，永远永远都不会再回到我身边来了!!！┯^┯

“喂，小子唉你！┯┯_┯┯吃饭的力气都长你腿上了啊！这么能跑!!！求求你停下来行不行！”

咯吱~停下了，—_—变戏法一般，在距我五十米开外的地方，成隐葵突然一个急刹车定住了身形，转过身来满脸懵懂地看着我，接着如梦初醒，哐当哐当跨着大步朝我走来。我停在原地，只有伸着舌头喘粗气的份了，呼哧呼哧~~妈呀……-0-那家伙突然一言不发地一手搂过我身形优美的身体（小夸一下自己=_=），另一只手伸到我背后，吭哧吭哧敲着我的后脑勺。—_—

“—_—你有没有怎么样?!”隐葵双手紧紧扶住我的肩膀，打量着我，仗着身高优势从上到下检查我的身体。

“喔哈哈哈哈，是不是担心这次不来就再也见不到我了哇！所以最后关头终于拼了命赶来了。”

我知道自己干笑得很难听，好像被拧断了一半脖子的鸡，可是你能要我怎样嘛！

“你以后能不能少挨点拳头，不要成天生活在魔兽世界中。”那家伙用超级Big的声音对着我耳膜狂喊。

“你以为我想挨拳头啊！-0-我也有揍人的耶！”

“在哪儿！揍你的那些人在哪儿！”

“走了，走了，都回家睡觉了，我已经把她们都解决了。”

“你哪儿受伤了没有！伤了哪儿没有?!”

“没事，就是脖子受了点伤。”

成隐葵那小子动作挺快，三两下就剥下了我的正装外套。

“干什么啊你！ -0 -”

“该死的！……红了，全部都红了！”

“当然，不是红了难道还是黄了啊?!!!”

“气死我了，气死我了！”

“—__—又开始了，歇斯底里。”

“那些家伙住哪儿?!”

“我怎么知道，-0 -又不是她们爸妈。第一次见到那帮家伙。”

“多大?”

“和我一样大。”

“哪个学校的?”

“不知道。”

那家伙一脸烦躁得要死的样子，死命盯着我脖子上红肿的部位，看这眼光，恨不得把那些红肿拔下来嚼了。—__—

“气死我了，你怎么老是把自己弄得满身是伤？违反我俩的约定，还喝酒，呼～！以后还翻顶楼了吗?”

“（摇头摇头）—__—”

此刻我点头才是猪咧。

“又远了一米了，不要再跑远了，知道了吗？ -0 -”

“（点头点头）—__—”

“我们去医院吧。”隐葵牵起我，向允儿躺着的地方走去。

“等等，隐葵。”

“……？ O_O”

“你能不能帮我送允儿去医院，我还有事需要解决一下。”

“什么事?”

“啊，那个，落了东西在啤酒店里……你帮我先送允儿到医院去，拜托了!”在那个小子出声询问更多、喋喋不休之前，我敏捷地转过身，动如脱兔般向再光和江西苑的战场冲去，终究还是放心不下再光那个小子。

我压住怦怦跳个不停的心脏，放慢步伐缓缓向他们走近。还好，我看见了相对来说比较完整的再光（他蹲在地上，大口大口喘着粗气），江西苑就没那么幸运了，他躺在地上，衣服上沾满了土，正狼狈地擦着脸上的血。

“你没事吧，再光?”

“我说了我是第一名嘛。—_—^”

“能站起来吗?”

“嗯，你扶我起来试试，—_—啊啊！ -0 -”再光一只手搭上我的肩膀，在我的搀扶下终于能一瘸一拐地向前走了。经过江西苑的身边，我的眼睛无意中对上他的……我的心一颤，感觉一把锋利的锥子直直插进我的心脏，寒气四溢……

“真是让人恶心，快点滚开，带上你那双令人想吐的眼睛。”那家伙冲地上吐了一口唾沫，盯着我说道。

“你这个混账王八羔子！ -0 -”再光再次激动起来。

“忍耐，忍耐。”我连忙安抚住弟弟，实在不忍心见到这两个人继续纠缠下去。

“云再光，咱们走着瞧。”

“江西苑，你最好老老实实闭上嘴，在我冲上去暴毙你一顿之前。—_—”

够了，真的够了，这无休无止的仇恨，我衷心祈祷这是最后一场血光相见。我稳住心神，吃力地搀扶着再光，一步一步缓缓向前挪动。可是，哐~！老天不由人，我刚刚沉静下来的心脏忽的一下又被扬到了空中……成隐葵立在我们身前，来回看着眼前的我和江西苑，满脸的不解。只有那个白痴的云再光，搞不清楚状况的云再光，一脸欣喜地喊道：

“啊？隐葵哥！好久不见了！ -0 -”

隐葵越过我和再光，大步朝江西苑走去。

“江西苑!”

30

“江西苑!”隐葵半蹲在江西苑身边，伸手为他掸了掸衣服上的土。怎么办，怎么办，我该对他说些什么，我急得在原地手足无措。

“怎么回事啊姐姐，隔壁大哥认识这王八羔子吗?你不要告诉我他们是朋友啊!”再光不可置信地指着他俩。

“再光，你什么话都不要说，算老姐我拜托你，二十分钟以内，什么话都不要说，就这样给我待着。”

“为什么!不要!怎么可能二十分钟都不说话嘛? -0-”再光不干了，要他闭嘴，就得天上下红雨。

“求你了行不行。┬┬_┬┬”

江西苑在隐葵的搀扶下也缓缓站起身来，他小声在隐葵的耳边说了些什么。—_—该死，他该不会是什么都告诉隐葵了吧?—_—……隐葵嚓嚓走到我面前，真是可笑的情形，我扶着再光，而隐葵扶着江西苑，我俩就这样面对面地站着。

“云净媛，你不是说有东西落在啤酒店要去取吗?”

“不是的，不是你想的那样的，我本来是打算去啤酒店的了，可是没想到正好碰到我弟弟和你的朋友在打架，-0-我真是太吃惊了，所以……”

“两米。”

“什么?”

“你又说谎了，你早就知道他们在这儿打架对不对，你没有遵守我俩的约定，所以我们的距离又拉远了，现在是两米，白痴。”

“是吗……”我无言地低下头，原来江西苑果真什么都告诉他了，他果真什么都知道了，所以迫不及待地就要和我划开距离了，我哽咽着喉咙，强忍住眼中闪现的泪花。

“江西苑，你来说，究竟是怎么一回事，你认识净媛的弟弟吗?”隐葵的视线转向江西苑。

让我差点跌掉下巴的却是……接下来，江西苑那流畅无比、浑然天成的谎言……妈呀，我开始怀疑是不是这才是实情了……

“当然不认识。我和一帮朋友喝完酒出来，刚准备回家，谁知道这小兔崽子却突然跳出来挑衅生事（指了指再光一_一），我们俩正打着呢，你女朋友却突然跳了出来，我没想到他们俩居然是姐弟。”

隐葵生疑地看了再光一眼，接着又问我道：

“刚才电话里也说在啤酒店里遇见了一帮人要打你，你是不是也在这儿打架呀?”

“嗯，话是这样说……”我支支吾吾卡在那儿无言以对，实在不知道接下去这谎话该如何圆。

“你弟弟也在这儿喝酒对不对啊？只是当时你们互相都不知道，没看见?”

“呃？呃。”我一愣，傻傻地应合着，顺着江西苑的杆爬。与此同时，再光张开嘴，刚想要说些什么，我飞快地捂住他的嘴。

“妈的，头都被你们弄大了，真是一片混乱。喂，一_一^你啊，小兔崽子，怎么能打比你大的哥哥呢？-0-下次不许再这样了，看在你也受伤的分上，这次就饶了你。”

哐~！成隐葵一记毛栗子敲在再光的脑袋上。

“大哥！不是这样的，这王八蛋以前是我姐姐很好很好的朋友，唔……”

真理扼杀在我的手掌上……一_一

“我走了，还要送朋友去医院。”惟恐再光这个大嘴巴捅出更多的篓子来，我扶着他，慌慌张张离开这个地方。走出没几步，实在忍不住，我悄悄回头扫了一眼，只见成隐葵那小子居然伸出衣袖，正在给江西苑擦血。一_一

到现在为止这个家伙还是比我更重要？对不对？所以我才不能告诉你啊，傻瓜……虽然我的心好痛，受伤的时候想得到你的帮助，难受的时候想靠在你身边歇息，可是……我担心你会就此离开……担心你会从此留在江西苑的身边不再回来……我好害怕，不想

把你推到江西苑的身边……所以我才什么也不能对你说呀……

巷口小路。

再光的脚仍旧一瘸一拐。

“喂，你是怎么从家里跑出来的?”

“还不是像你那样从顶楼翻下来的，怎么样？—_—^”

“你今天好帅啊！那家伙打架怎么样?”

“谁，你说江西苑?”

“嗯。”

“一般般吧，可是，姐姐。”

“怎么了?”

“隔壁哥哥和那个混球是朋友吗？你为什么不告诉他，告诉他是那个混球打伤的你，砰~！他们俩的友谊就此告吹了!”

“—_—隔壁的家伙和你不一样，友谊比爱情更重要，你以为是你啊!”

就在这时，一辆熟悉的白色轿车缓缓从我们面前驶过，—_—片刻之后停在了隐葵那小子的家门口。一股不好的预感升起，我飞快地伸出双手遮住再光的眼睛，再光那小子却不耐烦地扒开了我的双手。果然是素颜姐从那辆车上走了下来，和她含情脉脉，两厢凝视的，除了那个千年不变的男人还有谁。=_=

“—_—再光啊!”

“……”

“再光!!!”

“怎么会这样……原来一直是我的个人秀啊。”虽如五雷轰顶，再光比我想像的要镇定。

我能对他说些什么呢，这种情形下。

“姐姐，我能抽支烟吗?”

“嗯。”

“我一定要变得更帅，然后我也买一辆这样的车，让素颜姐很后悔很后悔。”

“好啊好啊，你一定要让她后悔得想撞墙!”

“嗯。”再光异常庄严地点了点头。

当天晚上，我们姐弟俩前仆后继地翻上了顶楼，跟着双双甜甜地进入了梦乡。

第二天早晨。

“净嫒！到顶楼去收一下衣服！”

“是。—_—”

最近老妈的命令处于不可违抗的状况之下，—_—我一句废话都没有，抱着衣筐，乖乖地爬到顶楼开门，无精打采地收起晾衣绳上那无数的衣服。—_—胳膊下夹一件，脖子上夹一件，一件一件，扔进衣筐里……

“昨晚怎么不接我电话？”

“呃？”吓了我一跳，夹在下巴的衣服差点没掉下来。

是隐葵那小子，他双手环胸站在对面顶楼。

“你要出去？”

“嗯。”

“—_—看来要去什么很高档的地方啊，打扮得这么费心思。”

“去学唱歌。”

“和乐队一起？”

“不是，说是职业学习演唱的地方，只有歌手去，对了，这个。”

那家伙突然从口袋里掏出一个亮闪闪的东西，准确无误地命中我的衣筐。

“这是什么？ -0-”

“刀。”

“刀？”

“如果下次再遇见坏人，你就掏这个出来对付他们。—_—谁让你总是挨人拳头呢，时候不早了，我走了！”

“喂！等等，歌手除了你还有谁去?!”

“娜林，娜林，还记得不。”

“就你和她两个人去？什么时候回来？”

"明天。O_O"

"明天？ -0 -学校你们也不去了？疯了你！喂，怎么就你们两个人去啊？"

"不知道，她叔叔说只要求歌手去，我们坐火车去，不错吧？哎哟！再不走我真的要晚了！我走了！我会给你电话的！"

"小心身体！有时间你也要给我电话喔！"隐葵边走边冲我灿烂地大笑着，三两步就翻下了楼梯。不安，不知为什么，内心总有点微微的不安，他对我也有这样的感觉吗……—,.—什么……娜林，我突然想到一个很重要的问题，没事的，她已经有男朋友了，她是个好孩子，不用担心，不用担心娜林！^__^

我飞快地把所有的衣服都扔进衣筐，匆匆忙忙送到一楼正在打扫卫生的妈妈面前，一会儿之后，突然听到妈妈如晴天霹雳般的惨叫声，妈呀~！吓得我膝盖都弯了。原来妈妈在衣筐里发现了隐葵送我的那把小刀，—__—只有小孩手指般大小的刀柄，在阳光的照耀下泛着粉红色的光芒，上面还贴着一张我和隐葵一起照的大头贴。—__—

"小猪，我的宝贝！♥"

歪歪扭扭的几个丑字同时随贴奉上。=_=

31

#第二天早晨。

"我上学去了！"

"……"

—__—没有任何回应的妈妈，没有任何回应的爸爸，看来他们还没有从摩托车事件的阴影中摆脱出来（听说对平八的打击更大，他饭也不吃了，满面愁容地饿了自己好几天，最终离家出走了—__—）。我吹着凉风，无限凄凉地离开了家门。咦？

"早……早上好。"

再光的一个朋友在我家大门前转来转去，见我出来，立刻弯腰问好，这不是娜林的男朋友吗?!!

“啊，好！在等再光吗?”

“是的，他怎么还不出来啊？ ┬┬_┬┬”

“不把最后一勺都吃光他怎么舍得出来。—_—啊，对了，你女朋友的叔叔住哪儿?”

“娜林的叔叔？大姐你问这个干吗?”

“她和我男朋友一起去她叔叔那儿学唱歌了嘛，娜林今天也不去学校吧?”

“什么?”

O_O 再光的朋友大大后退了一步，动作有些夸张。

“不是吗？她没告诉你就去了？说是去学习唱歌吧，看来她的叔叔是个有名的演唱家呢。”

“她告诉我说她奶奶病危，要去乡下看她老人家。”那小子不停地摇着头，一脸的不置信。

“看来她是在骗你的啦。—_—”我扑扑拍了那家伙的肩膀两下，加快步伐向外走去。奇怪的丫头，直接说去学习唱歌不就好了，为什么要骗人呢？大约走了一百多米吧，再光的朋友突然大声冲我喊道：

“姐姐!”

“怎么了?”

“姐姐你的男朋友是不是叫隐葵呀？ -0-”

“没错啊！你怎么知道的?”

“没什么没什么！请继续走路吧!”

虽然隔得老远，我依然可以看到那孩子皱成一团的脸，我点点头，继续大步走着我的路。这里面一定有什么问题？我心中久久不能释然，一定有什么，这里面肯定有什么问题。

当天这一天的课我都没有上好，一直咬着一支笔坐在自己位置上埋头苦思，企图从迷宫般的线索里推理出一点头绪来。—_—可是我那亲爱的脑袋瓜子，本能地拒绝任何复杂的东西，结果一天过去了，我仍旧一无所获，没找出任何一条迷宫出口。—_—

“净媛，喂，云净媛。”

"呃?"

"发什么呆啊你?你都在笔记本上写了些什么啊,蓝眼珠是谁?—_—^"

"没有,没什么,刚才说什么了你?"

"没什么?!—_—我刚才说星期六晚上的事啦,你真的打算就这么放过江西苑?"

"不这么放过他还能怎么着。"

"不知怎么的,我就是觉得不安,再光好像也有危险的样子。"

因为江西苑的问题,允儿不停地在我耳边嘟嘟囔囔,唠唠叨叨,我费了九牛二虎的力气才好不容易安抚她。今天不需要去安贤高背吉他了,我迈着轻快的步伐直接坐上回家的巴士,可是,这臭小子为什么一直不接电话啊?—,.—为什么电话会关机呢?—_—^就算是短信也该发一个顺利抵达的短信吧!-0-看你回来我怎么收拾你,就用你给的那把小刀,我嗖嗖嗖嗖就削掉你的衣领,嘿嘿嘿嘿。—_—

从巴士上下来,我半跑半跳地向家里走去,一边走还一边不忘拨着隐葵的手机号,突然,两颗熟悉的大头进入我的视野……我偷偷缩在灯柱后,一根一根,缓缓向他们靠近。那两个家伙完全没有注意到我,-0-哈哈!!!被我当场抓个正着吧。—,.—

"不是的,都是因为我才……对不起,隐葵哥,真的很对不起,都是因为我……"

抽抽搭搭的娜林,面无表情啃着自己指甲的隐葵。

"现在我可以进去了吗?"

"啊,请回家好好休息,明天练习室见。"

"嗯,多多练习唱歌,不要想着我……"

-0-什么?什么?哐当,隐葵甩上大门,嗖的一下钻进了家里。娜林依然留在原地,不住用袖子抹着自己的眼泪,终于镇定下来,她背上自己的书包,转过身,不意却看见一脸熊熊烈火,几乎要烧着的我,吓了一跳。她怯怯地看着我,浑身颤抖如风中的小白杨树。

“……”

“你们俩是不是在偷情？—_—^”我板着脸，居高临下地看着她，粗声粗气地问道。

“不是的，不是的，姐姐，你不要误会。”娜林慌忙摇着两手解释。

“那你干吗哭成这样?!”

“对不起，对不起……”

“什么对不起?”

“对不起，我喜欢隐葵哥，对不起。”

刚说完这几句，娜林这丫头又开始砰砰掉眼泪了。真奇怪，我居然无法讨厌这丫头，她是不是和江西苑一个专业毕业的？—_—^我为什么不讨厌这个丫头。

“有什么对不起，喜欢一个人有什么错，自己的心也不是说控制就能控制的，而且我又不是成隐葵他妈，他又不是我造出来的。喂，不要哭了，有必要哭成这样吗?”

“对不起，呜呜，对不起，隐葵哥他明明已经拒绝了我，可我还是忍不住，控制不住……我并不奢望我和他能怎么样，只是，只是，好久好久之前我就想告诉他的话，我真的只是想把那些话告诉他，我真的不是奢望什么，呜呜！呜呜!”

“我明白，我都明白，别哭了好不好。—_—而且是你比我先认识那家伙的，喜欢他也没什么关系啊，只是你的男朋友就有些可怜了，你没有什么对不起我的。”

天啊，谁来救救我，还有比我更可怜的女人吗?! 遭受鼻涕眼泪攻击不算，还要安慰自己的情敌。—_—

“谢谢，真的很高兴有姐姐在，真的很高兴姐姐是隐葵哥的女朋友。”那丫头猛地朝我鞠了一个大躬，转身撒腿便跑，速度真是惊人，和刚才哭成那样的她极不相称。

“喂！娜林!”

她跑得好快，连头都没有回一下。—_—原来如此啊，她真的喜欢过隐葵。—_—因为是你，我原谅了。

真是令人意外，-0-成隐葵这小子居然这么老实就拒绝人家了，我还以为他肯定会尾巴翘到天上去呢，没想到他也有不为人知的一面啊！喔呵呵呵呵，表现这么好，该进去称赞几句！想到这，我快步冲进家门，急匆匆地大步朝顶楼跑去，连肩上的书包都没来得及卸下。

32

咔嚓嚓，我刚伸手要转开顶楼的门……

"嗯~嗯，嗯嗯。"

再光的房间里突然传来断断续续、若有似无的呻吟声。

"云再光！"我飞快地推开那小子的门。只见床中央的薄被裹成一团不成形状，听见我叫他的声音，他嗖的一下掀开被子，愣愣地傻看着我，脸上肿得和冬瓜似的，简直分不清鼻子和眼睛。

"喂！你，你这是怎么了！怎么弄成这副样子！啊！究竟出了什么事！"我有些心痛地看着老弟那张让他引以为荣的脸，现在却和发了酵的馒头似的。

"别叫得这么恐怖好不好，一_一被爸妈听见就麻烦了。只是和朋友拳击着玩。"

"你还想骗人？"

"真的！和我那帮朋友拳击比赛，大家打着玩儿而已，结果就弄成这样了。"

"别好笑了，你以为我会相信！┳┳0┳┳是不是有人打你！你快告诉我，究竟是谁打的你！"

"知道我是谁吗？-0-"

"我管你是谁！拳击比赛好玩，那胳膊肘怎么会流血！"

"不小心被学校的储物柜划伤的。"

"你们学校储物柜这么喜欢你啊，划一下能流这么多血?!"

"你见过我们学校的储物柜吗？"

"那倒没。不过受伤了就应该去医院，你病焉焉地裹在被窝里干吗，瞧你哼哼的！！！"

"NND，你又不是不知道我怕去医院。—_—"

"臭小子，哎哟哟，臭小子，丢人不丢人啊你。—_—"

"快过来帮我处理伤口啊！ -0-我这么帅的脸上留下伤口了怎么办?！想想就是非常可怕的事情。"

"你先给我坐起来。"我搬过医药箱在他身边坐下，小心翼翼地给他前臂缠上绷带。云再光那个混小子，每当他觉得痛了，他就会砰的一下伸出一只手使劲按我的脑袋。—_—

"呀呀，-0-很痛啊知不知道！还不快拿开你的臭手!!!"

"……"

"不是前臂，是脸啊~~~脸啊!! 把脸转开!"我吆喝着那个家伙。

"……"

"—_—^喂，我和你说真的，真的不是什么人找你茬揍你?"

"是啊！我刚才也说得很真了嘛!"

"是不是你调戏隔壁姐姐，结果被……"云再光无声地仰起头，看着我。—_—噢噢!! 糟糕，说错话了，—_—呜呜呜呜。

那个超级爱撒娇的混小子，死活赖着要我给他的伤口呵呵吹气，一直到他睡着觉为止。—_—没办法，我拗不过他，只能一动不动地守在他床边。守着守着，我的思绪又转到了江西苑身上，最近惹到了他，我还是为人行事低调一点的好，不要再被他抓住什么小辫子…… =_= 咕噜咕噜，咕噜噜，—_—这么快就过去两个小时了啊，我的肚子也饿了，这小子睡着了吧？我小小心地看了看再光的脸，轻轻站起身。

白天最近短了许多，窗外不知何时已阴沉了下来。我有气无力地走下二楼，忽听耳边传来沁人心脾的歌声，是隐葵，由于家里的窗户大开着，所以今天听起来格外清晰，也格外的让人高兴。

我现在生活得无忧无虑，开开心心♫即使清空我所有的记忆，我依然是我现在乐开怀♫我能大笑，开怀幸福地大笑，每一天比你们心中的标准生活得更加快乐♫我不愿皱起眉头♫更愿每天开怀大笑♬乐哈哈就是我生活的真谛，乐哈哈就是我祈祷的全部♬所以拜托你们，不要用各种各样的理由吞噬我♬今天也请你在镜子里微笑着对我说♬

成隐葵就是成隐葵，呀嚯～！你是最棒的！你的歌曲就是与众不同，比人更胜一筹。不为任何理由，我激动万分地冲上顶楼，使劲推开门……果然如我所料，他靠在椅子上，正兴致勃发地唱着自己的歌。

"喂！这首歌是你从娜林的叔叔那儿学到的吗？ -0-"

"呃？我们家小猪。"

"—_—^你手机为什么关机？"

"玩了一会儿水，不小心进水了。O_O"

"你，你！去那儿没出什么事吧（旁敲侧击中—_—）？"

"不，有事。"

"是吗（他这么老实交代，我倒是无处撒泼了—_—），发生什么事了？可是不对啊，—_—我看你脸上这气色怎么更好了呢。"

"我想你！"

-0-什么？他说什么？-0-

"看到西瓜，我想起了你的后脑勺，看见蚊香，我想起了你的眼睛，看见了山羊，我想起了你的声音，看见了玉米，我想起了你的胡须。"

"喂！我哪里长胡须了，臭小子！ -0-"

估计他是歌词编得太多编得太溜，脑袋进水了吧。

"你不想我吗？^_^"

"哪有，一点点而已。—_—手指甲那么大。"我最后又补了一句。

"要出来吗？"他磁性的嗓音诱拐着我。

心怦怦跳了几下，略微有点心动。—_—该死的。—_—

"要不你到我家来？"

"O_O 我讨厌你妈妈！"

"—_—我妈妈还讨厌你呢。—_—她今天会晚点回来。"

"—_—……"

"你到我们家来，告诉我发生了什么事，外面好黑哦。"

"那你绝对不可以对我有什么奇怪的举动哦！"

"不会啦！-0-^"

我简直要疯掉。隐葵听到我的保证，点点头，仿佛这才放心似的，从顶楼上爬了下来。我飞快地冲回屋内，关上再光的房门，嘿咻嘿咻，-0-好急啊！我必须赶快回我的房间先收拾收拾，那本放在箱子上面的危险相册，我得藏起来；还有我放内衣的抽屉，我得马上锁起来！啊啊！-0-怎么会有这种东西在我房间里啊！我疯了一样的在房间里窜来窜去，翻遍每个角落可以藏东西的地方，忽然这时，——

"这样有意思吗？"

"啊啊！-0-"

"—_—"

"你什么时候来的？！"

"刚才。—_—"

那家伙很利索地在我床边坐下，好奇地四处看来看去。

"我肚子饿了。"成隐葵忽然摸着肚子嚷嚷道，没见过这么不客气的客人。

"—_—你等着。"

反正我肚子也饿了，我一股脑儿跑到楼下，在冰箱里翻了半天，终于很高兴地找出一块炸芝士卷，然后小心翼翼端上了楼梯。走到再光房间门口，我偷偷朝里一瞅，那家伙在里面呼呼睡得天高皇帝远，完全呈与世隔绝状态，我满意地松了一口气，接着又走到我自己房间的门口，悄悄朝里一看……不行!!!!

"你在看什么呢！快放下来，还不快放下来!!!"

"都已经看见了。"成隐葵把我初中的毕业相册摊在床上，抬头看向我。

"都看见了？最前面的一张……一直到最后一张？"

“嗯。”说完，隐葵僵硬着脸，避开我的视线。

33

怎、么、会、这、样，我故作坦然地合上毕业相册，闭上眼……这千万只是一场梦，这千万只是一场梦……可是，当我小心翼翼地重新睁开眼的时候。—_—

“你认识西苑……”

“嗯。”

“三米。”

“什么三米！”

“你又说谎了嘛！你们俩装作完全不认识的样子，把我当傻瓜耍。”

真是该扔掉的，真是该扔掉的，失误啊！！！毕业相册第一页就贴满了我和江西苑的大头贴，都是初中时我们一起到处玩的时候拍的照片。

自从那个噩梦之后，我再没有翻开过这本相册，更没有想过要把那些大头贴撕下来，不过还算万幸，他看到的不是放在箱子上面的那本相册（那里面还有更可怕的恐龙头照片—_—）。

“你不是说你讨厌照大头贴吗?!"

“嗯，是啊。—_—”

“也没告诉我你认识西苑。”

“不是什么好的回忆。”

“你们交往过，然后又分手了。”

“不是这样的事情！”我浑身因激动而颤抖，隐葵无言地从我身边走过。

“喂！这样你就闹脾气了！我认识他又怎么样，和他一起拍过大头贴又怎么样！把大头贴贴在相册上又有什么不对！”

“可是你以前为什么没告诉我！”

“这种事一定要说吗？-0-而且，我认识那个兔崽子，远远早在认识你之前！”

"那你就去他身边好了！"

"－0－哈，真是！幼稚得让人受不了你，知不知道！我说什么了！我说什么了吗?！别胡乱发挥你的想像力好不好!!!"

"以后你不准到练习室去！－0－"

"谁稀罕！你叫我去我也不去！－0－不去，不去!!!!"

"你们俩牵过手没有？－0－"

"—_—^什么?"

"这些大头贴照得真是可笑。"

"和你一起照的更加可笑!!!!"

"为什么你不贴我和你拍的大头贴?!!!! 上次拍的你放哪儿了?"

"你这是在忌妒吗？—_—^"

"开玩笑!!! 我忌妒什么！让开！"那小子嫌恶地一把推开我，—_—嗒嗒嗒嗒向房门冲去。

"吃完这个再走吧！你不是说肚子饿了吗！"

"呕吐。—_—^"那个混球做出一副想呕吐的表情，—_—哐的一声甩上我的房门，冲了出去。

我气急地撕下相册第一页，揉成一团，扬起手来就要把它扔进垃圾桶……可是，视线落在垃圾桶的那一刹那，我停住了，我突然没有了自信，不想以后自己会后悔。终于，我无声地放下了手。

如此隐瞒还是被那个家伙发现了，不过还不算太坏，那小子发现的全部事实也只是这大头贴而已，江西苑那混球绝对不会对他说什么，他疯了才会告诉隐葵我和他的真正纠葛。=_=

第二天早晨，我和再光肩并肩地从家里出来，正巧碰到隐葵也和素颜姐肩并肩地走出家门。真像，真像。+_+

"再光，你看啊，他们俩长得真像，对不对？如果隐葵戴上长假发，这两人简直长得一模一样嘛，喔哈哈哈哈！－0－"

"没眼光的丫头。—_—^"再光气呼呼地先我而去。

他分明是嫉恨我，因为得不到素颜姐的爱。

"—_—"

"呃？隐葵的小情人！"

"-0-？"

素颜姐一脸高兴地指着我，成隐葵满脸不高兴地飞快捉住她的手指头。

"您好。"我才不理会那个小气吧拉的家伙，弯腰对素颜姐行礼。

"嗯。^O^去学校吗？"素颜姐高高兴兴地看着我。

"是的。"

"我载你一程吧！隐葵，很好吧？姐姐的主意很棒吧？"素颜姐站在停在她家门前的轿车门边，冲我打着手势。

"不用了，^O^我坐巴士也很方便的。"

"你说巴士很方便？真的吗？为什么？O_O"

"这个，一__一这个，你问为什么……"我一时真被塞住了，半天说不出个所以然。

"没事的，坐上来吧！隐葵，快点快点叫你女朋友坐上车啊！"

"坐！"

隐葵这话说得简直比叫他去死还难受。去死吧你，臭小子!!!

素颜姐的车内。

一__一隐葵和素颜姐坐在前排，我把脸贴在书包上，嘴里不住叨念着"拜托时间快快过啊，快快过"。

"我先送隐葵去学校没关系吧？^__^"

"没关系的。^__^"

"呃？隐葵！那不是西苑吗？"

听到"西苑"这个名字，我和隐葵同时把视线转向车窗外，果真看到江西苑站在街边，似乎在等计程车的模样。

"不知道。"隐葵别过头，不怎么高兴地撇撇嘴。

"我们也捎上西苑吧！西苑！"

"不要！-0-"

"为什么？O_O"

"车上已经快超重了！-0-"

“和西苑吵架了？”素颜姐试探地问道。

“没有！ -0-”成隐葵陡然爆发的声音在车厢内嗡嗡作响。=_= 我强忍住爆涌而上的笑意，垂下眼睛。—_—

学校里，可爱的小钟终于轻轻地敲响了，提醒我们大家该休息了。

“哎哟哟，我的肚子，今天我的肚子特别痛，我早退一次没关系吧。—,.—”我揪了揪正在努力写笔记的允儿的手臂，哼哼唧唧地说道。—_—

“—_—你上周已经早退两次了。”

“嗯，所以这周尽量只早退一次。—_—我已经很努力了。”

“老老实实给我待着，臭丫头。啊，对了，听说江西苑有了女朋友。”

“啊，不是上次在啤酒店见过的那些丫头中的一个吗？”

“不是的，听说是他们学校最漂亮的一个女生，知道我的朋友英淑吗？”

“不知道，她名字叫英淑吗？—_—”

“嗯，她是那个女生的朋友，告诉我说他们俩从昨天开始交往了。我告诉她那个兔崽子不是好人，让她阻止他们俩交往。”

“然后呢？”

“可是呀，那两个人现在爱火燃得正旺，那个女孩怎么可能听得进我们的话嘛。—_—”

正说着话，旁边突然有人扑扑拍我的背，我不耐地微微偏过头，发现那只手的主人是一个名叫贤友的同学，我们班最最反骨的一个。

“干什么？”

“喂，放学之后你有时间没有？”

“没有。”

“你放学之后明明有很多时间嘛！我都知道！”

“要吃我一记啊你？—_—”我亮了亮寒光闪闪的拳头。

“不要。—_—”

“放学之后找我干什么？”

“有一位前辈大哥想见见你。”

“你前辈大哥是谁？”

“是一位极具才干的杰出社会人士，不仅拥有惊人怪力，而且现在正积极投身于社会活动，努力为组织做贡献。”贤友同学双眼闪着泪光，无比崇敬地说道。

“回你自己的座位上坐着去，不要再和我说话！”

“听说几天之前，你在××啤酒店前面，和别的学校的女生干了一架。”

这小子是怎么知道这件事的。—_—

“所以呢……？”

“那位前辈大哥目击了当时的一切，说是有很重要的事要和你说，有关那件事的。今天下午6点在景安公园见，我已经带到话了！我确确实实已经带到话了！”说完，那个叫贤友的家伙嗒嗒嗒跑出了教室。

“喂，怎么办？那位大哥究竟为了什么事找你？该不会是那帮丫头设的陷阱吧？”

“不知道，去看看不就知道是怎么回事了，我没有什么特别坏的预感。允儿，我们要一起去。”

“呃，可是，不知怎么的，我老觉得有些不安。”

“听他口气那位大哥像是混黑社会的，黑社会的不会介入我们这帮学生打架吧？怎么可能嘛。”

好奇心和期待，一半一半，我忘记了恐惧，一开始好奇心就占了上风。就这样，刚放学我就抓着允儿，我俩甩胳膊晃腿地，手握手向公园走去……当然啰，去之前我也没忘记在手机上按下112的报警电话。—_—

34

#景安公园。

允儿缩在一棵大大的枯树后面，手里的打火机晃来晃去（大家明白我们的意图吧—__—)。

“还是没有人来吗，净媛？”

“嗯。—__—”我站在约定的地点，昂着头四处张望，鬼影都不见一个。

“奇怪啊，是这儿没错啊，他该不会从后面突然冒出来袭击我们吧？”

“拜托。”我使劲用衣袖擦了擦额头上的汗，拿出放在口袋里的小刀（小猪，我的宝贝—__—）。坐在地上的允儿忽的一下窜了起来，紧抓住我的手。

“怎么了，-0-怎么了？-0-”这小妞弄得我好紧张啊。

“那边……”

只见那头缓缓驶来一辆黑色的XG，从驾驶席上下来一个男人。

“吓，-0-该不会是平八那臭小子的哥哥吧？”我盯着那个体形和平八出奇相似，只是更加大一号的巨人。

“嘘~！小声点，TT__TT好像他就是我们等的人。”允儿也被吓住了，有些欲哭无泪。

“-0-我们走吧！”我猫身戳戳允儿的肋骨。

“去哪儿？”

“我想错了，我想错了！这样的家伙，我见都不想见他，快点走，快点走。”我拉起允儿，边说边退。

“嗯，可是他好像已经看见我们了诶，净媛。^O^”允儿停下退回的步伐，脸上挤出几丝假笑，笑得简直比哭还难看。—__—

“谁，谁看见我们了？”

“那，那个怪物。—__—”

-0-不要啊，不要过来，-0-我会被吓趴下的。-0-

“嗨！”

—__—男人还是巍巍地冲我们走来了，尽管非我们所愿。我和允儿紧紧手抓着手，惊恐地靠在那棵枯树上。

“晓得我吗？”一口典型的釜山口音。-0-

“不，不认识。”我战战兢兢地说道，非仰视不可见眼前这铁塔似的身形。

“有一天晚上，你是不是在啤酒店里砍过人啊?!”

“是，是教训过几个丫头，不过不是砍人啊。”

“嚯嚯嚯嚯。 -0-”

耳膜震得嗡嗡响， -0-我和允儿抓着的手抓得更加紧密无间了。-0-男人猛的一下瞪大了眼，铜铃般的牛眼看着我，声若洪钟地说道：

“你知道我理想的老婆是什么样吗?”

“我，我怎么会知道。”

“就是《我的老婆是大佬》里面的申恩静。”

“啊，啊，是吗，和您很合适啊。”

“那天看到你打架，小丫头，我顿时觉得眼前一亮啊。”

“ㅜㅜ_ㅜㅜ我，我不会打架的，您看错了。”

不会这么丧吧，老大你眼前亮个什么劲啊，我又不是萤火虫，更不是那个粗鲁的男人婆兼大姐大申恩静。ㅜ_ㅜ

“不要废话了，赶快上车吧。”男人指了指自己的车。不，从现在开始，我直接叫他怪物了。一_一

“告诉我你的电话号码。”

“什么?”

“如果你不想和我去，那我以后就直接给你家打电话了，告诉我你的电话号码。”

“不，不，我和你走。”

允儿的眼睛瞬间放大，大得简直不敢让人相信这是她的眼睛。我这也是没办法啊，臭丫头。ㅜㅜ_ㅜㅜ看见我拉开后车门，怪物冲我喊道：

“哥斯拉，坐前面！ -0-”

我晕，不知他什么时候已为我取好了名字，居然亲昵地称我为“哥斯拉”。

“不行，坐前面的话我会晕车，我晕车很严重的。”我噙着苦涩的泪水，飞快地坐到车后座。

没想到这怪物长得虽然很粗犷，开起车来却小心谨慎得惊人。

“丫头你那时候不是把一头女哥斯拉扔到地上了?!”

“嗯？啊，你说的是?”

“就是那个眼珠子海大的，叫起来嗓子嗷嗷的丫头。”

“啊，你说女人1号啊，她怎么了?”

“我和她嘛，说来也有些关系，她是我小妹，哈哈，你那天脚下可真没留情啊!”

“是，是吗?”我胆战心惊，心想这下坏了，看看允儿，只见她正低着头，嘴里念念有词，估计在祈祷所有的一切霉运快快结束吧。

“嚯嚯嚯嚯，-0-当时我就去问她们你的名字，她们还以为我是要给小妹报仇，高兴得不得了，一五一十什么都告诉我了，她们却不知道我问你名字的真实目的，哈哈哈哈~!!”

“那您的真实目的是什么?”

“让你做我的老婆。”

“什么么么~~~? -0-”我和允儿吓得差点没同时从位置上滑下去。那个怪物不知道有什么这么高兴，从驾驶座上拧过头来，KKKKKK笑得我俩全身起毛。—_—

“那个，我，我有男朋友了。—_—”

怪物的表情顿时僵硬了起来。

“分手。”

“什么?”

“老子给你一个礼拜的时间，把你和你凯子的事给我干干净净整理掉。”

崔贤友，你死定了。┬┬0┬┬

“不要，我还不想和他分手。—_—”

“说什么？究竟是哪儿冒出来的小子！你和他还王八绿豆对上眼了!”

—_—要不随便扯一通蒙他一阵?! 不行，他要是问那个什么小妹，不就穿帮了吗。可是如果我老老实实把成隐葵交代出去，看他那小细身子，还不被折成两截啊！这种时候最好的方法就是转移话题了，—_—看眼前这家伙这蠢样，怎么看 IQ 也不应该会超过三位数。

“那个，我们现在去哪儿啊?”

“去美莲的学校。”

“美莲是谁?”

“我那个小妹啊，你是我未来的老婆，选日子不如撞日子，名义上就从今天开始了。见面之后不要废话，就这样好好和好，大家以后和和气气的，知道了吗?”

“那么您就是说现在去安贤高是吗？—_—”

“那个学校叫这个名字吗?”

“不要！真的不要啊！ㅜㅜ_ㅜㅜ真的不行的!!!”

“嚯嚯嚯嚯嚯嚯！ -0 -”

这个怪物混球。ㅜㅜ0ㅜㅜ

“请停车，ㅜㅜ_ㅜㅜ我要回家，我要回家了，允儿!!!!!! ㅜㅜ0ㅜㅜ”

我侧头向允儿求救，允儿能有什么办法。此时的她，满脸圣洁，如同老僧入定般镇定，摇头晃脑地念着不知道是经文还是咒语的什么玩意儿，看来她已经把一切都交给上天决定了。怪物的车向安贤高开去，我呆呆地盯着怪物的后脑勺，完全陷入绝望和失意之中，双手合十企盼着那虚无缥缈，近乎于零的希望。ㅜㅜ_ㅜㅜ

35

怪物的 XG 离安贤高越来越近，囚着我这只一动也不能动的笼中鸟。- _ = 如果待会儿怪物让我下车，我还不如直接逃走。ㅜㅜ0ㅜㅜ拜托了，拜托了，决定命运的一瞬间啊！—_—怪物自豪地把车停在安贤高校门口，从口袋里掏出 STARTICK 手机，按下了某个号码。我顿时脉搏加速，心怦怦怦怦直跳。

“啊，美莲吗？我啊，快点出来，我带你大嫂来了。”

这个混账王八蛋！ -0 - 允儿一脸惋惜地看着我，伸出她温热的手，给我温暖。就在这时，窗外突然飘来一张熟悉的脸，不是成隐葵是谁。他背着吉他，被一帮朋友包围着，嘻嘻哈哈蹦蹦跳跳好不开心。一_一他忽然指着他们那群人中的一个女生，不知说了些什么，他和周围的人顿时都狂笑起来。很好笑啊，玩得很开心嘛！

为了以防万一，我拿起书包挡住自己三分之二的脸，偷偷观察着那个家伙。

"喂喂，净媛。"怪物突然大叫起我的名字。一_一

"有什么事吗？"

"我车不错吧。"

"不怎么样。一_一"

"哇，这样的车你都不满足。"

车好有屁用啊，你就是糟粕中的垃圾！！ ㅜㅜ_ㅜㅜ我无语地看着心爱的隐葵（此时觉得他十二分可爱了）。突然，他走离人群，冲四周东张西望了一会儿，随后掏出口袋里的手机……他该不会？ -0-果不其然，我口袋里的手机铃声随后就响……我手忙脚乱地卸下电池……对不起了，隐葵，我这也是为你好啊。ㅜㅜ_ㅜㅜ

这时，车前门被拉开了，女人1火鸡似的尖叫声差点没刺穿我耳膜。

"大哥！哎呀大哥！这丫头是怎么回事呀?！她为什么会在这里！"

"坐上来再说。"

"不要！我为什么要和她一起！"

"还不快坐上来？ -0-"

"……"

女人1似乎有点被吓住了，她踌躇了半天，终于缩着腰，不甘不愿地坐了上来。怪物的XG立马出发。啊，万幸！ㅜㅜ_ㅜㅜ只见窗外的成隐葵还在拼命按着手机键，对着手机哇哇就是一顿乱叫。一_一

一会儿之后，怪物的车在一家餐厅前面停了下来，他一只手半强迫地把女人1拖进餐厅，另一只手抓着我。我和允儿抱着白吃一顿饭也是好的心思，愁眉苦脸地跟了进去。刚在位置上坐定，那个

怪物啪啪拍了两下手……妈呀！这是手掌还是脚掌啊，他手掌长得足有人脚掌那么大。

“我们要点东西！”怪物扬声喊道。

-0-女人1似乎终于认命了，她郁闷地掏出一支烟叼在嘴上，刚要点火……砰！砰！怪物狠狠赏了她后脑勺两记糖炒栗子。

“喂喂！”

“还不快给我扔掉！”

“扔掉还不行吗?!”女人1没好气地回嘴道，“大哥！为什么我一定要和这个女人面对面坐在一块儿?”

“叫什么叫，这是你大嫂知不知道。净媛，打个招呼。”

—_—女人1冷眼看着我，不停地冷哼。

“要死啊你，哼个什么劲儿。”

“—_—大哥，你怎么能让我叫这种死丫头大嫂呢？你知不知道她是怎么揍我的，我头上还被她敲了个大洞！你都知道的!!!!!”

“她可是我好不容易找到的理想老婆人选啊，知道什么叫眼前一亮吗?! 从今天开始，你们好好处着，就像一家人一样。”

“哈，大哥，你知道吗？她有男朋友了！”

“谁！ -0-”

—_—我真是要疯了。我避开怪物的视线，不住地冲女人1使眼色，希望她能识相点不要太过分，—_—可是那个死女人，她故意压低嗓门，娇滴滴地冲怪物说道：

“是我们学校的，叫成隐葵，大哥怎么能和他比呢，一句话就是野兽对王子嘛，哎哟~！说这句话都好像是侮辱了王子。”

这女人没长脑袋啊，她存心挑起怪物的怒火吗，简直怎么刺激怎么说。

“不说话没人当你是哑巴，闭上你的臭嘴。”

“……”女人1这才发现气氛不对，乖乖闭上大嘴。

“呃？京贺怎么会在这里?! 京贺啊！”女人1忽然似乎看见了什么熟人，一边嚷着叫着，一边跑出了餐厅。我要是她也会跑得这么快的……—_—看着浑身气得直哆嗦的怪物……—_—我在心里又默默添上一句：而且短时间内绝对不要回家。

转眼间话题又转到了我头上，-0-我心中警铃大作，为了做好逃跑准备，我悄悄抓牢了手边的书包，允儿显然也和我一样的想法。

“我再警告你一次，一周之内给我整理干净。”

“整不整理是我的自由。”

—_—什么时候谈到自由这么高尚的话题了。

“我看上的东西从来没有能逃过我手掌心的，你搞清楚这个。”

“我讨厌的东西，就是要我去死，我也会一直讨厌！-0-”

哐！怪物果然是怪物，他左手捏着的叉子居然一下戳穿了桌子。—_—我和允儿瞪着叉子，同时咽下了一口水。如同地狱般的就餐时间，我们吃得味同嚼蜡，这三十分钟怎么过得这么慢啊！饭都快吃完了，那怪物心中的怒气还没有平息，他睁着他那对炯炯有神的牛眼，眨也不眨地瞪着我和允儿……呜呜呜呜~!!! 这顿饭吃得胃好痛。

“坐前面来。”

“不要。”在怪物反应大叫之前，我呲溜钻进了后排的座位。

—_—已经过去十分钟了，车内还是保持一致的最高品质——静悄悄。

“你家在哪儿?”

“啊，我吗?”

允儿。

“是啊，你的。”

“啊，就在这旁边!”

不行，臭丫头！-0-在我抓住允儿的手之前，她已经手脚麻利地爬下了车。-0-允儿，我们可是朋友啊。TT_TT

“我也要下去，-0-我正好要去朋友家玩，请让我下车……—_—”

扑通通~怪物的车已经再次踏上征途，我的朋友允儿眼看着越离越远了。允儿站在车窗外满脸惋惜地看着我，抱着双手不住对我作揖，仿佛在乞求原谅。—_—车内空气凝重得让人窒息，不知不觉间，天色已经昏黑。

“再往那边开一点点就是我家了。”

没有想像中的惊险绑架事件，怪物倒是很顺利的在我的指引下把车开到了我家。这样怎么行！云净媛，你究竟在做什么啊！你可是天下无敌的云净媛啊!!! ┬┬_┬┬怪物有什么了不起的，怪物它不就是怪物吗!!!! 我稳住心跳呼吸，

“那个……”

“说吧。”

“我不喜欢这样。这只是你的一厢情愿。我讨厌别人用武力强压我，所以请你不要这样。我真的有男朋友，而且现在交往得很顺利!”

“……所以呢。”

“所以希望今天是我和阁下的第一次见面，也是最后一次见面。”

“你想看到车被掀翻是什么样子吗!”

“当然不想。—_—”

“呼~（妈呀，这哪是什么叹气，更像吭哧吭哧喘气的声音—_—)!!”怪物在我家大门边停了车，手离开方向盘。

我，要不就这样冲下去，—_—他要是突然扯住我不放，或者冲下车追我，我就大声喊再光救命……可是，再光真的是这个怪物的对手吗?! 怎么看都不像啊。—_—我脑袋都要大了，就在我发愣犹豫不决的当口，怪物开口了，——

“你真的这么讨厌我?”

不是讨厌，是恐惧啊，怪物。—_—

“也不是讨厌，只是不想见到。”

“知道了，下去吧！在我对你产生更多的感情之前，我们还是快刀斩乱麻的好。”

“真……真的？ -0-”我有些惊喜不定，不相信事情这么简单就解决了。

“说不定不出十秒钟我就会后悔，趁我后悔之前，丫头，快点

下去！ -0-”

“是！ -0-”

我真的比得上闪电了，冲下车之后，我噔噔噔噔闯进家门，接着又气也不喘地噔噔噔噔爬上楼梯，从窗帘布后偷偷探出一只眼观察大门外……突、突、突！怪物的车扬尘而去。—_—

哈哈，哈哈，终于安全了，我这才放心地吁了一口气。突然，我无意中瞟了一眼再光半开的房门，看到一副不同寻常的光景，那小子蜷缩在地板上，正在给自己的脸上药。

“你脸怎么又这样了！”

“什么……！”

“是不是有人揍你了?!”

“没有！”

“嘴唇也裂开了，你！”

“离远点了你！”再光啪的一下想要推开我的大饼脸，我趁势眼疾手快地抓住他伸出的左手手腕，天啊！这究竟是怎么回事，他整只手臂都又红又肿，还有好几处淤青，好像被什么刮过一样。

“谁干的，是不是江西苑?!!”我又气又心痛。

“羊癫风啊你！”

“白痴！让你说你就说实话啊！到底是谁这么整你?!想玩死你啊?!”

“说了不是嘛！”

“呼，小兔崽子，真拿你没办法，是不是你前辈们干的，是不是江西苑那个混蛋的朋友?!”

“我说了不是嘛！”再光猛然大喝一声，睫毛上竟然凝结了滴滴泪珠。

早就听说再光他们学校三年级的最野蛮了，而且江西苑的大部分朋友都在他们学校，……白痴，这么痛的伤居然都忍住不说，你以为死不承认我就会不知道吗，可是仅凭我的力量，知道了我又能为我的弟弟做什么呢，ㅜㅜ_ㅜㅜ弟弟为我已经牺牲了这么多，我也该为弟弟牺牲一下，我要用我的方式来帮助弟弟，不能让他继续挨揍下去。我颤抖着手掏出手机，凭着脑中依稀的印象，按下了贤友的电话号码，电话音乐响了好一阵。

“啊，喂？”

“贤友吗……？”

“请问你是？”

“我是净媛。”

“净媛，啊！！请问有什么事吗？”

“那个你介绍给我的你的前辈，刚才我们在公园里见面了。”

“啊，你是说正冰大哥啊。”

那个怪物叫正冰吗。—_—

“你知道那位大哥的电话号码吗？”

“知道啊，怎么了？你爱上他了对不对？嗯？”

“别说废话了你，快把电话告诉我。”

“啊，等等……”

现在能为再光报仇的人，我知道的人中除了那个怪物不做第二人之想，ㅜㅜ_ㅜㅜ我就先忍一口气，为我弟弟牺牲一下吧。见到再光一脸迷茫地看着我，我轻轻抚摸了一下他伤痕累累的脸庞，咽下酸涩的泪水。ㅜㅜ_ㅜㅜ

36

#当天晚上。

明天放学之后，我就得和怪物去约会了。—_—回想刚才我给他电话的情景，我汗毛都竖起来了，那家伙接电话不是一般的粗鲁，听到我主动要求和他约会之后，他高兴坏了，恨不得放下电话马上就冲过来，幸亏我拼命阻止，时间才改在了明天。ㅜㅜ_ㅜㅜ呜呜！ㅜㅜ_ㅜㅜ

叮铃铃，叮铃铃，叮铃铃。

“喂？”

“到顶楼来。”

嘟嘟，嘟嘟，成隐葵好可怕的声音，似乎很生气的样子。

—_—拜托！我脑中猛地窜上一种不祥的预感，忘记了现在自己的打扮，急匆匆地朝顶楼奔去（学校上体育课的运动裤以及全部梳到头顶、绑得像喷水池的头发）。看见我这副恐怖样，成隐葵含在嘴里的香烟啪的一下掉在了地上。—_—

"怎么了，有什么事？"

"听说你今天来我们学校了。"

"—_—谁说的？"

"美莲。"

美莲，那个女人1号。

"那个死丫头！-0-是啊，我去了。"

"你刚才看见我了对不对？"

"看见了。"

"你为什么总是让我失望?!"

"我是第一次见到那个大哥！我又没说我喜欢他！"

"我知道！那小子喜欢你完全是一厢情愿。"

女人1这点倒还老实，原原本本把事实都告诉隐葵了。—_—或者又像刚才那样，想搬弄是非却弄巧成拙。

"是啊！是这样子的！"

"你为什么没告诉我？刚才我给你打电话的时候，你就应该在电话里呼救才对，这才是正常女朋友的反应!!!"

"喂，我怎么向你呼救啊，他身体有你两倍大啊，两倍!!! -0-"

"你不相信我？"

"相信！不过那个时候接电话就是不合适嘛！"

"你怎么偏偏去勾引那个怪物一样的家伙啊，你知道我有多讨厌担心吗!!!"

—_—哈，真是……

"那你就不要担心好了！"

"以后你每天都坐我姐姐的车去上学，还有啊，放学之后不准出校门，在学校运动场等着就好。"

“为什么!”

“我去接你！然后我们一起去我练习室，之后我们一起回家。”

“你说过让我不要去练习室的!”

“是啊！不要去练习室!”

“你知道你自己在说什么吗!!! 一_一^” 我听晕了，皱着眉头看他。

隐葵呆呆地盯着我，出神看了好一会儿，忽然悄悄偏过头，避开我迷茫的视线……

“我承认我很爱忌妒，小白痴！可是我讨厌自己忌妒，因为你，我不再牵别的女孩子的手，因为你，我唱出来的声音很奇怪，因为你，我连歌都没心思唱了。”说着说着似乎害羞了，隐葵低着头，嗒嗒跺了几下地面。

“明天我们出去玩好不好?”

因为隐葵最后的一句话，我脑海中激烈地斗争了起来，是为再光报仇呢……还是和男朋友约会……骨肉亲情……还是爱情……┬┬_┬┬还是算了吧，为再光报仇得抓紧时间赶快办，和隐葵约会将来有的是时间。

“我明天有个非常非常重要的约会，我们后天去玩吧。”

“（点头点头）”

“喂，成隐葵。”

“嗯?”

“我好像也非常非常喜欢你了，很开心吧你，集我三千宠爱于一身。”

隐葵笑得露出了他雪白整齐的牙齿。突然涌上一股冲动，好想冲上前去抱住他。

“进去吧，外面蚊子咬得厉害，明天早晨见，一会儿我给你发短信。”隐葵兴高采烈地冲我拼命挥着手。

我捂着自己快要笑裂开的脸颊，轻飘飘如羽毛般晃进屋内，刚迈进屋里几步，就听见再光捏着鼻子，夹杂着些许鼻音的声音，简直快让我发疯了。

“我好像也非常非常喜欢你了，很开心吧你，集我三千宠爱于一身。”

“喂喂，你!!!! －0－”

臭小子，知不知道我为你牺牲有多大啊，┬┬0┬┬明天我要和那个怪物约会，还得费尽心思巧妙地把话题转移到你身上，这样才能让他教训教训那帮把你揍成这样的那帮家伙一顿，之后我再和他见一两次面，再然后就找个理由假装生气把他给踹了。上帝保佑，我这个计划该不会出什么问题吧？—_—

最后呢，我就和隐葵……喔哈哈哈哈，＞_＜我两条腿在被窝里踹得欢天喜地咚咚响，不久就进入了甜蜜的梦乡中。—_—我被兴奋和激动冲昏了头，根本没有想到会有如此倒霉透顶的一天等着我……

37

#早晨。

再光这小子一个人还赖在床上睡懒觉，我嘴里叼了一块面包，抓着书包匆匆忙忙出了门。老远就看见隐葵拼命冲我挥手，就像昨天约好的，素颜姐的车正停在他家门口。我飞快地跳上了车。

“喂，知道吗？西苑有女朋友了？”成隐葵很开心地向我汇报这个好消息。

“嗯。”

“比你漂亮多了。”

“和我有什么关系。－0－”

“即使是这样你也不能见西苑。”

说完这个，隐葵打开书包，埋头拼命在里面找着什么，—_—沙沙作响找了好一会儿，他才从里面抓出一把青葡萄口味的糖果。

“给。”那小子摊开我的手掌心，一股脑儿扔在上面。

“干什么，给我吃的吗?”

“还有这个。”

—_—？是项链。不是金的，不是银的，也不是什么十字架项链，—_—是一个拇指般大小的碎布娃娃挂在链子上的奇特项链，摇一摇还叮咚作响。

“哇，好漂亮。-0-这个，也是给我的么？”

“嗯，我也有。^O^”隐葵摇了摇挂在自己脖子上的项链，叮叮咚咚，好清脆！

原来是一对碎布娃娃，小男孩和小女孩。那个用碎布做的臭丫头，—_—挂在隐葵脖子上，小男孩挂在了我脖子上。

“哈哈，真可爱，你从哪儿淘出来的？真的好特别。”

“我歌迷送给我的，好像是她做的，让我有了女朋友之后一人一个！”那家伙异常自豪地摇着自己的项链。—_—我怀着一丝恻隐之心，赶快把项链套到自己脖子上。

“我也要吃糖果。”正在开车的素颜姐忽然回过头来，朝隐葵扔过几个哀怨的眼神。

“请您吃这个吧。-0-”我赶紧递上手上的糖果。素颜姐，美丽的女人。O_O

“喂喂，让她吃完了怎么办！”

“我有项链啊！^_^”我摇了摇脖子上戴着蓝色小帽的可爱碎布娃娃。我居然会戴这么可爱的东西，—_—我班上那帮家伙见到还不得晕死过去啊。素颜姐把隐葵放在安贤高门前，他冲我们挥了几下手，一蹦一跳地朝校门里面跑去了。扑通扑通~！车重新上路，美丽的素颜姐嘴里咯嘣咯嘣吃着糖果。

“姐姐！”

“嗯？”

“姐姐你有男朋友吗？”

“没有啊！^O^”素颜姐断然地回答道，一口否定了那个长得不怎么样的男人的存在。=_=

“那位经常送姐姐到家门口的叔叔呢，那个开着很棒的车的叔叔。”

“啊，他不是我朋友啊，他年纪比我大呢。O_O”

果然是成隐葵的姐姐，思维逻辑与众不同。—_—

"那就是情人啰。"

"情人?可以算是吧!^_^"

"姐姐,那个我们家再光啊,他是真心喜欢姐姐你的。"

"再光是谁? -0-"

"—_—算了,没什么,请停在这儿就好了。^_^"

嚓嚓嚓!素颜姐一个果断地急刹车。

"谢谢姐姐你每天早上送我。^_^"

"呃?啊,没什么了,反正我上班也顺路嘛。"

"请走好。"我拉开车门,在我迈脚落地的那一刹那,素颜姐突然悄声对我说道:

"再光最近没怎么和我联系啊,让他经常给我电话哦。^_^"

"是!^O^"

呀嚯!呀嚯!我轻轻吻了吻脖子上挂着的项链,迈着轻快的步伐,空哐空哐走上了教学楼的楼梯。果然,班上那帮家伙,用不怎么好看的眼神盯着我的项链。

"路上捡的吗?"

"—_—拜托,你去捡条试试。"

"喂,志英,来看净媛啊,我看她八成有问题了,说不定是疯了。"

"-0-去死吧你们臭丫头!小心惹火了我!"

"是不是谁给了你钱—_—让你戴着项链上学?"

"我喜欢才戴的!我高兴怎么样!你们要是再开口说一句,我把你们都吃掉!!!! -0-"我略带威胁地狠狠说道。

"—_—"

今天时间过得尤其快,流水似的,转眼就到了放学时间。5点刚过,我怀着异常悲壮的决心,挎上书包,允儿拉着我说道:

"你不会有事的,朋友。"

"朋友这个名字拜托你收回去,别叫着那么费力了,叛徒。—_—"

"还在因为昨天的事情记恨吗?—_—可是昨天真的好可怕啊。

=_=”允儿哭丧着脸看着我。

“那剩下我一个人该怎么办?!!! —_—”想到昨天我就生气，亏我那么相信她。

不过最后我还是握着允儿的手做了半天祷告，乞求老天今天一定要多赐点幸运给我。我刚迈出校门，口袋里的手机忽然剧烈震动了起来。

“喂?”

“嘿。”

兔崽子，你不用打招呼我也知道是你啊。=_=^

“啊，是您啊，我们一会儿去哪儿?”

“去喝一杯怎么样。”

不是询问，分明是直接下命令的口气。—_—

“我不太喜欢喝酒。”

“那去哪儿好呢?”

“咖啡厅。”

“要我去学校门口找你吗?”

“不用了，不用了！-0-SUGAR 您知道吗？去那儿见面好了。”

“嚯嚯嚯嚯！-0-那个在什么地方？—_—”

“大哥您身边有朋友吗?”

“当然，有。”

“请您问一下朋友好了。—_—”我嗒的一下合上手机，压了压简直快蹦出来的心脏，长长吁了一口气。

坐在计程车上，我拽起脖子上的项链，对着它轻问，我不会有事的吧?! ㅜㅜ_ㅜㅜ嗯？如果我真的遇到危险，到时候只有靠你这个家伙来救我了，知道了吗?! ㅜㅜ_ㅜㅜ

叮铃铃，叮铃铃，叮铃铃，叮铃铃。

“喂?”

“在哪儿啊?”

是隐葵。

“啊，我，我们兴趣小组有聚会，你呢，在哪儿?”

“我在卡拉 OK 厅。”

“啊，你跑那儿去了。”

“你们聚会完了之后要不要来找我?”

“不用了，估计会结束得很晚，说了是很重要的聚会嘛。晚上顶楼见。”

“嗯！晚上见！”

“嗯。^__^”我忧心忡忡地合上手机，再也笑不出来。离见面的地点越来越近了，我从没有如此紧张过，手里的两张千元纸币被我拽得湿乎乎的。…… =_= 计程车缓缓、缓缓地停了下来。

“到了，学生。”

“啊，谢谢。”

今天，我居然要和一个怪物约会。=_= 还不如是和平八呢，我还能凶一凶，忍一忍。ㅜㅜ_ㅜㅜ可是在这个怪物面前，我只有哆嗦的分，哪儿还能凶得出来，吼得出来，我怕啊!!! ㅜㅜ_ㅜㅜ我那两条腿非常、非常不愿意挪出车外，费了好大的劲儿，我才终于踩到车外的地面，向那间咖啡厅走去。

38

咖啡厅内，如天鹅丝绒般流淌的音乐，所有服务生都训练有素，安静地来回走动着，这里的沙发和椅子一色的乳白，一切都是那么柔和典雅。只有一件东西例外，那就是突兀地耸立在中间一张桌子旁的生物。一__一怪物优哉游哉地坐在这张椅子上，一边抽着烟，一边呼哧呼哧喘着气。=_= 我担心这怪物又说出什么惊天动地、惊世骇俗的话来，赶紧缩手缩脚地在他对面坐好。

“啊，来了!”

“是，一__一您找来得还顺利吧。”

“当然，我是谁，找路的本事我认了第二没人敢认第一，轻松点，不要用敬语了。”

“啊，是，明白了。”我马上利落地甩开了敬语体，不怎么客气地说起话来。

后悔了吧，怪物！—_—他诧异地看了我一会儿，接着拿起服务生放在桌上的菜单，盯着看了好一会儿。

“我们叫东西吃吧。”

“我不吃饭。”

“那我也不吃好了。”怪物咧嘴哈哈一笑。吓吓！—_—

“那个……对不起，我有一个弟弟。”我还是直接切入主题比较好，所以愣愣地说道。

“弟弟？那小子怎么了？不听你话？”

“不是，我弟弟在学校老是被一帮人欺负，他的前辈。”

哐!!! 妈呀！O_O

“是哪帮混账小子吃了熊心豹子胆！ -0-”

-0-怪物一记铁拳狠狠击向桌子，咖啡厅里人本来就不多，当然所有的视线都齐刷刷向我们射来。=_=

“我也不知道。-0-”我急急忙忙说道，惟恐他生起气来六亲不认，把我也给扔出去。

“你弟弟读的是什么学校?!”

“商高。”

“商高？-0-你弟弟多大了?!”

“十八岁。”

“那些欺负他的混账小子呢?”

“十九。”

“够了，商高？让我想想，善京是从那个学校里出来的呢，还是头汉是从那个学校出来的。”

怪物偏着头想了一会儿，接着掏出他那支 STARTICK，按下了一个号码。—_—不行不行，他现在是在做善事，我怎么还能叫他怪物呢。=_= 他的名字是叫正冰吧？可是这正冰哥我实在叫不出口。=_= 我还是直接叫他正冰吧，多热乎乎的啊!! 两个字，亲切!!

“诶，我是冰啊!!”电话可能通了，怪物开口说道。

-0-噗~！我含在嘴里的威士忌差点没喷出来。-0-天啊，天，他居然称自己“冰”，“冰”诶。ㅜㅜ_ㅜㅜ

“诶，头汉，你是商高出来的吧。你把你们学校三年级的统统收拾一遍，一只老鼠都不要给我放过。”

“大哥！只是欺负再光的人就好了。—_—”

“再光，你知道一个叫再光的吗？你说知道？是你的后辈？找出那些欺负他的家伙，一定要在今天，就在今天之内，让他们所有的都给我穿上病号服，送到我面前来。”

加油，正冰！

只要你不是以异性的身份接近我，我决定喜欢你！=0=

“不要问理由，我老婆让你们做你们就做。”

—_—果然我没有办法喜欢你。—_—

“当然，你们就这么做吧。让他们跪下来求饶，还要保证以后决不会再有这样的事情。待会儿有时间我会去一趟医院的，看看进展，好，就这样了，Byebye。”

—_—嗒！正冰啜了一口放在面前的热可可。

“现在满意了吗？”

“嗯，谢谢，今天我请客。”

“不用了！那边那个小子怎么回事啊。你啊你，傻瓜，还不把你那双招子给我滚远点！-0-”正冰突然朝我背后凶猛地吼道。

一股不祥的预感。我急急忙忙转回头，猜我看见了什么……窗边，两个穿着青成高校服的学生并排坐着，一个男生，一个女生，即使隔着老远，我也能看见那女孩有着一张天然去雕琢，清丽无瑕的脸；即使隔着老远，我也能看见那个奇怪的男生，绝不是什么傻瓜，而是阴险狡诈透顶的江西苑。江西苑鹰一般的眼神，一瞬不瞬地盯着正冰，而那个女孩一脸担心，不停地拉着西苑的手臂，正冰吧嗒一下站了起来。

“坐下，求你了。”

“我要是发飙了，至少十秒之后才能平静下来。”

“那小子是我初中同学，他眼睛有点问题，本来就长成这样的，你不要生气了，他是斜视眼。”

“斜视？”

“嗯，其实他现在看的是桌子，从我们这个角度看来，就像是他在瞪我们了。┬┬_┬┬”

“真的？”正冰半信半疑。

“当然是真的啦。”

正冰这才拧着眉头，重新坐回了位置。我非常小心地转头斜瞟了江西苑一眼，只见他忽地掏出了手机，拜托，—_—他该不是把在这里遇到我的事告诉成隐葵吧？ =_= 他应该不会这么歹毒吧！可是他是江西苑诶，这种可能性大大存在！┬┬0┬┬我两只脚不住在桌下发抖，完全听不到正冰在和我说些什么。

“我们走吧，嗯？”我突然插嘴打断了正冰一个人说了好久的独角戏。江西苑这个小人，不得不防。

“怎么了？”正冰一脸奇怪地看着我。

“我觉得这儿好热啊，出去吧，我们出去吧！”

“等一下。”正冰举起杯子，把剩下的热可可一饮而尽，接着从口袋里掏出钱包，大步大步向收银台走去。

“呃！我来付好了！”我飞快地站起身跟在他身后，可是他已经在收银台旁付了账。

我不自觉地回头朝窗边看去，只见江西苑一只手无比惬意地环在女孩肩上，正不停瞟着大门，他嘴角分明露出了丝丝笑容，如响尾蛇般恶毒的笑容让人胆战心惊。他又在打什么坏主意，现在只要一看见他的笑我就觉得受刺激，何止是刺激，简直令人毛骨悚然，全身起鸡皮疙瘩。

当啷～！正冰首先推门走出去，我飞快地跟在他身后，砰……

“长眼了吗你小子！”

正要出门的正冰猛地被一个正要进门的愣头青撞了一个正着。我的心忽悠一下吊在半空中停摆，当我看清那个愣头青之后，我恨不得自己立马消失在这里，或者从来没有出现过在这个世上。他穿着校服，额头、头发全被汗水淋湿，显然刚才跑来得很急，他笑着，可表情却是我从没见过的冰冷。

“你说的重要的约会就是这个？”

“……”

39

“说啊，我问你呢，你说的重要约会就是这个？”

“……”

隐葵的手眼看着就向我的脸飞来，我紧紧闭上眼睛，>_<好吧，打就打吧，我活该受你这一掌，┬┬_┬┬啪嗒，扑通通，O_O嗯？我诧异地睁开眼，是项链，隐葵猛地扯下了我挂在脖子上的项链，可怜的布娃娃骨碌碌在地上跳跃。

“死小子你在干什么呢?!!!”正冰暴怒，厉声高喊道。

“对不起，我对你说谎了，对不起，现在真是，呼~！有四米了对不对？”

“要远得多。”

“你找我吗？”那小子瞪了我一会儿，忽然用强压住怒气的面容，大踏步向江西苑和他女朋友那桌走去。

“你没事吧成隐葵？”

“你就是为了让我看见这个才叫我来的？”

“呃？不是，我也是刚看见的，你女朋友。”

“江西苑，你到底是不是我的朋友？”

“说什么啊你突然。”

“难道是你？”

“什么？”江西苑脸上顿时现出一阵张皇。隐葵不语地再次向我们这边走来，推门准备出去。我本能反应地抓住他的手臂。

“对不起。”

“我该就这样放弃吗?!”

“放弃什么？”

“云净媛你。”

当啷！那家伙扔开我的手，闪身出门，我无语地呆望着摔落在地的项链。

“怎么回事！是不是那边那个兔崽子嚼舌根说了些什么！”正冰仇恨地看向江西苑，估计他早就看江西苑不顺眼了吧！

“大哥，你在这儿等着。”我气势汹汹大步大步朝江西苑走去。那家伙用极其坦然地表情望着我。

“混账兔崽子。”

“小心你的话。”

“我不在乎你是不是处心积虑想让我和隐葵分手，但是不准你伤害到隐葵，肮脏的家伙！”

“哼哼，我怎么会伤害我的朋友？嗯？”江西苑仰起头，不屑地冷笑一声。

“你要是再在我面前笑得这么恶心，说不定我真的会一拳头揍死你。”

“你连我也想杀死？”

“呼~！你的仇应该报完了吧？所以，从今往后，拜托你不要再在我身边挑衅生事！听明白了没有？”

“如果我说还没有报完呢？^__^”那小子无耻地笑着。

我双手抖得如同秋风中的落叶，想要克制，却怎么也克制不了，接着，我大脑不受控制地朝着那混蛋脸上就是狠狠一记左勾拳，头也不甩地离开了咖啡厅，只留下在一旁径自看着我发呆的正冰。正冰匆忙随后跟上。

“怎么了，到底是怎么一回事，是不是刚才那个混小子告的密?!”

“^__^他告密也没有告错对不对，我确实是在做坏事，哈，我男朋友是不是长得很帅?”

“是不错，他们家面粉都糊他脸上了。这么强的凯子都被你吊上了，能力不错。”

“是，我能力不错。”

正冰沉默地把刚才掉落在地的项链放到我手上。

“现在我心脏扑通扑通跳得厉害，有股子热气一点一点往上冲，觉得整颗心里都是热乎乎的，看来我是真的喜欢上你了。刚才那个混账东西，我不用一根手指就能搞定他，你不用操心了。”正冰抓起我依旧颤抖个不停的手，把我拉上了车。正冰的车比任何时候开得都要慢，我颓然地坐在车上，一动都不想动。正冰一边开着车，一边偷偷瞅我眼色，干咳两声之后，终于才敢开口。

“明天我们去看电影好不好？”

“我不喜欢看电影。”

“那么，去游乐园。”

“我要去上学。”

“要不你明天上我家来玩，大哥给你做菜吃。”

“看在大哥帮了我的分上，我勉强同意吃吧。”

“我真是好感动啊。”

“您说哪里话，真是太客气了。—_—”

正冰乐得一路哼着小曲，直到到了我家门口，他才停住车，真挚地说道：

“我都知道，丫头！你为了你弟弟那个叫再光什么的，才答应出来见我，又因为这个而感谢我，所以才答应来我家吃饭，我都知道。”

“我不否认。—_—”

“我也不是疯子！可是我为啥子就是这么喜欢你呢!!! 嚯嚯嚯嚯。-0-”

“哇哇好像河马。”

“你说啥子！ -0-”

“—_—”

叭叭！正冰的车放下我，闹哄哄地出发走了。我蔫蔫地按下门铃，走进了家门。一两个小时过去了，我还是如霜打的茄子似的，没有恢复体力，因为好久没有相亲了吧，所以才会出现这种症状。不是的，我内心的声音告诉我，这些都只是因为一个男人……干脆这样好了，^_^我从口袋里小心地掏出那条项链，挂在脖子上。

当天晚上，我一刻都没有离开地守在窗边，可是连成隐葵那小子的头发都没见到一根。=_= 猛地，一个想法突然闪进我的脑海，我乐颠颠地找出六张大纸，每张后面都极其巨大地写了一个字，接着，我爬到顶楼，稀稀疏疏地把它们挂在晾衣绳上，满意地笑了。

他会看到我的信吧，想到这，我在睡梦中都甜甜地笑了，如梦呓般，在睡梦中不知把这几个字叨唠了多少遍，他不久就会回到我身边的对不对?!!!

40

早晨。云再光那个小子，=_= 刚睁眼就跑到我房间里啰啰嗦嗦，最过分的还是只穿了一条短裤。—_—

“喂！有大消息了，简直是太搞笑了！昨天晚上，我们学校三年级那帮羊癫风家族，集体跑到医院去报道！-0-”

“是吗?！是揍你的那帮家伙吗?”

“是啊！……啊，不对，我说了我没有挨揍嘛！你干吗总是诱我口供啊？-0-”

“是，你没有挨揍。—_—所以拜托你多穿几件衣服！-0-盖上你那副干了吧唧的身体！你以为你有什么可供大家看的吗!”

“—_—你啊你，为什么大晚上在晾衣绳上挂些奇怪的东西?”

“什么!! 奇怪的东西!! 出去！我要穿衣服了。”

那小子摸了摸自己乱蓬蓬的头，转身向外走，刚抓上门把，

“对了。喂，我有情人了。”

“情人？谁啊?”

“没什么啦，就是我们学校一位前辈，漂亮得简直没天理。”

“比素颜姐还要?”

“嗯。”再光得意地点了点头。

“真的？昨天素颜姐还要我告诉你经常和她联系呢，既然这样，算了！知道了，你们好好交往。”

“什么？真的？真的？真的吗?”再光猛的一下仰起脸来，差点没跳到天花板上去。

“闭上你的嘴。-0-我说了要换衣服了，出去，出去!”我像

赶猪猡似的吆喝着。

"从今天开始，我又没有情人了！呀嚯！"

"坏小子，又忘了你那位前辈了。"

"我爱你姐姐！"

"闭上你的嘴，滚远点！"

扑上来要拥抱住我的再光，还有如同兔子一样四处逃窜的我。—_—呼~！一大早上就在房间里进行这么剧烈的运动可不好，我被那臭小子追出了一身汗。抹着额头的汗水，我偷偷瞄向窗外，只见那几张大纸还在清晨的微风中迎风招扬。当天在学校，再光他们学校三年级的羊癫风家族集体进医院的事成了大家议论的焦点。正冰还真是了不起。

"这么说，你不和成隐葵交往了？"我刚想出学校，却被允儿腾地抓住书包带。

"不是这样的，只是那小子现在有点生气，等他气消了就好了，一定会重新回到我身边的。"

"喂，如果是我男朋友，他瞒着我偷偷去会别的女人，我也会生气的！特别那个女人还是一个像河马一样丑的女人！-0-"

"正冰他不知道有多善良呢！"

"啊啊啊！-0-那恐怖的大哥叫正冰吗？"

"让开让开。—_—"我懒得和她废话了。

"这个死丫头！不要想着去河马家怎么玩怎么吃了，还是先想想怎么化解隐葵的怒气吧！"

"不用你说我也知道啦，一会儿我会正式去和他道歉的！"我推开在我面前蹦蹦跳跳个不停的允儿和志英，今天又一个人走出了学校。

万幸，正冰的家就在我们学校旁边，我很容易就找到了。很漂亮的连体公寓住宅，淡雅朴素，让人很难和正冰那个黑金刚联想到一块儿。=_=门铃声也够惊人的。

=_=门啪嗒一声被拉开了，妈呀，正冰穿着半截短裤走了出来，让我吓了一跳的是他的小腿，-0-到底有几只蜘蛛啊（文身

—_—)。

“找得还顺利吧!”

“大哥你妹妹不在吧? =_= ”

“那丫头和我父母一起住。”

“这么说大哥你一个人住啰。”

“和奶奶两个人住，进来吧。”正冰锁上门，接着动作娴熟地走进厨房。

我嘿咻嘿咻扭着脑袋四处乱看，—_—最醒目的就属墙上那张大型照片了，十几个穿着黑色西装的像是黑社会分子。—_—

“这些人是谁，朋友吗?”

“诶，这些家伙啊，昨天晚上教训金龟子的就是他们了。”

“金龟子是谁? -0-”这么奇怪的名字我还是第一次听到。

“就是昨天在咖啡厅里欺负你的那个告密混球。”

“什么? 你说他们教训了江西苑? 他现在在哪儿?”

“好像去了啥子汉城医院，听说牙齿掉了几颗，嚯嚯嚯嚯。-0-”

“那小子那么卑鄙下流无耻! ┳┳0┳┳他被揍了，肯定不会就这么善罢甘休的!!”

“没事的，我朋友也都够卑鄙下流的，是无耻他们家兄弟。”

正冰语气里除了自豪还是自豪。

“话虽然这么说，可是你们怎么能就这样打人呢，也不问我一声。”

“我昨天说了呀丫头! -0-”

“大哥你什么时候说了!??!!”我尖声大叫道。

“-0-你别叫这么大声! 我不给你饭吃了! -0-”正冰恼怒地冲我挥了挥饭勺。我立马安息了。=_=

“来客人了吗?”

“呃? 喂，净媛，快点打招呼。”

一间房门忽然被打开，一位八十多岁的老奶奶颤颤巍巍地从里走了出来，老人家看起来身体不怎么好，边走边不停咳嗽。

“奶奶，您回房去躺着吧。”

“躺着有什么好的，死了就一辈子都躺着了。”

“我说了您不要说这种话了吗!!! -0-”

“^_^知道了，孙子伟大，我老人家连一句话都不能随便说，哎哟哟，你这个小兔崽子，怎么个子越长越高了。”

“我老婆漂亮吧？到时候再给您添个重孙子，每天都陪在你身边，让您乐呵呵的。”

=_= 这种情况下我能说什么，正冰优雅地吃掉了沾在饭勺上的米饭。

“行了行了，啥子都是你说的，来来，到奶奶这边来，一起坐着。”

我扶着老奶奶的手臂，小心地移到餐桌边。

“这可怎么得了哦，每天还得靠孙子做饭吃。”

“吃又有啥子大不了的。就算到了这丫头和我生了一堆儿子、女儿的时候，我还是照样天天给您做饭吃，知道吗?!!!”

妈呀，我该不会有一天真的变成正冰的老婆吧？不会有这一天的对不对—_—……就在这时，……哐!!! 玄关门被撞开了，两个满脸横肉的家伙踩着鞋哐啷哐啷走了进来。

“你们是哪条道上的啊?”

还在正冰喊话的当儿，那两个陌生人一言不发地冲上前，身手敏捷地反扣住正冰的双臂。

“你有权力保持沉默，也有权力聘请律师进行谈话。站起来!”

这都是什么事啊，我确定我不是在看电影或电视剧，这些究竟为什么会发生在我面前。

“哎哟哟，正冰啊，放开我的孙子，正冰啊，正冰啊。”奶奶抱住正冰的手臂，拼命推那两个我猜测可能是警察的家伙。

“放手！你们两个兔崽子！你们一定是搞错了！快滚出我家里！我究竟干啥子了!”

“你昨天晚上指使你一帮朋友袭击了一个学生，打伤了他！要不要和我们一起去医院看看啊，嗯？昨天还有一帮高三的学生也集体进了医院，我们怀疑这件事情也和你有关，臭小子！”

……

“净媛，奶奶就拜托你了，找到美莲，让我爸妈他们来照顾奶奶，拜托你了。”就这样，正冰嘶吼着，被警察按着脑袋拖出了门。

不能这样，都是因为我，都是因为我。

“大叔！是我指使的！把我带走吧！都是因为我！正冰他没有做错什么！大叔！”我近乎悲鸣地嘶吼着，连鞋也顾不上穿地追了出去，可是警车已经出发，我只能如钉在原地般，默默地流着泪。江西苑，这次又是你对不对，你这次真的是太不可饶恕了……哈，哈哈，又是你？对不对？你和我之间又开始新一轮的仇恨了吗？汉城医院……我飞快地擦了擦腮上无意识之中流下的眼泪，仿佛疯了一样地向医院跑去。

41

哈，你打算用同样的行动对付我，这样才算报仇吗，你真的打算这样做吗？从这一刻起，我算是明白了，彻底地明白了，我和你之间，早已不存在什么友情，我们的友情在多年前就已经碎成了一片片。

#医院。

“江西苑在几号病房……”

“哟哟，看看您这汗，^__^用棉花擦擦汗吧。”

“我问你江西苑在几号病房？”

“江西苑吗？请等等。”护士小姐对着汗流浃背的我叹了叹气，低下头开始翻房号。

汗水一滴滴从我身上淌下，我喘着粗气，满心只有三个字：江、西、苑，该死的，我多么希望这是我们最后一次见面，我乞求上苍，以后再也不要让我见到他。

“在 302 号房间。”

“……”

我再也不会逃避了，真的，今天我一定会微笑地离开这里，我已经厌倦了这样，我不会再让自己失望了。所以，我毫不犹豫地推开病房门，迎面映入眼帘的是一扇大窗，窗边放着一张床。

“您还完整无缺地躺在这儿呢!!!”我使尽全身力气挤出一丝笑容，一步一步向病床走进。

“又是你?”江西苑微微皱起眉头。

“呃?姐姐，你怎么知道这儿的，隐葵哥他刚走。^__^”是娜林，她巧笑倩兮地站在病床边，还有那个敲鼓的帅姐姐也在。

该死的，我讨厌在这个姐姐面前露出丑态，表现得粗鲁不堪……想什么呢你，云净媛，现在是你考虑形象的时候吗?!!!

“把正冰放出来!”我厉声高喝道。

“你在说什么啊。^__^”那小子狞笑一声装傻。

“是你去警局控告的正冰对不对，我要你撤销你的起诉，把他放出来，兔崽子!”

江西苑转了转他的眼珠，半支起自己的身子。

“还没有完呢。”

“那就现在在这里结束。”

“大姐，娜林，你们出去一下。”

听到江西苑的话，娜林有些担心地看着我们。

“不要打架啦。你们这是怎么了，你们不会打架的对不对?”

“看来我们得出去一趟。—__—”

还是大姐比较沉着，她牵起娜林的手，拉着她一起向房门走去，同时背对着我沉声开口道：

“我不知道你们俩之间发生了什么事，不过西苑好像激动了一些，如果有什么事就大声叫我，隐葵的小情人。^__^”说完回过头冲我眨了眨眼，两人关上房门出去了。

“撤销对正冰的起诉，把他放出来。”

“那你也把我爸爸放出来啊……”

“……我不知道，虽然现在这么说可能有点可笑，可是我真的不知道，他是你的爸爸。……所以，我让你把正冰放出来!!!”

这家伙又露出那种恶心又可怕的笑容，我最最讨厌的笑容……

“我也不知道啊，我也不知道我控告的那个人就是你口中的正冰。^__^”

“你为什么要这样，就是因为你爸爸？就是因为我指控了你的爸爸？所以你就这样对我，这样报复我，我可以忍受你所有的报复，甚至比我生日那天你对我干过的更可怕的事情……请你放过我周围的人，再光，正冰，甚至还有隐葵，接下来又会是谁……”

“接下来会是谁，当然是你爸爸啰。^__^”

眼睛里喷火就是这种感觉吗?！我刚刚举起左手，却被江西苑那个兔崽子用力抓住。

“我是病人诶，这样你也要打？^__^”

“你真是肮脏、恶心，哈，江西苑，你知不知道自己有多恶心，多肮脏，嗯？这才是你的真面目对不对……？”

“我是因为谁才变成这样的?”

“我不是都说过了吗！我不知道他是你的爸爸！不，知道了我也会指控的，一个活蹦乱跳的小孩就这样活生生在我面前死掉了，而那辆车却毫无人性地按着喇叭就这么开走了……你觉得我该坐视不理吗?!!! 那小孩就活该承受这命运?!!!”

“难道我就该承受这命运?!!! 自从那件事之后，我妈妈离家出走，我爸爸到现在还待在监狱里，只剩下我一个人孤零零地生活着，这就是我该承受的命运?!!!”

“究竟要我怎么做，你才会停止你那些肮脏下流的手段，嗯?我到底该怎么样，你才能从我面前消失?!!!”

“这是我该说的话才对，从我面前消失，看见你那张脸我就觉得讨厌，一股子火气从脚底蹿到脑门。每晚我都会痛苦得想要发狂，这都是因为你，都是因为你，我每晚甚至都无法入眠……都是因为你。”

我真的不知道。好久都没见过江西苑含着眼泪的样子了，我都已经忘记好久了，我曾经用我这只手为他拭过眼泪，用这只手……

“不要再见隐葵，不要再通过隐葵在我面前耀武扬威，他现在是我最要好的朋友，我不想因为你而失去他，想到你这种女人居然要和我最好的朋友在一起，我就不能忍受。”

结果，从江西苑嘴里吐出的最后一个名字是成隐葵。正冰奶奶那张苍老的脸层叠住隐葵的脸不住在我眼前晃动，耳朵里回旋的全是奶奶上前扯住正冰手臂的凄楚样，我简直要疯了，都是因为我，正冰才会被抓进警察局，如果我因为要守在隐葵身边就弃他不顾，那我就真是没有人性的死丫头了。

“那么……正冰的事我们就在庭外和解，还有再光也请你放过他，最后，以后不准在我面前笑得这么恶心。”我苦笑着。

“那隐葵呢?”江西苑步步紧逼，没有放松的意思。

“如果你对你的这位朋友真的那么不可缺的话，你都拿去好了，如你所愿，我以后不会有在你面前耀武扬威的机会了。我要说的都说完了，现在就请你给警察局打电话，撤销指控。”我说得几乎语不成句，每一句话似乎都耗尽了我全身的气力，不是因为泪水，不是因为愤怒，是一种更加让人难以承受，更加复杂得多的情感……猛然间，我醒悟了，现在让我感到如此痛苦的情感是什么……是怀念，怀念这个家伙很久以前的笑容，这个家伙很久以前的手，这个家伙很久以前的眼泪……

“喂，江西苑……”

“……”

“哈，我有一个很白痴的问题，最后一次，你能不能最后一次，再抓住我的手……?”

我无法看到那家伙的脸，只能听到背后传来的夹着嘲讽的笑声。

“肮脏。我说什么你明白。”

“……”

咔嚓！我缓缓拉开病房的门，窒息的喉头让我好几次干呕出声。白痴，云净媛，为什么要哭，你不是最讨厌爱哭的人了吗?!!要笑啊，要笑着走出去，不是说好今天要笑着出去的吗，为什么一副垂头丧气的倒霉样……嗯?原来你这么心软，比看上去软弱得多，只要站在他面前，你再恶毒，再坚决地心肠都会柔软起来，什么决心，骗人去吧!!! 回忆真是可怕啊，你也这么认为吧?

“姐姐，你没事吧？是不是?”坐在走廊椅子上的娜林。

“呃，^__^你们再玩会儿，我先走了。”

“你和西苑哥之间有什么不愉快的事情吗?”

“你，如果你和再光朋友分手的话，就拜托你收留一下隐葵好了，他真的很可爱的，不是吗？^__^”

“什么?”娜林呆住了，吃惊地张大了嘴。

不想再多说什么，我抛下她，铿锵有声地飞快向楼下冲去，哐哐哐哐！整个走道都是我下楼梯的声音。呼~！突然觉得好累，全身仿佛被人抽干了力气……正冰奶奶！我把正冰救出来了！ -0- 奶奶你不用和美莲那个坏丫头一块儿住了！可是，我好像忘了一件很重要的事情，成隐葵那个相当可爱的家伙，我才刚开始爱上他呢……TT__TT

“云净媛。”

我听到了这声音，我也听出那个叫我名字的人是谁，可是我没办法停下脚步，只能加快步伐。

“云净媛!”

42

“云净媛!!!”

“……”

嗒、嗒、嗒、嗒，我一溜小跑，他没看见我的脸，他没看见我的脸。

“你去病房看过西苑了?”隐葵终于还是追上了我，挡在我前面。

“呃。”我低下头，不敢看他的脸。

“听说伤得不是太重，我有话要对你说，你不准跑，好好听着。”

“我也正好有话要对你说，你先说吧……”

"嗯，昨天我不是说过，要放弃你吗?! 昨天晚上我头好痛，一直不敢睡觉，担心会做梦见到你，你会很伤心地出现在我梦中。"

我悄悄抬了一下头，偷眼正好看到他眼中，他依旧很开心地笑着。白痴……你怎么能每天都笑得这么开心。

"然后呢。"

"我是多血质性格!"

"然后呢……"我的声音越来越小，几乎不敢听下去。

"所以我生气一下下就没事了。O_O"

"然后呢?"

"只用一天我就不生气了，我很善良吧?"

"善良是什么意思? —__—"

"就是说我原谅你了，白痴! -0-"那家伙急了，差点没跳起来。

我强忍住爆笑出口的冲动，故意逗他。这样的家伙叫我怎么能放弃，这样的家伙叫我怎么能忘记，可是，如果真的让你选择，隐葵，你还是会选择江西苑对不对? 我完全没有信心能击败江西苑，隐葵……而且，我不想再看到有人因为我和江西苑的事受到伤害了。

"成隐葵，现在轮到我说了。"

"说吧。"

"因为我俩认识时间不久，交往也没有多久，说不定我很快就会忘记你，不，说不定已经开始忘记了。^__^"

"……"

"昨天我才感觉到了，我们俩其实不合适，非常非常不。"

"从现在开始，我可以爱你更胜于爱音乐的。^O^"

"不可能的，你和我是不可能在一起的，记得你在这个世界上最讨厌的那只恐龙头吗? 那就是我。^__^"

"切切~!! 怎么可能!!"

"我家里有照片，而且我讨厌你这样总是闹腾腾，一刻也不得安宁的男孩子，特别你还那么爱献。我走了!"我昂首经过瞬时间脸色铁青的隐葵身边，表情异常坦然。

“我再问你一个问题，云净媛。”

“嗯，说吧。”

“你在这个世界上最最憎恶的人，而你却永远无法说出口的那个人，是因为他是我最最要好的朋友……江西苑，对不对？”

……

“不是，我仔细打听了一下才知道，^__^原来他和你什么关系都没有，你根本不认识他，我搞错了。怎么可能是江西苑嘛，我初中时和他关系不知道多好呢，你想得好可怕啊!! 你要和他好好相处哦!! 啊，对了，项链太漂亮了，所以我才忍不住又挂上了，该还给你的，呀！接着!”

我取下挂在脖子上的项链，把他放到隐葵手上，隐葵却猛地收紧手抓住我。

“恐龙头，就算是你，我还是喜欢你，怎么办?”

“拜托你留点尊严给自己好不好，我说讨厌你啦！你连正冰一根手指头都比不上。—__—”

“这么说，从现在开始，我们不再是男女朋友的关系了?”

“嗯，我决定要做正冰的老婆了。^__^”我说着让我自己都会做噩梦的话。

隐葵居然扑哧一声笑了出来，他一边笑着，一边无奈地放下我的手，手里握着的项链也叮叮当当落到了地上。他脖子上还挂着另一条项链，孤零零的碎步娃娃看了更让我伤心，我别过头，一步比一步更快地朝家的方向走去。我两条腿颤抖得厉害，再这样下去会跌倒的，我会跌坐在地上再也爬不起来的，决不能在隐葵面前这样，决不能……就算到最后我也要走得漂亮，走得潇洒……

我不自觉地掏出口袋里的小刀拿到眼前。

“小猪，我的宝贝！♥”

盯着小刀上刻着的字，我的嘴角开始往上扬。真的没想到，成隐葵，你居然会这样爱我，什么时候你爱我如此之深呢，我真是个傻瓜，什么都不知道的傻瓜……

#当天晚上。

不想吃晚饭，我一直坚持不懈地守在电脑旁用心玩游戏，再光那臭小子也没闲着，不停地在我耳边唠唠叨叨。

“疯了你，都玩了几个小时了！键盘都快被你敲碎了！”

“……”

“喂！我说小猪！”

“我说了不准你叫我小猪的！”

“－0－……”

该死的，为什么只要一想到那小子，我心就和抽风似的难受。TT_TT

“姐姐，你哭了？”

“胡说什么啊你？你出去！别在旁边闹我！”

“这儿是我的房间，你这头小猪！－0－”

“我说了几次不准你叫我小猪了!!!!”

“我可是柔道比赛得了第一名的!!! 你敢对我吼?!!!”

“闭上你的嘴，要是再说一句，我立马把你扔到窗户外面去。”

云再光这次倒是闭嘴了，却伸手关掉了主机。

“我警告过了。”我瞪着他，万分危险地说道。

“和我一起玩嘛，姐姐，我好无聊喔。”

“我现在不想和人说话。”

“为什么?? －0－就因为我叫了你小猪?”

“不，是害怕。”

“……”

叮铃铃，叮铃铃，叮铃铃。

“小猪，你电话来了！”

“不要接。”

我话还没有喊完，再光那个混小子已经手快脚快地按下了通话键。

“喂？－0－啊？姐姐就在我旁边，请稍等。”再光小心翼翼地

把电话递给我。—_—^

“喂。”

“诶！老婆！我刚刚到家了！”

“……呃，正冰，你被放出来了?”

“嚯嚯嚯嚯！ -0-那小痞子不知道吃错了啥子药，又给警局打了一个电话，说撤销起诉，嚯嚯嚯嚯，老天终于刮东风了。”

“是吗，真是万幸。”

“出来吧老婆！大哥请你吃饭！”

“你为什么要把那个卑鄙无耻的家伙揍进医院，还连累自己也被抓到警察局去了!!!! -0-”

害得我不得不和隐葵分手，ㅜ_ㅜ呜呜呜呜！我的命怎么这么苦啊!!!

“嚯嚯嚯嚯， -0-丫头!!! 看来你为我操了不少心啊！原来你这么关心我!”

这家伙显然会错意了。—_—

“都是因为你，我才不得不由地上恋情变成暗恋、单恋，总之是完全不符合我个性的恋情啦!!! 白痴……”

啪嗒……手机无力地滑落在地，正冰的大嗓门还不死心地在做垂死挣扎，轰隆隆轰隆隆地从地上冒出来。

“对不起，姐姐。”

再光无语地帮我拔掉手机电池。

“算了。”

“我，要我出去吗?”

“出去吧。”

再光安静地退出房间。我无言地站起身，推开窗，遥遥向隐葵的房间望去，心悸得厉害。房间里灯还熄着，他应该还没有回家，该不会是受了打击，跑哪儿喝酒去了吧，心中担心得要命。以后我就要面对这种可怜的单恋命运了，不仅单恋，还得偷偷恋，呜呜呜！这哪有半分符合我的形象!!! =_= 刚才我真是疯了，一时心急居然告诉他我就是公园里的恐龙头， =_= 这下好了……我和他不仅分了手，我留在他心目中的形象也一点都不帅了。

43

在家闷了好几天，禁不住正冰不住的电话轰击，我终于愿意出门了。那家伙的房间依旧每晚每晚熄着灯，不到12点绝不可能见到他的影子。12点过后，总会看见他蹑手蹑脚地翻窗进屋。讨厌，都已经分手了，我怎么还觉得他那么帅啊！ =_=

“再光，老姐今晚又打算翻顶楼，晚上我给你电话，你就过来给我开门。—_—”

“你去见谁?!!”我那小弟拽住我的背包带，依旧是他的老装扮，穿着半截短裤晃荡晃荡。

“正冰。—_—”

“你疯了？ -0-该不会是被隐葵哥踹了之后，你就真的精神失常了吧?!!!”

那小子想当然地认为我是被踹掉的一方。—_—

“你干吗这样啊？是正冰哥为你报仇的耶。不要太讨厌他，他其实还不错，挺善良的。”

“去吧去吧，不要被他吃了就成。”

哐当！我一记大脚丫子印在了他的屁股上。

“呀呀！ -0-喂！很痛的知不知道！”

我扔下再光，向久违的顶楼走去。推开门，呼……虽然才几天，可是觉得仿佛一个世纪般漫长的久违了的笑脸，每天都只能躲着偷偷看他，现在终于可以光明正大地看着的笑脸，他头发剪短了好多。

“好久不见。”

我仿佛没事人般镇定地招呼那个家伙，那家伙也泰然自若地接受了我的问候。

“嗯，又要翻顶楼吗?”

“呃。”

“我头发很漂亮吧?”

“嗯，漂亮。”

“去见你男朋友吗?”

“……呃。”我细如蚊蝇地应了一声。

他看上去若无其事，对我的回答也不以为意，看都没有看我一眼，蹲下来开始摘花盆里的小西红柿。几天没有见面，他的眼睛里已经没有我了，也已经忘记我了，我心里沮丧得能挤出水来。

我无精打采地爬下楼梯，迈步朝巷口走去，老远就能看见一个庞大的，模模糊糊的轮廓，除了风采依旧、仪表堂堂的正冰哥还会有谁。—_—可是……咦！是不是我看错了?!!

“诶!”

—_—栗色的头发？ -0- 正冰渐渐向我走近。我真的好想就此晕倒。

“哟，几天没见到你，你好像又长个了?!”正冰喜气洋洋地冲我打招呼。

我夸张地瞪着眼看他,吓死我了,他眼睛怎么突然变成深褐色了,应该是戴了深褐色的隐形眼镜吧。—_—头发也干脆染成了栗色。

“大哥，你的眼睛？到底在搞什么鬼呀？—_—”

“呀呀净媛，我现在是不是和你男朋友很像了?”

=_= 他还不知道我俩已经分手了。

“你朋友没说些什么吗看见你这样子？—_—”

“说不想再见到我了，如果我不恢复原样的话。”

“这也是我想说的话，等你恢复原状之后，我们再见面吧！—_—”

“哥斯拉，如果连你都抛弃我，那我可该怎么是好？ -0- ”正冰表情黯淡地看着我。—_—唉～！这种情况下，要我怎么对他说分手嘛。—_—

“我们先走远点吧，被我爸爸看见了，你就死定了。”

“我今天没开车来。”

“嗯。”我也不以为意，有车没车对我来说都一样，大不了用走的呗，我一时来了性子，扔下正冰，甩开大步向前走。正冰赶紧屁颠颠地跟在我身边，不知道什么让他这么开心，边走边哼着不成调的小曲。

真是服了他，连哼个歌都这么难听。—_—

呃呃？—_—^一个女人突然歪歪扭扭地从我身边走了过去，—_—好熟悉的衣服，好像在哪儿看见过，我瞪大模糊不清的眼睛，缓缓向她走去。恶恶!! 好重的酒味！＞_＜那女人喝得醉醺醺的，站都站不稳，我也差点没被她熏晕过去。

“喂，这不是娜林吗？ -0-”

“呃呃？姐姐！＞_＜”那丫头扑通一下靠在了我身上。

“哎呀呀，你这丫头是怎么了，-0-怎么弄成这样？你到底喝了多少酒啊，老天!!!”

“姐姐，你为什么会和这个大叔在一起啊？”娜林反手搂住我，酒气冲天地指着正冰说道。

她说大叔?!!! -0-我简直不敢看正冰那张脸，这会儿该铁青成什么样了……果不其然，只见正冰那双深褐色的眼瞳在夜色中幽幽发着蓝光。—_—

“姐姐，你不知道，姐姐……你什么都不知道！”

“—_—正冰，能不能麻烦你背一下她。”

“隐葵哥他以前唱歌从来都是开开心心的，他从来不唱悲伤的歌曲，可是现在，他，他除了忧伤的歌曲什么也不唱了。”

我真是要疯了。

“正冰！拜托你背一下这个丫头吧！送到她家门口就好！娜林，你家在哪儿呀?!”

“我一直很难过，为什么我不是打开隐葵哥心扉的那个人，可是姐姐你，你打开了隐葵哥的心扉，却为什么总是要把他关在门外呢，为什么???”

“这个小不点丫头又在胡说八道啥子啰！ -0-”正冰又激动了，在他发飙之前，我赶紧伸出一只手捂住他的嘴。—_—

“把以前的隐葵哥还回来!! 把我以前帅帅的隐葵哥还回来！”

“我做不到，所以，只能靠你了，娜林，你要好好地照顾隐葵，牢牢地抓住他的心。”

听到我说的话，娜林又开始呼呼傻笑了，本来就像染了一层胭脂似的脸蛋更加嫣红了，亮晶晶的眼神印得脸上神情有些诡异。

“真的？姐姐你真的希望我那样做？难道你不会觉得伤心吗？”

当然会伤心，白痴问题。—__—^

“嗯，我不会让自己不伤心的。”

娜林咧嘴笑得更乐了。

“我会努力的，努力让隐葵哥回到原来的样子，让他还是像以前那样，永远只唱欢快的歌曲。”

“谢谢。”

“可是姐姐，你和这位大叔非常非常不般配喔，唔唔！-0-”

我急急上前捂住了这张今晚非把她给害死的嘴，铆足了劲把她拖到一边。—__—瞧瞧，正冰已经气得两手握拳，手上的青筋都冒出来了。—__—还是保持这两个人的距离以测安全的好。

“正冰！我先把这个丫头送回她家去，你在这儿等我一会儿！”不敢指望他老人家了，只能自力更生。

正冰气呼呼地哼了一声，算是表示同意吧。—__—我气喘吁吁拖着那丫头，吭哧吭哧把她弄回家，足足花了能有二十来分钟。当我大汗淋漓、汗流浃背地重新跑回原地时，发现正冰果然还一动也不动地呆在那儿，连表情都一模一样。—__—

“大哥，你还在生气啊，是因为刚才那个丫头叫你大叔？^__^”

“是啊怎么样！-0-”

“—__—她只是小孩子嘛，随口乱说的，干吗这么介意。”

“你为啥子没告诉我咧?!! -0-”

“什么?”

“你还没告诉我你已经和你男朋友分手了呢!!”

“大哥你也没问呀……”

“这么说，你现在又是一个人了?”

“应该算吧。”

“嚯嚯嚯嚯嚯嚯！-0-”

“—__—唉哟~~真的好讨厌。”

“喂，净媛！”

“什么啊？”

“我们今年冬天就举行仪式怎么样，你愿不愿意和我去大田生活？”

“你没事吧你？ -0-”

—__—该死的，事情突然怎么搞成这样，简直让人猝不及防。=_= 我把隐葵让给了娜林，不久之后娜林就会站在隐葵身边了，而我身边也有了这个家伙，看情形还进展得不错，这家伙也挺自得其乐的。┬┬0┬┬猛然间，我脑海里闪现出一幅画面，是我和这个叫正冰的家伙手挽着手，正在举行结婚仪式。—__—妈呀，我全身一激灵，抖掉了满身的鸡皮疙瘩。差点就大事不妙了，一定要保持距离……于是，这一天的约会，我和正冰之间的距离自始至终没有低于三米。—__—

44

#第二天早晨。

一大清早雨就淅沥淅沥下个不停，而且有越来越大的趋势，这斜风细雨的，真不想出门，可是受不了妈妈那双牛眼，—__—我只好顺从地和再光走到门边。-0-什么呀，这小子什么都爱和我抢，连雨伞也不放过。

“喂！你算什么男子汉啊，还用这种东西！ -0-快放手，快放手，给我！-0-”我拿着雨伞使劲往怀里拽。

“难道你让我去用那一把吗，恶！粉红色的雨伞？你这个猪头女！ -0-”

“用又怎么样！用呀！我最讨厌那种样子的雨伞了！”

“这把本来就是我的嘛！”

“别好笑了，这把伞和你一点都不合适！”

再光静静瞪了我三秒钟，—__—忽然瞬时爆发，抢过我手里的格子花纹雨伞就跑了出去。

“云再光!!! ┬┬^┬┬”

真的真的是不愿意啊，我最最厌恶的粉红色雨伞，让我撑着它出去简直比让我死还难受。可是没办法，在老妈的监视下，我只能举着它颠颠地出了门。噢！-0-没想到初秋的雨也这么可怕，我斜过雨伞，拼死拼活挡住前面疯扑而来的雨水，却挡不住后面呼呼刮来的风，吹得我头发女疯子似的群蛇乱舞，噢噢~！惨了，惨了，人家的雨伞被吹翻了啦。-0-

“你雨伞被吹翻了。”

—_—我回头一看，是举着一把奇怪雨伞的成隐葵。

“呃，是啊。”明眼人都知道的事实嘛。

“看在你是我邻居的分上，把伞借给你吧。”

“不用了不用了，没事的，我叫计程车去学校好了。”

“你头发都湿了。”

“啊哈哈哈哈，没事的，我头发蓬松得很，一会儿就自然风干了。-0-”我摸着后脑勺尴尬傻笑。

“校服也全都湿了。”

“一会儿就会干的嘛，没事的!”

“白痴！内衣全都让人看见了!!”

嚇!! -0-我慌慌张张抱住胸前，恨不得生出八只手来盖住身体，隐葵把他那把奇怪的雨伞递到了我手里。接着他什么也没有说，嗖的一下钻进了自己的家门。我盯着那扇紧闭的大门发了好一会儿呆，终于能转身继续走路了。不知为什么，这一路心情出奇的好，什么泥啊水的，我全然不在意，一路劈劈啪啪踢得开心，嘴角也不时冒出几个小半圆。只是挂在雨伞上的那根猫尾巴模样的装饰品，让我觉得有些棘手。—_—

第五节课是体育课，早上还下得很起劲的雨哗的一下说停就停了，这老天爷简直是有病。秋日的暖阳懒洋洋地照在操场上，整个场地都是泛着光的。@_@

“喂喂，我们已经是高三了，高三呀！怎么还能整天泡在操场上发羊癫风呢！-0-什么排球练习呀，我们要学习，学习!! 我真的要回教室啦！"

"别说废话了你，—_—快和我出去，否则小心我给你一记过肩摔。"

允儿干脆啪的一屁股坐到地上耍赖，我才不管她，拖也要把这个懒丫头拖到运动场的说。班上的家伙突然排成一列，我和允儿也飞快地插入他们之中，接着，所有人都开始交头接耳，窃窃私语。

"……？"

我朝孩子们手指的方向看去，=_= =_= -0-只见五个男的，穿着微微有些泛白的衣服，稍息立正站好，齐刷刷地站在篮球筐边，他们也正注视着我们。-0-这还不是重点，最让我吃惊的是怪物正冰居然也在其中。-0-

"啊啊，-0-我要死了，那小子他究竟想干吗啊！"

"向大嫂鞠躬行礼。—_—"正冰威严地说道。

就这样，整堂体育课都只听见正冰一个人雄壮的喝彩声（每当我手碰到排球时—_—），其他孩子都吓得缩手缩脚，拜他所赐，从头至尾都没有一个人敢靠近我三步以内。

"喂，你究竟想怎么样啊你？到我学校来干什么?!!! 你想让别的同学都孤立我吗!!!"

"那，要不我复学好了？这样我们就有机会在同一所学校上学了!!! 可以一起玩，你不知道你自己穿着校服的样子有多帅!!! -0-"

"开玩笑吧你？-0-"我利眼一瞪，表情狰狞。

可能被我脸上四射的火花吓住了，—_—正冰慢慢缩成一团。

"我不复学了还不行吗！不复学了，不复学了！-0-哥斯拉，脸上不要这么恐怖好不好！"

这场闹剧究竟要进行到什么时候，到底什么时候我才能彻彻底底地摆脱这一切！-0-最可笑的是这一切居然都是我自作自受……我越想越气，越走越快，简直是用跑的跑进了我家附近的巷口。

"喂喂，净媛！老婆啊！"身后传来正冰心焦的喊声，—_—他还真是喜欢叫人老婆耶。—_—^不行，不能再放任他继续这么叫下去了，一＿一我一定要在我们班逮出一个人来，就说他是我的男朋友，让正冰死了这条心，可是找谁好了，谁会愿意呢，=_= 要不要试着勾引勾引平八。

“慢点慢点，你们家又不会飞了，我有话要对你说!”

=_= 还有什么好说的……不过这次真的该和他说清楚了，我和他是没有可能的。我下定决心，坚定无比地转回身来，居然……看见三个人从正冰后面走了过来，中间是隐葵，左边是娜林，右边就是那个敲鼓的帅姐姐了。一＿一隐葵一边走着，一边拿着乐谱很用心地念着什么，切，刚刚明明还在看我嘛，一＿一是不想直接面对我对不对，看见隐葵这样，帅姐姐在一旁笑得开怀。我稍稍振作精神，正冰却不知什么时候已追到了我眼前。

“嚇~!”我吓了一跳，后退三步，“-0-干什么啊你，离我远点。”

“我可以这样吗?!!!”正冰大大的左手突然扶过我的后脑勺，我的嘴唇和他的，就这样靠在了一起。

真的是瞬时间发生的事，我如五雷轰顶，本能地使劲推开那个家伙，只觉得眼前阵阵发黑，心脏狂跳个不停，呼吸都变得不规则起来。-0-事情来得那样突然，我甚至来不及眨眼，甚至来不及淌出一滴汗，这短短的一瞬间，就永远停留在了我的生命中。

正冰被我推得踉跄了几下，终于稳住身形，连他自己仿佛都不相信似的，瞪大了眼，摸着自己的嘴唇。

“爱你，我爱你! =0=”

正冰仿佛用尽了他这辈子的羞涩，扔下这句话后，他飞快地向自己的车跑去。可是……我呆呆看着他，不敢相信隐葵居然轻轻巧巧就抓住了他的肩膀，成功地让他停了下来，要知道他那身蛮力简直可以和生猛野猪匹敌啊。隐葵低下头，似乎在他耳边说了些什么。

生气的正冰猛力甩开隐葵的手，脸盆般大小的拳头就直直朝隐葵脸上飞去，隐葵灵巧地侧身避开，可是，伴随着一声惨叫，还是有一个人啪嗒直直倒下了，是突然不知从哪儿冒出来挡在隐葵前面的娜林，正冰收回拳头，歉意地看了看。一＿一这都是什么事啊！！！

“娜林！”

45

“娜林！！！！”我心脏怦怦跳得如擂鼓，疯了似的向那边的战场冲去。

总算万幸，娜林挣扎着从地上坐了起来，惊魂未定地拍着自己的胸口。一旁的帅姐姐也飞快地扶住她。

“果然是怪物，力气就是大。”似乎是自言自语，帅姐姐喃喃地说道。

“啥子，你说啥子？ -0-”

正冰已完全处于亢奋状态，隐葵居然还有胆不怕死地挡在他身前。

“怎么回事你？”

“对不起，打到这小妞了，我从来不打女人的！ -0-喂，喂，你没事吧，可以站起来吗？”

“气死我了，你又惹我生气了。”隐葵猛然扯过我。

“干啥子呢你小不丁点儿的家伙，小兔崽子！！！ -0-”

隐葵完全无视在一旁抓狂的正冰，—_—一言不发地抓起我的手，用我的衣袖拼命来回拭着我的嘴唇。

“你怎么能就呆着不动呢，你应该躲开呀……”

“喂，你，你能不能看我一眼，你和净媛是什么关系，是她情人吗？！ -0-”

“哈，真是！ -0-你还想吃我一拳吗？我是为净媛着想，才一直忍着，现在你这样我可不敢保证我忍得住！ -0-特别是我的拳头！”

隐葵沉着地一步步向正冰走近，正冰提起拳头防卫，我只觉得眼前一花，真的，真的只是眼前一花，那个足足有隐葵身体两倍的男人就结结实实被摔到了地上。我是第一次看到隐葵和人打架的样子，看来他之前所言非虚，他真的是眼睛都不眨一下地就把正冰摔到了地上，自称天下无敌的正冰到了他面前似乎变得不堪一击。

隐葵没有给正冰起身的机会，甚至没有给他抵抗的机会，他就像疯了似的一拳一拳不停揍向正冰。就算我平时有和爸爸一起看拳击比赛的习惯，可也不是这样的，一股凉气从我脚心直直蹿起，浑身汗毛都竖了起来。等我再次回过神，正冰似乎已经处于半昏迷状态，空气中只听见拳头声和娜林哭哭啼啼的声音，——

“住手！成隐葵！住手！”我张开双臂，挡在正冰前面。

隐葵大口大口喘着粗气，他看了我一眼，朝地上吐了一口唾沫。

“哟哟，今天这人算是丢大了。-0-兔崽子，你的拳头很厉害嘛！要不要加入我们帮啊！”正冰的反应真是出人意料，他伸手抹了抹嘴角不断渗出的血丝，居然能说出这番话来。

隐葵刚才也损耗了不少力气，站着那儿都有些摇摇晃晃，不太稳，我的心一软，几乎想冲上前去扶住他……不行，你不能这么容易就动摇了，云净媛，这才分手几天呢，如果这种小事都能让你动摇，那你以后还能实现你对江西苑的承诺吗?!!!

“看吧，我打架比这个叫正冰的家伙还要厉害。”那家伙背起放倒在地上的吉他，对我说道。

“你就是为了向我证明这个，所以才和正冰打架的?”

“白痴……”他半蹲下身，回过头，把娜林背到背上。

“要你们两个坦白点，就这么困难吗？喂，隐葵的小女朋友啊，怪物流血了，-0-你还是送他去医院的好。”帅姐姐一脸担心地看着正冰。

“姐姐，我已经不是隐葵的女朋友了。”

“知道，可是我看你们俩还是继续交往好了，你和这个家伙一点都不合适，和我们隐葵很合适。^__^”

“合适也需要双方互相喜欢啊。正冰，你试着看能不能站起来，还行吧你?”

“119，拨119好了，-0-哎哟哟，被我手下那帮孩儿们知道了，我这脸往哪儿搁啊，哎哟哟，丢死人了。”我扑哧笑出声来，扶起正冰。

隐葵背着娜林，一副大惑不解的样子看着我。

“干吗？不要用这种眼神看我。我现在不是你那边的了，成隐葵。我现在不在你身边，在正冰身边，而且你背上背着的也不是我，是娜林，这才是现实。”

我不知道自己这么说是不是有些残忍，但是还是只能硬着头皮继续说下去。

“……”

“谢谢你，因为你我做了很多美梦，可是梦在很久以前已经醒了，所以希望你以后不要这副样子出现在我面前。”

“是啊，我也该醒了，我现在已经醒了，好好过。”

“我还以为隐葵小女朋友很猪脑呢，没想到说起话来这么动听啊！^_^”帅姐姐忽地在我眼前冒出来，紧紧抓住我两只手，笑嘻嘻地说道。而此时，隐葵负着娜林，已经越走越远了，一点一点，慢慢地，慢慢地，隐葵走远了。

“喂！等等我啊，一起走！”帅姐姐也急急忙忙地追隐葵去了……

我看着哼哼唧唧的正冰，不知怎么搞的，虽然很没有人性了，但是我满腔的眼泪却立马转成了笑声。

“哈，哈哈，＞_＜白～痴～！你以前是不是从来没有挨过揍啊！你现在的样子好好笑喔！你说我要是把你现在的样子拍下来，然后再散发到整个小区……你觉得这个主意怎么样啊?!!!”

“对那个连我站起来的时间都不给的混账小子我有什么办法!!即使是这样我也强过他!! 嚯嚯嚯嚯，他没有和你啵啵过吧!!”正冰那家伙张开口得意地嚯嚯大笑。

“你也真够不幸的，怎么会喜欢上我这种丫头呢，要拨119吗?”

“算了，前臂上上点药水，我一个人就能走到医院去。-0-我的车!”正冰艰难地从地上站起身。

现在已经完全看不到走远的隐葵了。此刻，从来不曾像此刻一样，我真的好恨好恨江西苑，如果不是因为他，这一切都不会发生，追根究底，所以的一切都是因为他，除了江西苑，我谁也不恨。

当晚，我害了一场大病，整个人仿佛就像死了一样，三年了，我从来不曾如此病过，不是因为感冒，不是因为拉肚子，也不是因为哪儿出了血，只是因为内心那积存已久的怒火，烧得我全身发热发烫，比起这怒火，更让我感到心力交瘁的东西叫眼泪，从没想过我的身体里居然也会储存了如此之多的它。你一定要开开心心地生活下去，不要像我哭成这样，也不要再唱悲伤的歌曲了，虽然你什么样子都很帅，但我还是最喜欢看你开心大笑的样子，那样子的你是最帅的，比生气时候的你要帅得多，还有，不要像我这么难过了。

46

#早晨。

“姐姐，你不舒服啊？非常不舒服吗？”

“……”

“姐姐，你不去学校了？真的不去了吗？”

“呃。”我有气无力地哼哼了一声，眼前模模糊糊不断闪现再光跳来跳去的影子。—_—

“要我给你买药回来吗？”

“不用了，买个冰淇淋就可以了。—_—”

再光好像点了点头，他温暖的手盖上我的额头。

“唉哟，妈呀，烫死人了！姐姐，你吹口气。”再光热心地用他的手捂住我的嘴。

“干吗你?!!! -0-”

真是要疯了，本来就呼吸困难了，这小子小子想谋害亲姐啊!!!

“吹啊，快点!”

“呼呼，-0-呼呼！-0-”想想都觉得自己傻得可以。

—_—再光飞快地把刚才捂住我的那只手放在自己嘴上。

“呼呼，呼呼，-0-呼呼!”

“你究竟在干什么？—_—^”

“我也想得感冒，不想去学校，呼呼，呼呼！-0-”他非常努力地呼呼着。

—_— —_—……

“给我出去！-0-”

“-0-”

可能被我这种歇斯底里的吼声吓坏了，再光迈着两条小腿，嗒、嗒、嗒、嗒跑出了我的房间。

“是要我给你买草莓口味的回来对不对!!!”

他明知道我不吃草莓口味的，

“死兔崽子！要巧克力口味的!”

再光去学校了，妈妈看护了我一阵，把湿毛巾盖在我脸上之后，去上班了，爸爸把药买到桌上，看了我一眼之后，也去道场了，空荡荡的家里只剩下我一个人。

我躺在床上，两眼盯着头顶的天花板发了好一会儿呆，这样下去岂不是太无聊了?!! —_—^想着想着，我干脆起身到楼下的厨房找吃的，刚拉开架势准备大吃一顿，口袋里的手机突然震动了起来，没见过的号码？该不会是正冰那个兔崽子吧？—_—

“喂？—_—”

“姐姐？是净媛姐吗?”

“呃，娜林吗？—_—”

“是啊!”

“啊，有什么事吗，居然想到给我打电话?”

“昨天那个大哥没事吧？好像说叫正冰来着。”

“嗯，—_—那小子生命力旺得很，你没事吧？昨天真是对不起。”

“哈，我也生命力很旺盛的，只是有点担心，所以这才给姐姐打电话，昨天的事情大家都闹得很不愉快嘛。”

"嗯，没事了，你不用担心。你在学校吧?"

"是啊!"

"嗯，那你好好学习吧，^__^以后经常联系，有空到我家来玩。"

"会的。^__^"

"……好好对隐葵。"

"我会的!"

挂上电话，我也没心思吃饭了，该死的，我怎么又会提到隐葵，心情顿时跌到了低谷，里面乱七八糟。—__—没想到我也有享受这种"乐趣"的一天啊，—__—可怜的悲情女主角。

学校里的那帮家伙一刻也不停地给我打电话，我磨破了嘴皮子告诉她们我真的是因为病了才不能去学校，可是她们打死也不相信，最后还一个个气呼呼地挂断了电话。—__—呜呜，这都是怎么回事啊！我可是货真价实的病人耶。最后我饭也没吃，直接跑到楼上床上去躺着了，自言自语狠狠骂了那帮兔崽子一顿之后，我呼哧呼哧沉沉睡去。

呼～呼～呼呼～呼哧～～～-0-

喵呜喵呜～（从现在开始都是做梦了—__—）-0-

+再光，你给我买巧克力口味的回来了没有？+

+没有，-0-我买的是草莓口味的。-0-+

+我说了要你买巧克力口味的嘛！你皮痒痒了是不是？-0-+

+净媛，我想唱歌给你听！+

+啊，隐葵，你怎么会在这儿？+

再光的脸突然变成了隐葵的脸，接着隐葵就朗声唱起歌来。

喔喔喔喔喔-0-喔喔喔喔-0-喔喔喔喔喔喔喔。

嚇（我猛地被吓醒了—__—）！-0-

睁眼一看，原来是放在枕边的手机，此刻正抽了风似的敲打着我的床。老天，我脑袋里装的都是些什么玩意啊，居然会做这种梦。—_—

“喂?”

“净媛!”

“呃，允儿？你在哪儿?”

“喂喂，大事不好了！现在可该如何是好啊!”即使隔着听筒，我还是能听到那头喧哗得吓死猪的杂音……现在正折磨着我的耳朵。—_—

“你在哪儿啊，你那边怎么那么吵?”

“我被女人1，2，3逮到了，她们围着我报上次的仇呢！这些疯婆子，她们是跑到哪儿接受集体训练了的吗?!!! 看见什么砸什么，看见什么打什么！简直要赶尽杀绝!!!! ┬┬0┬┬”

“什么?!! 女人1，2，3? -0-是正冰妹妹那帮人吗?!!!”

“是啊!!! 你快点到‘卡撒特’……啊啊啊，-0-喂喂!! 你们这些死丫头，还不快给我放下来！放下来！把这个放下来!!!!”

嘟，嘟，嘟……估计那头的允儿已经顾不上和我通电话了。—_—又是那帮丫头!!! 滋滋滋滋，我火腾腾往头上冒，不假思索地冲进再光的房间，拿起再光惯用的木剑就向外冲去。真是一天都不让人安生啊，本想就这么放过你们，你们却不知好歹地自已找上门来，你们是江西苑的帮闲，我昨晚的眼泪里也有你们的一份，我也……我也再也不愿忍耐什么了，什么悲伤，什么打碎牙齿往肚里咽，我要把悲伤和牙齿通通扔到你们头上。┬┬0┬┬我穿着睡衣，拿着木剑，杀气腾腾走到门边，爸爸妈妈刚巧推门进屋，看见我这副样子，两人惊叫出声。

“净媛！你现在这副身体，你这是要去哪儿啊!”

“我要去维护道义!!”

“那也该加件衣服啊！净媛！外面很冷的！＞_＜”

接着，二楼又传来弟弟再光的咆哮声：

“喂！小猪！你要是敢又把我的木剑弄断，你就等着收尸好了!!!”

嗡嗡~!! -0-刚跑出了一百来米，我就觉得头有些晕晕乎乎的，手脚抖得厉害。正在这时，一辆计程车经过，我赶紧招手叫停，可那个该死的司机大叔，他看了我一眼之后，不仅没停，反而加速嗖地从我面前开了过去。-0-搞错没有，他怎么可以这样，难道我看上去有什么问题吗?!!! 我像坏人吗?!!!! 没办法，我只能迈开两腿继续向前跑。用超速度从家里跑到市中心，看来这个月我不用减肥这肉也能刷刷往下掉啊，ㅜ_ㅜ呜呜！可是我担心，再这样下去，我真的活不过二十岁就死翘翘了。

47

卡撒特，一家规模超大的啤酒店。身上淌出的汗把我那件米奇大头的睡衣都给汗湿了。呼哧呼哧~！让我喘几口气，抹抹额头上的汗水……不行，我飞快地拿下手，我怎么在这会儿还在耽搁功夫呢，太自私了，想想允儿……我继续大步大步向前跑去，几次横穿马路。—_—今天是周六，街上到处都是三五成群的学生。

我伸出双手猛地推开那扇大得出奇的门，走了进去。这家啤酒店的特别之处就在于它的灯光照明与众不同，每一张桌子都在一盏红色的聚光灯映衬下。

"欢迎光临!"一名男服务生立在门口，见我进来立刻鞠躬欢迎，看样子是在这里打工的大学生。他特别留意地看了看我的米奇睡衣。—_—

"允儿！你在哪儿?!"我大喊一声，推开男服务生，抓老鼠似的每张桌子搜了起来。中间没有，角落里也没有，—_—我心焦地又急急冲上二楼……二楼空间比一楼要窄，没有看见正冰的妹妹和允儿，反倒一眼看见了十几个围坐一堆的男女。

我颤抖着手掏出手机，正打算下楼梯，背后却猛然有人抓住了我的肩膀。

"干什么?!"我本能地想反击。

"那个，今天是我生日，请你打我一下（译者注：看过淘姐其他小说的各位想必都知道吧，韩国有过生日打寿星的习俗）。

—_—"

"你说什么?"

那帮男女里有人低低笑出声，围成一圈的桌子不时发出阵阵欢呼声。看他们这副样子，七个男生，四五个女生，不像是什么生日聚会，气氛反而感觉更像是到这儿来"打猎"的。—_—

"喂，快点，快点啊!!! 快点动手打啊! 快点!!"旁边那群不是人的家伙一直在起哄。

"千万不要轻轻一下就过去了! 要重重的，用力打，用力打!!! -0-噢噢! -0-"接着又是一阵欢呼声。

可是，我一眼却扫到了一个我不该看到的人，是隐葵，他坐在角落里，百无聊赖地玩着手上的空啤酒杯。非常，非常短暂的一瞬间，有那么一瞬间，我们俩眼光交汇，他立刻若无其事地避开了。成隐葵，那个臭小子，他居然艳福不浅，一左一右坐了两个浓妆艳抹、打扮得花枝招展的女孩，那两个女孩围着她，很开心的样子，不停地唧唧喳喳。好生气!! —_—^他把叼着的香烟随手扔到啤酒杯里后，居然哗的一下舒舒服服靠在了身边的一个女孩身上，紧接着疲惫地闭上双眼。

别笑破了你的嘴，丫头，—_—^我狠狠地瞪了那个笑得合不拢嘴的丫头一眼之后，呆呆地看向隐葵，一时间忘了自己所处的情形。

"今天是我生日，所以这间店里的每个人都必须踩我一脚，最后一个请姐姐你赐我一脚吧。"

"我才不是什么姐姐，我和你一样大。"

他应该是隐葵的同学吧，那就和我是同岁啰。

"啊，是吗? 那么看在同岁的分上，请您表示一下祝贺的意思。"

"我现在非常非常的忙，下次见到你，我一定会好好赏你一脚的。"我使劲推开那家伙抓住我肩膀的手，转身就要寻允儿去，那家伙却还不死心，拼死抓住我手上的木剑。—_—

"不要这样拜托了，我和朋友打赌了，你也不想看着我赔钱吧!! 我一定要赢，请给我一脚吧，就一脚!!! ┬┬_┬┬"眼看那家伙的眼泪攻势就要下来了。

“我现在真的忙得快要五脚朝天了，哪还有脚踩你!!! —__—^再说我还有别的地方要使力，不能把力气浪费在你这种无聊的地方，放手，放手，嗯?”

“那你就假装轻轻踩一脚也不行? ┳┳__┳┳”

“呼~! —__—”我吸了一口气，拽了一下自己的木剑，还是纹丝不动。那家伙五爪金龙似的抓住我的木剑。

“好吧，你不要后退啊。—__—”

“嗯，嗯。^O^”

一，二，三，—__—啪!! +_+ +_+ +_+ +_+

那家伙顿时露出以上表情，—__—痛苦地拧回头去，=_= 我捡起掉在地上的木剑。坐在桌子那边的家伙们似乎不敢相信眼前发生的一切，刷地齐齐从位置上站了起来，只有成隐葵除外，他双手遮住脸，接着从口袋里掏出烟夹来，—__—紧贴在他一边的女生立刻给那家伙点上火。—__—女人并不是为谁都可以点火的。

“希望下次不会再见面。—__—”我对那个已经转过脸的家伙扔下这一句，大步大步走下了楼梯。呃呃，我的头，—__—^刚才使了点力气，头更痛了，我半恍惚地来到一楼，向门口那个大学生服务员走去。

“刚才有没有一个个子这么高，头发这么长，不行不行，这样形容不好，啊! 就是有没有一帮在这里打架的女学生?”

“啊，把大酱汤都给倒了，用锅打架的那帮丫头?!!!”

“可能吧! 她们现在在哪儿?”

“可能在地下停车场之类的地方吧。^__^”

“这儿还有地下停车场?”

“是啊，从这儿出去，左转就是……”

我不等那大哥说完，撞开门就疯了一样的向外跑去，手上捏着的木剑早已汗水涔涔。为了以防万一，我又给正冰打了个电话让他到附近来，这才一步一步，小心地向厮杀声一片的地下走去。

“你再打啊! 你再打啊!”

“啧啧，喂！喂！我当然要打的！你再打试试！你再打试试！”

—_—这就是现在我眼前的光景，包括正冰的妹妹，女人1，2，3，4都到齐了，看看你们今天这身打扮，给4．5分都算是抬举了你们。—_—允儿披头散发，美丽的大长波浪卷乱蓬蓬的洒在头上，活脱脱一个女疯子，她整张脸都肿了，一边哇哇怪叫着一边拼死抵抗，她身边的志英已经彻底溃败了，只能缩着脖子畏手畏脚地在一旁寻求庇护。—_—可怜的家伙们!!!

“净媛！”她俩见我出现顿时喜出望外，我感觉她俩从没有像现在这样爱过我。

“允儿！志英！”

48

志英哇的一声哭出来，扑向我的怀里。

“呜呜呜呜，┬┬0┬┬净媛，那几个丫头，那几个丫头，她们把我们的酒给喝了……可是，你，你，你身上怎么这么烫啊!!!!┬┬0┬┬”

“没什么，你站到我后面，志英。-0-”

“……”志英驯服地退到我身后。

那几个丫头看见我手中的木剑，一下被震了。

“你，你这个死丫头，你要告诉我哥吗?！-0-”正冰的妹妹，那个叫美莲的丫头微微颤着声喊道。

“已经说了，怎么样!!! —_—^”

“你……你这个卑鄙无耻的丫头！你究竟想利用我哥到什么时候？-0-”

“才不是你想的那样！”

“你快从我哥哥身边滚开！滚开！有一个成隐葵还不能让你满足!!!!! ”

趁正冰妹妹吱吱乱叫兴奋至极的当口，志英和允儿偷偷包抄到她身后，两人一人架起她一只肩膀，痛得她哇哇叫。—_—还怕别人不知道你是正冰的妹妹啊，两人的大叫声都这么相似，剩下的女人2和3立即上前相救，母老虎似的抱紧允儿和志英，一下狠过一下踩着她们。

“你们还想吃我一顿暴打么！ -0-”

我知道我现在仅凭体力斗不过她们，只能先用气势镇住她们，接着惟一的希望就在再光的木剑上了。我挥舞着再光的木剑，呼啸声中夹着力道，一步步向她们逼近，踏踏踏!!! 连击三下，女人1，2，3悲鸣惨叫一片。

可是我胜利的局面没有维持多久，她们之中最巍峨的那个，一把抓住我木剑的末端，任我怎么使劲也拔不出来。

“放开手吧你!! 剑归我了！今天你死定了!” 正冰的妹妹趁势上前，两人合力一起夺过我手上的木剑。我重心不稳，脚一软，嗒的一下跌倒在地上，只能坐在原地大口大口地喘着粗气。

—_—正冰妹妹的脸上露出阴险的笑容，大步大步向外靠近。

“首先是替西苑打的一记，接着是我的，接着是我们学校所有那些被你抢走隐葵的女生的，知不知道她们有多少?!! 总共有九十九个呀，日日夜夜为隐葵哭碎了心。还有我哥哥的一下，我朋友的六下！今天你就做好收尸的准备吧!!!! -0-”

“把你学校九十九个女生的那个去掉，我和成隐葵分手了。”

“真的？这么说还得为隐葵加上一记了！合在一起总共一百五十下， -0-一百……妈的，究竟多少呀，喂，迎美，所有加在一起，多少下呀?” 正冰妹妹恼火地冲女人3问道。她们这是在我面前表演喜剧小品吗……

“嗯，美莲，不是一百五十，是一百零九下。”

“是吗?! 好的，那就一百零九下！今天你死定了!!! -0-”

我想站起来的，可双腿怎么也不听话，转头望望不远处，允儿和志英也都被打趴下了，只剩下微弱地呼吸声，看了她们比我更值得担心，怎样才能救出失去意识的朋友呢……啪！没想到木剑打起人来比想像的要痛，—_—我没有信心自己能支撑剩余的一百零八下。算了，机会难得，就当做是老天对你的考验吧，我自暴自弃地闭紧眼。

“你这个死不悔改的臭丫头!!”

—_—我感到一束炙热的太阳光直直照射在我身上，顿时整个人都觉得欢欣鼓舞起来，我缓缓睁开眼， -0- 只见正冰喋喋怪叫着，快速向我方突进。

“大……大哥！>_<”正冰妹妹一副世界末日的样子。

“她只是告诉我说这里有些奇怪，只是说你有些奇怪!!! 你真的想见到我帮她是什么样子!!!”正冰抓起女人1的肩膀拼命摇，看起来真是有长兄威严啊!! —_—

就这样，十分钟不到，所有的事情都结束了，女1，2，3，4，每人头上顶着几个我眼珠那般大小的肿包，用壁虎爬墙的姿势，热烈地亲吻在墙上。

正冰华丽的国骂文章犹如滔滔江水般绵延不绝，我看他这前无古人的篇章怎么也得再写一小时，于是扶起看起来伤势更为严重的允儿，一瘸一拐地向停车场外走去。

“志英，你先在这儿等着，等我送允儿去了医院，再回来接你。”

“嗯，你一定要快去快回啊，我好怕哦，说不定就会在这里气绝身亡。呜呜呜呜!! ┬┬0┬┬”

我使劲点着头向她保证。不知不觉都已经凌晨12点多了，我略微环视了一下四周，只觉得心中有口气提不上来，差点带着允儿一起倒在地上，我赶紧甩甩头，拼命让自己清醒点。允儿看着我，担心地问道：

“净媛，你怎么了，嗯?”

“呃，没事没事，我们走吧，坚持住，医院就在附近。”

我鼓起一股劲，强压住头内的眩晕，正要扶着允儿向前走，忽然眼前一闪，我看到了隐葵和他的朋友们。不知怎么的，我立时膝盖一软，噗的一下连着允儿一起摔到了地上。听到了声响，隐葵转过头来，冷冷地盯着倒在地上的我。

“成隐葵……”

我不知道，我真的不知道，自己嘴里为什么会突然蹦出那个家伙的名字来。明明已经说好要把他送到别人身边的啊，那我就应该毫无迷恋地把他忘却得干干净净……可是为什么，为什么见到他，这张嘴就毫无防备地喊出了他的名字。

隐葵的朋友们一致低头看向我。

“呃？ -0-刚才踩我脚的那个女孩！”一个小子用手指着我，乍乍呼呼（刚才那个非逼着我踩他的疯子）。

“怎么回事呀，呀呀，怎么办?!!! 好像伤得很厉害呢，隐葵，你认识她吗?”贴在隐葵身边的那个丫头满脸惋惜地看着我。

“不认识，我们走吧。”

隐葵凉如秋水的声音，直直刺进我的心里，也让我的脚更如千斤重，甚至连仰头看他一眼，都会让我觉得凄惨无比。他冷着一张脸，转过身，头也不回地快步向前走去。

49

“净媛？净媛，净媛啊!!!”

这是妈妈的声音。

“NND，你倒是我给我起来啊！给我起来啊！真是气死我了。”

这又是什么啊，—_—^云再光激动得要死的声音。我悄悄睁开一只眼，呃？消毒水的味道，-0-我身上还盖着一床白色被单，我一下明白过来，我躺的地方是病房。我！我晕倒了！怎么会这样！我猛地从床上坐起身来，看见满脸愤慨的再光，还有妈妈，还有允儿。

“怎么回事？我晕倒了吗?”

“别说废话了你，气死人了，你还是孩子吗？这么不懂事。”

搞错没有，—_—说这话的居然是云再光，他装作这么盛气凌人的干什么，又不是我长辈。

“喂，云再光，你今天很有点过分耶，是因为允儿在这儿的关系吗?”我知道允儿是很美了，没想到她对再光也有影响力。

再光无言地朝我病床左侧瞟了一眼，示意地努了努嘴。我顿时升起一股不祥的预感，缓缓转过眼球，MMMMD!!!! 我直直抱住妈妈的大腿哀求道：

“妈妈妈妈……妈妈，我要出院。”

“医生让你在这儿休息两三天，你烧得这么厉害，允儿我们负责把她背回去。”

“我要出院。”

“别瞎闹腾了，快躺着吧。”

“不要啊！妈妈！让姐姐出院吧，和那么肮脏的家伙躺在一个病房里，姐姐会病得更厉害的！”

妈妈转头诧异地看了江西苑一眼，接着低声责备再光道：

“疯了你？你这孩子怎么这样啊？”

“气死我了！为什么偏偏把姐姐放在这间病房里。”哐！哐！再光那小子郁闷地对着床脚就是一阵狂踢。妈妈左手立刻送上一个甜甜蜜蜜的耳刮子，拧起再光的耳朵。

“啊啊，－0－妈妈！放手放手啊!! 姐姐真的应该出院！轻，轻一点！”即使拼了命的反抗，也没逃出我妈妈魔手的弟弟，—_—渐渐消失在病房外。允儿立马忠诚地挡在我床侧，不让江西苑看见我，接着弯下身来小声对我说话，即使这样江西苑也照样能听见啊！＝_＝

“怎么办净媛！－0－居然会有这么巧的事，我也是刚才进来才发现的。”

“什么怎么办，现在那家伙又不能对我怎么样。不用担心！”我眼珠偷偷朝左转了转，只见江西苑穿着病号服，正面无表情地躺在床上读信，旁边花瓶里插满了花。我稳住血脉的喷张，努力朝允儿挤出一个微笑。

“噢耶!! 太棒了，三天不用去学校！”

“疯丫头，—_—晕倒了还这么高兴，知不知道刚才差点吓死我了?!!!”

“啊，对了，别告诉正冰我在这里！－0－绝对绝对不可以！”

“为什么!!?! 他刚才救你的时候好像骑着白马的骑士啊!!!!”

“骑着白马的骑士？－0－你没事吧你，我还白马王子呢，你要给你吧!”

“我不喜欢骑士，我喜欢王子，想把他推给我，你做梦都别想。”

“你就不能安静点。”

真让人意外，出声的居然是江西苑，允儿闻言更显亢奋了，她抹了抹嘴，正准备好好回 K 一番，我立刻飞快地扑身上去捂住她，同时自若地对某死人说道：

“嫌吵就塞上耳朵啊，或者干脆出去好了。”

“你还想试试?”

“想试什么？你认识我吗?”

那家伙拿我无可奈何，居然噗的一声笑了出来。

“不行，净媛，一定要叫正冰来。”允儿不知发了哪门子神经，从口袋里掏出手机就要打，我奋不顾身地冲上去，用尽全力按住她的手，她扭着身体不断挣扎，不知不觉中，床单都被我俩掀到了地上。该死的江西苑，不停地在一旁幸灾乐祸，狂笑不止。

“放开你的手! -0-”

“好，好，放手，死丫头。—_—”我突地松开刚才紧紧抓住允儿的手，允儿一个没站稳，眼看着就朝江西苑的床上倒去。

“允儿!!”

就在这时，病房门猛然被撞开了，刺鼻的香水味一直钻到我的脑神经。

“亲爱的!”

这也是人的声音？真令人作呕，一个应该是江西苑女朋友的女人从外面冲了进来，她一只手还提了一个令人晕眩的大匹萨。允儿飞速地从江西苑床上爬起身，双颊泛红地紧紧粘到我身边。—_—

“你没事吧？—_—”

“等着瞧吧你臭丫头，等你出院之后，我一定把你绑到正冰家去，让你天天陪着他。┬┬0┬┬”

“哎哟？这是谁啊？这不是上次在咖啡厅见过的那个丫头吗？还有这个丫头啊，她为什么躺在你的床上?”

明明是允儿不小心跌上去的好不好，说什么“躺”这么难听，再怎么没教养也不用嚷得那么大声吧。—_—我冲江西苑的女朋友吐了吐舌头，瞪了她一眼。

那丫头眨了眨长得有些负担的长睫毛，娇滴滴地握住江西苑的手，紧紧靠在他身旁，——

“呀，这丫头也认识我吗?！哟哟，好可怕哦。我也搬到这间病房来好不好？你不是说他是隐葵的女朋友吗～～～”

江西苑静静地折上信纸，抬头说道：

“哦，他们已经分了，你不用回家的吗？家里父母不担心?!!”

“人家想你嘛怎么办～～看看看，我还给你买了匹萨。双层奶酪的！我很乖吧对不对，嗯？嗯？”女人打开盒盖，小心翼翼地拿起一块热乎乎烫手的匹萨，递到江西苑嘴边。真有够贱的！—_—

“喂，这么大，我怎么吃得下。”

“是么？那我给你切小点好了!! 看什么嘛！第一次见人吃匹萨吗?”

—_—哈，真是，气得我心口痛。

“是啊，就是第一次见，我还是第一次见到有人吃匹萨的样子这么丑，怎么样！ -0 -”江西苑带着火气地说道。

那小子明明说话都那么过分了，那丫头也只是扇了扇鼻翼，继续把匹萨掰成一块块的递到江西苑嘴边。—_—江西苑这才看起来开心了点，他盯着匹萨看了一会儿，之后张嘴吃下，吧唧吧唧一口一口嚼得香。—_—

“这才乖嘛！^_^这样我喂着你吃，不知道多好呢!!! 大口大口吃，啊！啊！再吃一块，再吃一块嘛。”

“回家吧傻瓜，小心回晚了被家里人骂。”

时光仿佛幽幽地回到了初中二年级的时候，有一天晚上和这个家伙出去看流星，当时蹦蹦跳跳看得开心，不知不觉已经过了10点，那时候，这家伙也说过同样的一句话……回家吧傻瓜，小心回晚了被家里人骂。

什么呀，怎么会想起这些没用的东西，—_—这家伙是敌人，不是朋友，你还分不清楚吗，云净媛？他曾经那样对待过你？-0-大约又过了一个小时吧，—_—不错，应该有一个小时了，这个小贱人和江西苑就在病房里JJWW，卿卿我我的，满屋子都是他们的肉麻话。

终于这小贱人家里来了电话，她这才依依不舍地洒泪挥别，临走之前还不忘在江西苑脸上啵啵了一下，也没忘了狠狠瞪我和允儿一眼。—_—大约又过了三十分钟，允儿实在困得不行了，满脸疲倦地离开，病房里只剩下妈妈和再光彻夜守着我。再光那小子不知道从哪儿找来了一把木剑，寸步不离地守在我床边。

也不知此时是何时，大约凌晨好几点了吧，乱七八糟的念头折磨得我翻来覆去睡不着，无意之中把头转向江西苑的床侧，顿时我有些看呆了，久违了的面孔，在睡梦中我才能找出往日依稀的温柔痕迹，他闭着眼，侧卧着，只有缓缓流下的泪水沾湿了枕头。

50

第二天，一睁眼，已经2点了。-0-

“啊呀呀！学校！”

紧接着我醒悟过来自己是躺在病床上。—_—

床上放着一张纸条。

“姐姐，妈妈去上班，我去上学了，今天我一定会带满满一帮朋友来，折磨得那小子不得安宁。加油，加油，输掉了尊严就是输掉了一切，小猪女!!!”

—_— —_— 可是江西苑跑哪儿去了？我这么生龙活虎地一直待在医院也没关系吗？—_—这个护士，也没叫我起来吃早餐!!哪有不给病人提供饭菜的医院！肚子饿了，躺在床上跟烙饼似的睡不着觉，我咬了咬牙，一跃起身，打开了放在枕边的手机，谁知刚打开，正冰那家伙的短信就如潮水般涌来。

江西苑床边依旧摆着一大堆花束，上面的一张绿色小名签吸引了我的注意。走近拿起来一看，上面竟然写的是成隐葵的名字。我看着手上捧着的名签，不禁呆了，昨晚隐葵的那张脸，犹如相片一般清晰地浮现在我面前，虽然之前我就想到，从此他会待我不同了，可是昨晚真真正正的切肤之痛，却让我怎么也适应不了。

虽然我嘴上让你离开，可是当你真正不在我身边之后，你知道我有多怨，多恨吗?!!! 昨晚你居然像白痴一样，扔下我不管不顾。

“放下你手里的东西。”

我的心肠仿佛被芒刺刺了一下，—_—从容地放下手里的名签，从江西苑面前经过，刚扶上门把，他猛地捉住我的手碗。

“放开!”

“你最好放聪明点，最后的机会了。”

“……是么？最后的机会?!”我冷笑着看向他。

江西苑偏头不再理我，混账兔崽子，我脸有这么难看吗……

“有一个问题我想问你，我有点好奇耶，如果我放弃这个所谓的最后机会，你真的会杀死我吗？当然了，这绝对是不可能的，我只是有点好奇你会怎么做？^_^”

“哈，你问我怎么做?”

“是啊，我就是想知道你怎么做。”

“我会让你变得比我更加不幸。”

“我因为你已经够不幸的了，这个你应该很清楚，是不是?”我无畏地直视着江西苑的眼，他也注视着我的，眼里闪现着一簇簇火苗。我也和你一样一肚子火，知不知道，兔崽子？江西苑无声地放开我，走回自己床边啪的一下坐好。

“我明天就出院，在此之前你最好别做让我碍眼的事。”

“这也是我要说的话，江西苑，还有，你……”

“……”

“有时间的话自己照照镜子，最好照照你看我的时候是什么表情，如果你看后有什么心得或者不良反应的话，拜托你以后不要用这副样子见人。”我非常漂亮地说完以上那番话，哐！甩上门，—_—去找我的饭饭去也。

找了一圈终于找到一部电梯，我摸着空空如也的肚子站在电梯前大唱空城计，叮！电梯门开了，—_—从里面涌出一堆穿着灰色校服的家伙，我诧异地张大了嘴。

再光满脸悲壮地站在队伍最前方，身后跟着的是他的“再光家族”，一、二、三、四、五、六、七、八、九，总共九个。-0-

“大姐好！”再光家族齐齐向我鞠躬。-0-

“你疯了？-0-喂！云再光！”

这里是医院，他想干什么?!!!

“怎么了！我等这一天可好久了！”

“你们都到这儿来干什么呀?! 是为了江西苑吗？再光你想干什么!! 非要看到你老姐死掉才甘心！>0<”

“我就是为了不让姐姐死掉才这么干的嘛！”

“你要是再这么干我就真的要死了！到时候江西苑一个指控电话，把你，还有你们这帮兔崽子都送到警察局，到时候我该怎么办?! 你以为我会从此就过着幸福的生活，开开心心地生活下去吗？不，我会活活被你们气死，为你们揪心死，云再光!!!”

“谁说我们是来揍江西苑的?! 我们是来探望姐姐你的！”

“真的？是来探望我的？你们知道我病了，因为关心才来看我的？”

再光家族集体卡壳，再光使一个眼色过去，他们立刻不迭点头。

“那么现在我肚子饿了，你们真的关心我就陪我去餐厅吃饭吧。既然是来看我的，我不在的空病房有什么可看的，是不是？”

再光家族满脸冤屈，一副“不是这样子”的表情，可惜有冤不能伸，只能无奈地丧丧低下头。—_—我紧紧扣住再光的手腕，拖着他就要进电梯，再光冲那群傻站着的家伙递了个眼色，他们会意，避开我的眼，鱼贯地悄悄溜进病房。—_—

“你们给我过到这边来?!! -0-”

嗒、嗒、嗒、嗒！那些家伙老实了，乖乖粘到我身后。—_—我大步大步向外走去，每当看到我们这个小组有想脱队的家伙，我立刻大声喝止，并且牵羊入群，威逼加利诱，终于让一个掉队的都没有，成功在医院前面集合。真是丢人，又不是幼儿园小朋友集合去春游。

“好了！现在我们出发去餐厅吧！排成两队站好，一个一个跟着不要掉队！云再光，你站我旁边！”

这些个子几乎都比我高出一头的家伙，只能苦着脸排成一溜站在我身后，周围的人都用这种 O_O 眼神看着我们。—_—

这副模样要是被成隐葵看见了他该怎么想……—_—念头刚在脑海里打转，惨了~！我绝望地紧闭住双眼，穿着校服的隐葵和娜林肩并肩地向我们这边走来。娜林看上去很兴奋，隐葵可不一样，他耷拉着肩膀，不停地用手背揉着眼睛，似乎很累的样子，并且不时仰天发出一阵阵长叹。—_—

遇到什么衰事了吗？要镇定点，一定要看上去若无其事的才好，随便和娜林打个招呼，对，就这么办，我重新加快刚才停滞的步伐，就这么会儿停顿的功夫，就够让后面那帮家伙和再光凑作一堆，再光家族们嗡嗡嗡嗡咬开耳朵了。

“哟？那个不是我们学校的金娜林吗？喂，她不是祥熙的女朋友吗？”一个再光家族冲着再光小声嘘嘘道。

“不知道吗你，这个没良心女人，把我朋友甩了。咦！等等，姐姐，她旁边的男生不是隐葵哥吗？ -0-”

“安静点！ -0-不说话没人当你是哑巴，招呼一下直接过去就好了。”

“—_—”

我昂起头，走得更加虎虎生风。

“呀！净媛姐！”

果然如我所料，娜林看见我，大声地叫着我的名字。

“呃，娜林啊，你好。—_—”我不痛不痒地扔下一句话，继续走我的路。

“等等啊姐姐！你怎么穿着病号服啊？你住院了吗？”

“是啊，住院了。—_—”

“你生病了吗？怎么办，我一点都不知道，打你的手机也关机，现在没事了吗？”娜林关切地抚上我的额头。隐葵一直揉着他的眼，

他眼里根本没有我。—__—就在这当口，

“快跑，去病房！”

因为再光的一句话，我身后那群家伙就像冲出密林的犀牛群，脚步震得四周地动山摇。再光家族洪水猛兽般乌拉乌拉向病房突进。

“云再光！”

我再怎么扯着嗓子叫也不能阻止他们的步伐，不行！不能再招惹江西苑了。┬┬0┬┬求你们了，已经解决的事情，就这样随他去吧！┬┬_┬┬

“呃……姐姐，怎么回事呀？他们不是我们学校的那帮男生吗?!”娜林吃惊地问我。

“江西苑危险了。”

“什么?”娜林更加吃惊了，紧接着……

“西苑他怎么了，你说的什么意思……”成隐葵一个大步迈到我面前，蹙紧眉头，压住火气说道。

“一定要阻止他们，江西苑现在真的危险了。”

几乎在我话语结束的同时，隐葵扔下书包就朝医院的方向飞奔而去，娜林来回看了我和隐葵一眼，也跟在隐葵身后跑了。我使出吃奶的劲，拼尽全力向医院飞奔去。看着成隐葵疾驰而去的背影，我还有什么不明白的呢……江西苑在他心中处于什么位置，他和江西苑的友情有多深，看他奔跑的速度就应该明白了，明白得彻彻底底。好生气啊我!!!

51

我甩下病号服，一边飞奔着，一边乞求上天多给我一点时间，在事情闹大之前，一定要让我赶到病房。呼呼，呼呼，-0-终于到病房了，我扶住门把手，暂时稳住一下呼吸。

哐当！哐当！-0-完了，我还是来晚了，里面已经是战场了!!! 我推开门进去，眼前看到的就是肩并肩站着的江西苑和成隐葵，娜林吓得整个人趴在床上，另一边，再光家族统统跪在地上，只有再光，那小子跨坐在我的床上，杀人的眼神看着江西苑，仿佛随时会扑上去把他撕成碎片。

“我问你们呢，你们为什么要这么对西苑?”隐葵使劲摁了摁头发最长的那个家伙的脑袋，问道。

“我，我只是跟着再光……”

这，这种没义气的软骨头…… -0 - 隐葵冰冷的视线射向再光。

“怎么了，我做什么了。”再光一副无所谓的态度，不甩成隐葵。

“江西苑你来回答，云净媛的弟弟为什么要这样对你?!”

江西苑避开隐葵犀利的视线，转而看向我的眼睛。—__—这个人间垃圾，他又想让我收拾局面吗? —__—^

“你也知道嘛，上次在啤酒店，你朋友江西苑和我弟弟结下了梁子，之后他们就一直关系不好啦。不要瞎操心了，小孩子们的事嘛！跪着干什么呀你们? 快点都起来！”我吆喝着，充当和事佬，再次发挥瞎掰的本领。

那些家伙一个一个偷瞅着隐葵的脸色，没一个敢起身。

成隐葵掏出一支烟，咬上，接着，——

“云净媛，好好教育一下你弟弟，下次可不会这么轻易放过他了。”

“啊……好，好。”说不出心里是什么滋味，未免节外生枝，我只能故作爽朗地应道。天知道我心里已经憋了一缸子眼泪了。

“你初中的时候和西苑不是还是朋友吗?! 看来你得好好学学怎么对待朋友。”

成隐葵，在你眼中我就是如此不堪，狠毒无情的丫头吗? 你是不是觉得我这种女人还是早死早超生的好? 在你眼中从来只有江西苑一个好朋友对不对? 可是最讽刺的是，我眼中却从来只有装得下你一个人。隐葵转身朝房门走去，娜林颠颠地跟在身后。

“真是要让人发羊癫风了，云净媛，你白痴是不是?”再光抽风似的，他伸长脖子，踩着脚，死命地冲我喊道，所有人都吓了一跳，齐齐看向他。—__—江西苑更是满脸铁青地看着再光。

"你给我听好了，看在你是素颜姐弟弟的面子上，我才和你好好说的，这儿坐着的江西苑，几年之前，他不是你的朋友，而是我姐姐的朋友。"

"我知道。"隐葵再次转回身来，同时简短有力地答道。

"云再光，不准说！我让你不要说！"我半哀求地冲再光喊道。

"可是哥哥你知道接下来的事吗？我姐姐为什么会弄得这么惨!! 不仅被你踹了，还整天哭哭啼啼的，壮得像头牛从没生过病的她居然发烧了！你知道为什么吗？知道这个兔崽子设计让我姐姐掉到陷阱中，找人揍她，欺负她，威胁她，这些哥哥你都知道吗?!!!!"

……

"你不要再说了云再光，出去，跟我出去。成隐葵，你不要露出那种诧异得不行的表情，这兔崽子都是在胡说。"我抓住再光的手腕就要拖着他出去，经过隐葵那小子身边时，他却一个跨步拦在我身前。

"继续说。"

"哈，大哥，你不会真的以为是我和这个兔崽子在啤酒店门前打架闹事吧?! 我像是这种人吗？我会是那种喝醉酒乱找人打架的人吗？那时候这个兔崽子差点没掐死我的姐姐，所以我是去救我姐姐的，知道吗？我姐姐生日那天，这个兔崽子说是叫她去庆祝生日开派对，结果却找人几乎把我姐姐打成残废……"

啪!

"我说了让你住口，难道连你也想让我更加不幸吗?!!!"

再光面无表情地抚上自己刚挨了我一记耳光的脸颊，突然低下头，哽咽着声音说道：

"……你曾经被自己最最信任的人欺骗吗？这个世界上你最最信任的人，却用最最残忍的方法对你，打得你连眼睛也睁不开。那时候，对我姐姐来说，没有白天和黑夜之分，因为对她来说永远是漆黑一片的黑夜，可是，我姐姐却一次也没有骂过他，什么都认为是自己的错，甚至伤成那样还觉得都是自己的错，是不是自己做错了什么……要说学习对待朋友的方法，该是这个兔崽子才对。”

江西苑一脸深不可测地表情看着我，我飞快地别过头，现在，对我来说，站在这个地方，在这个地方呼吸，都是一件残忍的事。再光终于说完了，他牵起我不停颤抖的手，另一只手拉开房门……

“我们走吧姐姐，离开这儿，我们，我们去好人更多的地方……”

一直强忍着的泪水砰砰往下掉，我咬紧牙关，点了点头。

“呃，再光，嗯，我们去只有好人的地方……”

这时，在我跨出去之前，隐葵抢先一步紧紧抓住了我的手腕。

52

“你放手!!”

该死！他的力气为什么这么大，我如何使劲也不能挣脱，只有讨厌的眼泪不停地往下掉，让我又羞又急。为什么偏偏是在这么多人前，为什么是在江西苑面前，我发誓不会再在他面前掉眼泪的，我讨厌自己在他面前的软弱。

“我，我真的不知道，我真像个白痴对不对，不，我就是一个白痴。”隐葵自责的眼神，看着我失魂落魄地说道。

“你不是白痴。因为我指控了他的爸爸，而我是他最好的朋友，我居然那么残忍地去警察局指控了他的爸爸，我不想他连你的友情都失去，成隐葵，你就当做从没有认识过我好了。”

隐葵呆住了，我趁机抓着再光，大步走出病房，隐葵却随后跟出。没办法，我只能使出最后一招，扔下再光撒腿就跑，……扑通！抱歉，不是小猪落水的声音，而是隐葵他人高腿长的一边跨到我面前，紧紧把我搂在怀里……他搂得好紧，搂得我喘不过气来，仿佛下一秒我就会在他怀里消失。

“你说了要离开我的，你已经和我分手了，隐葵。”

“可是现在我又回到你身边了。”

“西苑他很痛苦，非常非常痛苦，如果连你都离开他而来到我身边，他还有谁可以依靠。我有爸爸，有妈妈，有再光，还有允儿很多人，而西苑除了你谁都没有，不要选择我……隐葵。”

隐葵被我痛苦的眼神震撼了，他双手缓缓从我肩上滑下，呆呆地望着我，不知道该说什么。我飞快地从隐葵怀中站起，毅然决然地走进了电梯，再光快速跟上。电梯停在了一楼，再光熟稔地为我抹掉脸上的泪水，我心头一热，顺势握住他的手。

“谢谢你，云再光。”

“我刚才很帅吧？”

“嗯，非常。”

“这就完了？这算什么事呀，什么都没改变嘛。”

“心情舒服多了呀。”

我和再光相视一笑，两人傻瓜似的抓着双手在空中上下摇摆了一番，接着在电梯里哈哈大笑起来。—__—由于没经过同意就从医院跑回了家，妈妈大发雷霆，说什么也要把我重新扔回那个地方。—__—我在再光的掩护下，跑到卧室，死死抱着床柱不肯放，眼泪攻势外加哀嚎，妈妈无可奈何地放过了我。我终于平安无事地Come back 了!!!

这天晚上，我突然接到娜林一通急急忙忙的电话。

“姐姐，该怎么办，姐姐，该怎么办才好啊!!!”娜林在那头彷徨无助地嚷道。

“娜林啊，出什么事了？”

“隐葵哥和西苑哥打起来了，打得可凶了，隐葵哥还哭了，西苑哥也哭了，隐葵哥说要去找你，西苑哥也说要去找你。”

“什么？你在哪儿，娜林?!”

“我在医院前面，就是西苑住院的那所医院前面。呜呜呜呜，怎么办，隐葵哥他一直哭，他们两个人都躺在地上，血和泪水流个不停。”

“……你说在医院前面，那就去叫医生来吧。如果他们俩伤得还没那么严重，那你就不要管他们了，他们自己会知道处理，慢慢和好的。”

“云净媛!”

—__—电话那头忽然传来成隐葵夹着哭音的大骂，我的妈妈呀，这兔崽子究竟在干什么呀！

“再光，对不起，姐姐最后一次翻顶楼。”

“你去见谁？”

“……隐葵和西苑。”

“什么？你去见他们干什么？”

我不答，只是啪啪拍拍小弟的肩膀，向顶楼走去。今天我又不得不翻顶楼了，—__—想到隐葵那小子，我就冷汗刷刷的，一直顺着额头淌下，他该不会伤得很重吧？┬┬_┬┬江西苑那厮拳头很猛的。┬┬_┬┬我翻下楼，打开门，嗒、嗒、嗒、嗒朝巷口跑去，突然，一个大块头从一辆熟悉的车上跳下，眼睁睁地向我冲来……

“净媛！-0-我可爱的老婆！我好想你哦！”

—__—我悄悄向左闪出三步，躲开这个大熊式的拥抱，正冰沮丧地看着自己抱空的双手。—__—自从啵啵之后，我连手都没让他碰过。—__—

“正冰你开车，我要去医院。”

“你去哪儿了！-0-为了你，我心脏扑通扑通跳了一天了，又，又，哥斯拉啊，你这又是要去哪儿啊！”

不为了我你心也会扑通扑通跳一天吧，又不是死人。—__—

“我说了让你去开车！-0-你欠我的多着呢！你喜欢劝架吧！”

“我更喜欢打架！—__—”

“快点快点，很急啊，快点快点！”

我话还没说完，那小子就开始行动了，他提起我就扔到车里，一边唠唠叨叨着，一边斜着眼睛观察我反应。正冰的汽车飞速上路啰!!!!

53

汽车行驶的一路，我脸上闪现的全部是隐葵受伤的脸。我绝不会坐视不理的，江西苑!!! 明明是你亲口说的，隐葵是你最最重视的朋友，不是吗？如果隐葵身上流了一滴血，我决不会放过你的。

车转眼就开到了医院附近，我脑中嗡的一声，猛然想起正冰和西苑，还有隐葵的关系，心里扑通扑通跳得厉害，我是吃错什么药了，究竟为什么要把这家伙带来啊！ -0-事情只会越闹越大！嘎~吱！车喧嚣地在医院门前停下，我努力稳住自己的心跳，飞速跳下车。

"你在这儿待着。"

"为啥子？ -0-"

"让你待着你就待着！"

"我一个人待在这儿多没意思啊！ -0-你啥子时候回来！ -0-"

"我现在去救我真正的老公，你在这儿等着，正冰。"

正冰如遭雷击，脸当场就垮了下来，呆看着我说不出一句话，只能深深地低下头。

"对不起，正冰！"我歉意地看着他，但紧急的情况不容我在此多耗时间，我加快脚步转身朝医院里跑去。

没有看见他们，甚至见不到任何打架留下的痕迹，拜托！他们俩该不是已经打得进医院了吧?!!! -0-想到这我简直要疯了，推开医院大楼的门就要进去……就在这时，有人使劲扯住了我的衣领。

"谁啊？娜林！"我看着眼前泣不成声的娜林，心中更像烤在炭上的乳猪。她可能被吓坏了，嘴里哽咽着，一只手放在嘴角，眼泪珠子断了线似的往下掉，就这样不停地哭着，我抱住她，一边拍着她肩安抚着，一边嘴里安慰道：

"娜林，没事的，没事的，不要担心，姐姐这不是来了吗?!一定会没事的。隐葵和西苑在哪儿，嗯？在哪儿?"

娜林无声地指了指医院一旁的小公园，距医院不过100M的距离。我的心脏剧烈地跳动起来，我该怎么办，该用什么样的表情面对隐葵，该用什么样的话指责江西苑，我完全一点主意都没有。我现在真是恨死自己是云净媛了。

"隐葵！"

我在公园一角发现了隐葵，他无力地背靠着一棵大树，好大好大的一棵树，看见我，他粲然地笑了。

"……"

真是奇怪，我剧烈的心跳奇异地被安抚，心跳声渐渐小了下来。江西苑呢，江西苑在哪儿……

"成隐葵，你这是干什么，嗯？"

隐葵望着我，无声地闭上双眼，接着又睁开。

"你受伤了没有？嗯？没事吧你？"

"嗯。"

"为什么要这样呢，你们是朋友啊，江西苑和你是朋友啊。"

"亲我一下好不好？^__^"隐葵握住我的双手放到他胸前，低下头，仿佛耳语似的在我耳边小声说道。

"……"

"没有西苑我也能唱歌，可是没有你，我什么歌也唱不出来，我并不是说要和西苑绝交，并不是这样……"

"……"

"可是即使让我死我也不愿放开你的手，你就待在这儿好不好，待在我身边，不要站在别的地方看着我。只站在我身边，只看着我。"

"嗯。"

隐葵璀璨地笑了，笑得简直夺目。他缓缓抬起头，我仰眼正好看见他下巴上的泥巴，何止下巴啊，简直满脸都是，我不由扑哧一声笑了出来，为他弹掉。可是那家伙，他抓着我的双手，头危险地慢慢向我靠近，我双腿发软，心脏和脉搏不受控制地加快，终于，就在那混合着泥土清香的嘴唇即将碰触到我的那一刹那……

"不要！！！"

……？我飞快地支起身子，转着一张脸四处搜索，终于在大树后面看到了一只不停摇晃的手，—__—鬼气森森的。—__—

"西苑，以后不要欺负净媛了，我们三人都是好朋友，一起玩，嗯？

你和净媛做朋友,我和净媛做情侣,我和你还是朋友,再也不要做什么让我们三人都伤心的事……”隐葵对着树后面的那只手说道。

树后那只沾满泥土的手微微地晃动了一下，我刚刚露出笑容的脸顿时僵硬了。我一步步挪到树后，不意外地看到了和隐葵同样浑身泥土的西苑，他吃力地靠在树上，依然用充满怨恨的眼神看着我。

“江西苑……”

西苑毫无声息地用双手紧紧盖住脸，呼吸明显急促了起来。

“西苑，我真的不能待在隐葵身边吗？你真的不能原谅我吗，西苑……？”

谁也没有出声，十二分钟之内，我们仨各怀各的心思，望着不同的方向，不约而同地选择了沉默。最后，简直令人难以置信，江西苑终于抬起头，用事隔五年，我以为我这辈子再也不会见到的表情看着我，他眼中饱蘸的无比清澈透明的眼泪，让我的心也随之悲伤起来。

“云净媛。”

“呃。”

“对不起。”

有那么一瞬间，我非常怀疑自己的耳朵，在我还没有从震惊中摆脱出来，江西苑接着缓缓说道：

“对不起，云净媛，对不起，对不起，净媛，对不起。”

“你在说什么？”

“对不起，我变了那么多，对不起，我让你哭得那么伤心，对不起，虽然我知道你没有什么错，我还是狠狠伤害了你，对不起，我一直这么不原谅你……”

我和江西苑两个人眼中同时落下泪来，泪珠子一颗颗滴在泥土中。他艰辛地用双手扶住树干，支撑着自己站了起来，看了我和隐葵的背影一眼，缓缓向远处走去，直到走得再也看不见。隐葵用手背擦拭着我沾满泪水的腮帮。

“我一定会让你们再次成为朋友的，不要哭，净媛，不要哭，不要哭。”

为什么最近泪水特别泛滥呢，就像回到了几年前那样，无论那时或现在，不变的是，我的泪水都是为了一个人——江西苑。

54

#第二天早晨。

我背着重得要死的大书包，吭哧吭哧走出了家门，抬眼就看到素颜姐绕啊绕的在我家门口摇来晃去，—_—她的眼正好对上我的，涩涩地笑了起来。—_—美女就是美女，怎么看都好看。

“早上好。^_^”

“嗯，早上好。^O^”

“你找谁？^_^”

素颜姐一下愣住了，呆呆地看着我，一个劲地把头朝下低。

“啊，明白了，那我先走了。^O^”

“嗯，嗯，^O^再见。”

—_—果然是有魅力的女人，值得再光对她昏头转向，迷恋得不可自拔。向素颜姐大大鞠了一躬之后，我缓缓朝公共汽车站走去……嗒，嗒，嗒，一阵清脆的脚步声急促地敲击着地面从我身后传来，我直觉是某个人。

“恐龙头！ -0-怎么能一个人先跑了？ -0-”

呜呜呜呜，ㅜㅜ_ㅜㅜ愁死人了，对此我无话可说。

“我们学校上学时间比你们早嘛！”

—_—隐葵丢了魂似的看了我一阵，忽然从口袋里掏出一条项链来，是那时候的情侣项链。^_^

“恐龙头，最近红眼病很流行，小心点。”

“嗯，当然要小心了，你也小心点。”

“要不我俩一起得红眼病，然后一起跷课去捉鱼玩？”那家伙边轻轻地为我戴上项链，边正经八百地对我说道。我的第一反应是赏他后脑勺一记暴栗。

“—_—不要打我脑袋。”

“你还有什么脑细胞可担心的吗？—__—^”

“你不准去见那个家伙！-0-那个叫冰啊什么的。”

“嗯，你说正冰啊，他是你们学校那个叫美莲的女生的哥哥。”

“正美莲?”

“她姓正吗？—__—这么说正冰的名字真是冰了，叫着好肉麻。”

一辆去学校的巴士眼睁睁看着就这么开走了，成隐葵那小子郁闷地扯着头发。—__—

“头发会掉光的！不要这样啦！-0-”

“你和那家伙最多就啵啵过那一次吧?”

“喂！-0-你怎么又提那时候的事了！真是让人发怵！每天晚上想到这个我就睡不着觉。”

“你这个恐龙头！-0-想那个干什么?！-0-”

“如果是你你会不想吗?！嗯?!”

“我以前不是给过你一把刀吗!！这时候就拿它出来砍啊!”

我悄悄地掏出口袋里那把“小猪，我的宝贝”握在手上。

“你以后把正冰当朋友看好了，他其实是个不错的人，很善良的。”

隐葵歪着脑袋看了我一会儿，正张开嘴准备向我开炮。

“啊，巴士来了！-0-我先走了！待会儿见，老公！-0-”

司机大哥真是我的及时雨，车身咯吱一下在我身边停下，前门哐当大开。-0-呃！老天！人怎么这么多啊，车厢里挤得像沙丁鱼罐头，看来今天也得发挥我柔道高手的本领，吆喝吆喝着挤上去了。

我扭了扭身体，正准备向巴士突进，隐葵忽的一下长腿一伸，挡在我身前，脸凑了过来……—__—和正冰那时候完全不一样的感觉，真的真的……嘴唇的碰触原来可以这么奇妙，几秒钟之后，—__—我双手条件反射地推开他的脸，霎时间涨了个大红脸，只见一堆学生的脸贴在车窗上，一个个乐得龇牙咧嘴的，=_= 其中居然还有允儿。老天，—__—^挤在窗子一边的，还有我们班拿破仑三兄弟，叠罗汉似的一层一层。呃呃，志英啊，你也在啊!!!

－0－

“现在每天晚上你都可以回想这个场面了，感觉很好吧，嘻!!! ^_^”

“要死了，都是因为你，我没脸活了。”

“一会儿到练习室来，我一定把西苑乖乖地提到你身边。^O^”

“……”

隐葵乐不可支地冲我挥舞着双手，我来不及多想，加紧几步爬上车，车上立刻口哨怪叫声一片，允儿和志英趴在车窗上叫得尤其响亮。=_= 我使劲朝她俩瞪了一眼，她们立刻乖乖缩回头。

#学校。

“真是要让人发疯了，真是要让人忌妒得发疯，云净媛，你竟然能在巴士前遭遇这么浪漫的事情，好酷的爱情宣言哦!! 前几天不知道是谁还因为和男朋友分了手，焉焉地躺在床上和废人似的。现在可好了！你这只幸运的火狐狸。—_—”

隐葵说得对，最近红眼病果然很流行。—_—

“—_—不要叫我捞啥子火狐狸。”

“怎么突然改用方言了？—_—被正冰传染了？”

啊，对了，正冰。—_—

“你们打算重新交往了？可是江西苑真的就会这么放过你？会不会到时候又使什么阴招，背后给你一刀？”允儿忽地把脸贴过来。

“你得红眼病了，把脸离我远点！－0－病了为什么还不请假回家，在这儿碎碎念，什么时候变得这么热爱学习了?!”

“一个人病了多冤枉啊，好不容易有这种机会，我要努力传给大家。—_—”

“我要是得了红眼病，一定会被妈妈敲得凹凸有致的，死丫头！－0－”我大惊失色，飞快地躲着这个传染源。就这样，我和允儿就像在玩猫捉老鼠游戏，一整天都在你追我闪中度过。

放学之后，我刚刚小心地把头探进隐葵的练习室，立刻就发现了 BiBi 揉着红彤彤的眼睛的隐葵，那家伙看见我，咧开嘴笑了。

"你，你到那边去！呀呀，不要过来！"

"我很像兔子吧？"

"兔子很好吗?！你故意感染上红眼病的对不对！老实交代！"

"不是的！ -0-"那家伙哇哇大叫，使劲地向我扑来，我尖叫一声闪开，两人就在练习室里玩起了追逐战，任他左扑右腾，就是没法近我身。直到帅姐姐推门走进了练习室，她看到隐葵，也是惊得一声大叫：

"隐葵！在你红眼病好之前，最好不要参加乐队活动！"

"不要！"

"不要过来你！"

"不要！我好不容易又可以好好唱歌了！"

"你一个人唱歌唱得好有屁用！西苑现在整天无精打采的什么也干不来，哎哟哟！你们之间怎么这么复杂呢，净媛就那么有魅力？^__^"帅姐姐笑得暧昧，扔下一堆手榴弹似的话，—__—拍了拍肚子，说是饿了，又哐当关上门出去了。练习室笼罩在奇妙的气氛中。

"走吧。"隐葵牵起我的手。

江西苑去哪儿了呢，那家伙肯定认为连隐葵也离他而去了，认为自己接连两次遭到朋友的背叛，说不定，从此之后他再也不相信友情了。

当天晚上，我正用电脑和隐葵联机打游戏，门咔拉一下被撞开了，再光抱着一不明物体，满脸陶醉地跳着圆舞曲就进来了。

"啊啊， -0-那个是什么啊？"

"小猫，漂亮吧？"

"你从哪儿弄来的这个?!!!"

"回家的路上捡的。—__—"

"那么大只猫你弄回来干什么!! -0-它可是野猫啊！"

"很漂亮嘛！你说我们把它全身的毛养长了，它会不会变成波斯猫？"

"你得红眼病了吧？"

“嗯，所以我明天不用去学校了！和小猫，还有素颜出去玩！”

“记得用你自己的毛巾，千万别用我的！”

我关掉电脑，小心翼翼地跨出房门回到自己房间，惟恐擦到再光身上。就在这天晚上，我幸福地听到了隐葵久违的欢快歌声。

55

转眼间过了月半，时间轻如跳跃的音符。我和再光和平共处，两人齐心协力地养着那只野猫扑扑，没多少天功夫，它长得简直如同河马般大了。—__—每天放学之后，我都会和隐葵四处寻找着西苑，整座城市几乎被我们翻了个遍，托他的福，我体重减了四斤，^__^嚯嚯，要是再减十斤就好了。-0-隐葵的头发也在不知不觉中暴涨了许多，开始飘逸地出现在歌唱舞台上，发丝拂动的俊朗形象，不用说，又溺毙了一帮小妹妹的心。—__—

该死的天色，6点刚过就这么黑沉沉的，果真是瑟瑟冻人的秋天了。隐葵手里拿着一支冰淇淋，不停地低头瞅着手上的大头贴，刚刚被他拖到店里去拍的。—__—

“恐龙，我们去卡拉OK厅吧。”

那小子省略掉了一个“头”字，直接简称我为恐龙。—__—

“卡拉OK厅？你不是说你讨厌去那种地方吗？”

“我们去吧！”

“去就去呗，我无所谓，可是，你什么时候才能不要叫我恐龙?!! —__—”

“到我喜欢可乐的时候。”

真是个可怕爱记仇的家伙。—__—^隐葵和我来到一间位于地下的卡拉OK厅，那儿打工的女服务生立刻笑意盈然地靠了过来，她似乎认识隐葵。

“呃？你不是那时候在大学路唱歌的吗？”

“不是的。”

“没错没错，就是你，《月亮爱上了星星》，你当时就是唱的这首歌对不对？”

“我说了不是的。-0-我们可以去几号房间?”

“啊，请您到三号房间。—_—”工读生不好意思地挠了挠头皮，把我们引到了三号房间。

进到房间里，我大咧咧地挨在隐葵身边坐下，问出了一直忍耐的问题。

“是你对不对？你上周不是在大学路表演了吗?”

“我变谦虚了知不知道。”

—_—真是要被他气死了，变谦虚了和这个有什么关系!!! 那家伙翻着歌名录，突然抬头盯着我看，开口道：

“快点啊。”

“你先点。”

“我先听听你唱的，如果你唱得实在太难听，我多过意不去。”

“—_—所以说让你先唱啊。”

我们俩就这样大眼瞪小眼，瞪来瞪去，推来推去，二十分钟很快就过去了，最后还是我败了。—_—^翻啊翻，翻啊翻，我真的好讨厌唱歌啊！ㅜㅜ_ㅜㅜ终于乐声响起，我刚倾情奉献了一小节，立刻被隐葵急急叫停，他看着我，异常慎重地说道：

“这样子不行。”

“—_—你唱吧兔崽子！你再敢让我唱试试看!”

“可怜的恐龙。”

那个自称从不唱流行歌曲的家伙，随意地点了一首歌，拿着麦克风唱了起来。他一手紧紧地环在我的腰间，唇间潺潺地流淌出音符，不能否认他有非常优美的声线。—_—

“你肚子不饿吗？—_—”

隐葵最讨厌他唱歌的时候有人和他搭话了，—_—他斜着眼睛看我。

“我去买一个面包来好不好？—_—我肚子饿了。”

“—_—^”

我故意不去看那双愤恨的眼神，快手快脚地闪出了卡拉OK厅，啪啪地向附近的超市跑去。黑漆漆的天空，黑漆漆的世界，

-0-因为是星期六的关系，大街小巷挤满了或穿便服，或穿校服的学生，真好，这种熙熙攘攘，人挤人的感觉，再加上不停充斥在各处的音乐声，歌曲声，气氛简直棒呆了！^O^

气氛当不了饭吃，还是吃面包要紧，想到这，我加快脚步匆匆朝超市跑去。忽地，一个人影让我停下了脚步，我诧异得倒退三步，几乎要怀疑自己的眼睛。是西苑，他紧抿的嘴里叼着一支烟，面无表情地坐在一家啤酒店前。啪~！我仿佛感觉有人猛地掐住了我的喉咙，胸口窒息得喘不过气来……我该怎么做，我该怎么做才行，我该叫隐葵来吗，还是直接上去和他搭话……他会回答我吗，我该说些什么才好……

我匆匆忙忙掉转方向，决定回卡拉OK厅去叫隐葵。

"你不用去叫他，不用去叫他也行。"

西苑低沉沙哑得像磨刀石上磨出的声音，再次让我停下了脚步。

"你喝酒了！"我小心翼翼地走到他身前。这时，一大帮家伙呼啦啦从啤酒店里涌了出来，是他的朋友。他们惊讶地站在江西苑身边，看着我。

"是，我喝酒了，怎么样，我喝酒了。"

"隐葵他很担心你，真的很担心。"

"哈，隐葵是谁……"

"你朋友，你最最重视的朋友。"

江西苑扑哧一声笑了出来，就像是听到了世界上最好笑的笑话，连额角都展开了。

"云净媛，你记得我吗？"

"你在说什么？"我被他的问题弄糊涂了。

"我问你记不记得曾经是你朋友的江西苑?!"那家伙长出一口气，一个没站稳踉跄了几下，他身边的朋友急忙搀扶住。

"你很讨厌我对不对。"不是问句，而是很肯定的语气，江西苑醉眼朦胧地看着我。

"不，现在不是了，对不起，只是觉得对不起。"

"可是我非常非常讨厌你，现在还是。"

"……不要再说了。"

"不准你在隐葵身边笑。"

"哈，到现在你还不允许我留在隐葵的身边？……究竟到什么时候你才会原谅我，究竟到什么时候你才会答应让我在隐葵身边开怀地笑？"

"不是我不答应让你留在隐葵身边，而是现在，我讨厌看到你待在隐葵的身边。"

我睁大眼睛，诧异地看着江西苑，这时，他那帮朋友走到了我面前。

"喂！她是不是我们学校云再光的姐姐啊？-0-"一个家伙张嘴嚷道。

江西苑点点头。

"TMD！都是因为这个丫头，我们才被那帮黑道兔崽子打得住进了医院，到现在想到这个我就火气连天，热血上涌啊！喂，喂！是不是你撺掇他们做的，嗯?!!!"江西苑的朋友用无比的力气捏住我的肩膀，差点没把我肩胛骨捏碎。

"放手。"

"你叫我放手？-0-你这个死丫头！你凭什么叫我放手呀！呃?"那家伙扬起手，作势就要朝我脸上甩来。又开始了，江西苑你又开始了，我真的已经累了，真的已经厌倦了这种情形……我眼睛睁得圆圆的，来回扫视着江西苑和他的朋友，一字一句，清清楚楚地吐道：

"江西苑，你给我听清楚了，我决不会离开隐葵的，还有你也听清楚了，你要是再敢把手放在我肩膀上捏我一下，我也决不会就这么忍下去的。江西苑，你想做什么就做吧，我绝对不会向你屈服，也绝对不会躲躲藏藏的，你想怎么做就怎么做吧！"

"你说让我想怎么做就怎么做……？"

"是。"

"知道了。"江西苑摇摇晃晃地上前一步，两手抓住我的肩膀，把我狠狠扯向他怀中，不是做梦，不是我在胡思乱想，这是事实，我越是挣扎，江西苑搂着我肩膀的双手更加收紧。

“你说让我想怎么做就怎么做……”

那家伙的一句话，把我深深推入不祥预感的深渊中……

56

也许……我不知道自己究竟出于怎样的一种心情，也不知道自己是怎么想的，忽然觉得隐葵仿佛在四周看着，于是飞快地回头四处张望，没有，隐葵不在。西苑这家伙究竟是怎么想的，我暂时先相信他吧。

“这么说，你愿意重新做我朋友了？你原谅我了？”我把头埋在他的肩膀里，用发颤的声音小心问道。

他把我放在怀中，稍稍松开，我仰起头，四目相视，西苑接着说道：

“留在我身边……”

“哈。^__^”

“拜托了。”

“……”

是西苑，不是江西苑，他回来了……对他几近干涸的情感犹如新凿的泉水般喷泻而出，那些令人怀念的记忆，那些被我强行封锁在脑中多年的往事，那些总是和泪水做伴的回忆，都回来了……回来了，西苑回来了，我的朋友西苑回来了！眼前西苑挂满泪水的面孔，彻彻底底治愈了我从他那儿得到的深深伤痕。

“回来了，西苑你回来了，我以为你再也不可能回来，我以为这辈子再也见不到这样的你了，回来了，你真的回来了！”

江西苑，不，西苑他又如多年前那样，轻柔地拭去我腮帮上的泪水。

“我们去找隐葵，嗯？西苑，我们一起去找隐葵，他真的很喜欢你这个朋友。我们现在终于和好了，哇哇！简直太不可思议了，真是太好了，太棒了，好得我简直不知道该说什么才好……”我心情激动得语不成句，ㅜㅜ_ㅜㅜ抓住他的手就要朝卡拉 OK 厅走去，可是，西苑却忽地一使劲，挣脱了我的手。

“怎么了?”我不解地看着他。

“你和成隐葵之间，我选择的是你，云净媛。”

“什么？O_O”

“我们做朋友的时候，还有我伤害你的时候，虽然很艰难，但我还是努力做到都忘记了。”

“做朋友的时候为什么要忘记？你不是又重新回来了吗?”

“回来虽然是回来了。”西苑忽然笑了笑。

我对这家伙的笑容依然十分陌生。—_—

“可是却是以男人的身份。”

O_O 江西苑扔下径自愣中的我，回到了他那帮嚯嚯大笑的朋友之中。听到这些嚯嚯嚯嚯笑的声音，我想起了正冰。—_—

“喂，你等等，江西苑！如果你是以男人的身份回到我身边，那我想我不能欢迎你！如果也要我在你和成隐葵中选择一个的话，我绝对会选择成隐葵！如果你想换一种方式折磨我，我劝你还是用以前的方式折磨我吧！你不要想用这种方式放弃友情，隐葵是你的朋友!”我大声呐喊道。

听见我的咆哮，江西苑只是微微偏过头来，他的眼闪耀在他的黑发之间，我知道他刚才的话是真心的。

“从现在开始，我不再相信什么狗屁的友情了，所以我选择了爱情，一个月之后，我一定会让你站在我身边，而且是心甘情愿，高高兴兴的，你好自为知。”西苑信誓旦旦而又漠然地说完那些话。

啪啪啪啪！那家伙的朋友们报之以热烈的掌声，西苑的背影又离我好远好远了。如果再光知道这件事，不，比起再光，更重要的是隐葵，如果他知道这件事……我该告诉他吗……

“小恐龙，-0-你真想吃我一顿拳头是不是!”

“-0-啊啊啊!”

“还啊啊啊了？—_—^”

“你什么时候来这……这儿的?”

隐葵那家伙一边哇呀呀嚷着，一边盯着我看。

“面包在哪儿?！面包呢?！”

“面包，面包都卖光了，—_—刚才你一直在这儿吗?”

“这有什么重要的吗！”

吃了火药似的声音，嗓子活像点爆了的炸药桶，他究竟唱了多少歌啊，嗓子都哑成这样了。—_—看他的表情和行动，刚才应该没有看见西苑。

“一个面包都没买给我吃！我肚子好饿了！ -0-”

“—_—谁让你唱那么多歌的，不饿才怪。”

“小恐龙，我要吃炸芝士卷。”

“—_—上次拿给你吃你又不吃。”

“我姐姐从来不炸给我吃，她每次都是胡吃海塞，直接吃掉。我们回家吧，你要炸十个以上给我吃，知道吗?”

“行，没问题，不过以后你不准叫我小恐龙了。—_—”

“知道了。^O^”

不过10点多钟的光景，街上依旧人来人往，热闹非凡，我俩手牵着手，起劲地上下摇动着，好像两个幼儿园小朋友似的牵手回家了，天上调皮的星星看着我们，一个两个眨着眼睛，看起来好高兴的样子哦。-0-

“喂，成隐葵。”

“干吗?！”

“能不能对我说一句‘我爱你’?”

“为什么?”

“这样我就能一动不动地，只看着你，眼中只有你了。”

“0.0可以啊，可是我说了爱你以后，你要答应让我叫你小恐龙。”

“算了，闭嘴吧你！—_—^”

这天晚上，—_—拜坐在一旁的素颜姐所赐，隐葵只吃了八个炸芝士卷，其余的都被他姐姐夹着扔进了自己的五脏庙。

“气死我了！你快点找一个婆家嫁了！”

57

说是要给一首重要的歌作曲，隐葵一连几天泡在练习室里没有出来。这段时间，他似乎把西苑的事忘记了似的，无论我怎么粘着他说话，他也只是不在意地点点头，—__—倒是每天在练习室里和娜林粘在一块儿。这不，—__—^我盘着腿坐在练习室里的沙发上，已经连续守着他俩好几个小时了。

"嗯，不是这样的娜林，这个音要低一点，否则后面的音很难接上。"

"啊，啊，♫这样子吗?"

"嗯，嗯。"

"啊，好无聊哦!"

静悄悄。—__—

"看来非得希贤姐给你击鼓伴奏了，这样你才能唱准。"

-0-希贤?

"呀，那个帅姐姐的名字叫希贤吗？嗯？嗯?"

"娜林，你给希贤姐打个电话。"

"是。^__^"娜林掏出自己的手机，BiBi 就是一阵按。—__—她的头发最近长了好多，不知何时已经及肩，那碍眼的蓝色隐形眼镜也摘掉了，戴着正常的无色隐形眼镜。=_=

"喂，隐葵，几点结束啊？我们去看电影吧，嗯？O.O 娜林也一块儿去!"

"我很忙，今天纠音估计得弄到很晚。"

"很晚是得弄到几点啊?! -0-"

"不知道。"

"—__—坏小子。我祝你唱歌的时候喉咙失音，公演弄得乱七八糟!"我烦了，恶毒地咒道。

"喂，你!"

我趁势跳起身，闪到那个大喊大叫的家伙后面，哐啷哐啷向室外的楼梯跑去，可是那两个人谁也没有出来抓我。—__—该死，他不是该出来抓我吗。=_=^我失望地把手深深插进口袋，垂头丧气地从建筑物里走了出来。

要给允儿打电话吗？我站在信号灯下，犹犹豫豫磨蹭着手机，突然，马路对面的一双男女映入我的眼帘，打眼得紧。我眯着眼睛，再三确认，怎么看都是江西苑和他的女朋友，—__—我本能地抓起左手的棒球帽戴到头上，压得低低的。信号灯变绿之后，我尽量低着头，提心吊胆地朝马路对面走去，哗~！旁边突然伸出一只手轻轻掠走了我的棒球帽，我瞪大了兔子眼，诧异地抬起头，是江西苑，他手里拿着我的帽子，轻松自在地按到自己头上。

“走吧。”江西苑拽紧我的手，强制地拖着我向对面人行道走去，-0-一切居然发生在人行横道中间，简直让人难以置信!!!

“西苑！怎么回事呀？喂！江西苑!”

他的女朋友，—__—那个据说是某校校花的女人，急匆匆抓住江西苑先生的手。

“我问你究竟是怎么回事！你这是要去哪儿?! 这丫头不是上次见过的那丫头吗?!”

“我不是说过吗，如果你想得到真爱什么之类的玩意儿，那就不要爱上我，从我身上找不到那一类的东西。”江西苑冷酷地偏偏头，对那丫头说道。

他居然能若无其事地说出这么残忍的话，变了，他果真是变了，不只是对我，对别的人也能如此心肠歹毒。那个可怜的丫头来回看着我和江西苑，看着看着，忽然扑哧一声笑了，噙满泪水的眼睛里流露出浓浓的无奈。江西苑对眼前的带雨梨花毫无怜惜之意，他再次紧抓住我的手，拖着我又走了三米来远，不能任他如此胡作妄为下去了，我用尽全身的力气钉在原地，冲他大声喊道：

“江西苑！你给我站住！你真的是我的朋友吗？没错吗？我问你是不是真的以我朋友的身份回来!? 你给我说清楚!”

“吃饭了没有?”

以前他每次见到我的第一句话也是“吃饭了没有”……O_O该死，—__—差点被他动摇了。

“不管我吃没吃过饭！你先回答我的问题！”

他对我的问话置若罔闻，云淡风轻地冲不远处的计程车招招手后，几乎是用扔的，把我扔进了车后座。车很快突突出发了，我从后座上爬起身，惊异地瞪着那个家伙。

“你想干什么！我知道你安的什么心！你又想用这种方式导致我和隐葵分手对不对？”

嚇～！—_—吓死人了，那家伙的脸瞬时间僵硬了下来，他坐直身体，默不作声地从口袋里掏出一支烟点上，司机大叔悄悄转过头，发话了，——

“诶，你还穿着校服呢，是学生对吧？”

“—_—^”

那个可怕的家伙瞪着死金鱼眼，一动不动地盯着大叔，摇下窗户，继续抽他的烟，几年前他是绝对不会这样的啊，┳┳_┳┳周围环境果然很可怕，虽然让他变成这样的罪魁祸首是我啦。—_—

我们在昌经宫附近下车，向着大学路的方向走去。—_—这真是疯了，既然是这样，我们为什么要在这里下车啊!!! —_—^我默默地走在西苑身边，不时偷眼看他。他依然戴着我的帽子，啪的一下把我的帽子压得更低，接着再自然不过地握住我的手，仿佛天经地义一般。我暗自使劲，蚯蚓似的弯弯绕，终于抽出自己的手，可是他很快又再次捉牢我的手。就这样，我的手，一直被牢牢握在西苑的大手中。

“说实在的我真不理解，你怎么突然变成这样。”

“那就不要理解。”

“你对我这样是真心的吗……？”

“嗯。”

那家伙的回答简单明了。—_—

“想想真是可笑，几天之前我俩还是不共戴天的冤家对头，到底是什么又让我俩变成了这样？”

那家伙沉默不答，重新把那顶棒球帽戴回我的头上，空气中只剩下尴尬的沉默。就这样，我俩谁也没有再开口，一路朝大学路走去。马路对面的地铁站突然乌泱泱涌出一大堆人，西苑一声不吭地拉着我向咖啡厅林立的地方走去。这时，那一堆从地铁站涌出的人群中，我突然看见了一只熟悉的小猫，拜托，该不会是……－0－我拼命否定掉自己的眼睛，飞快地跟在西苑身后，这时，我身后不期传来某位女人咋咋呼呼的声音，听得我汗毛都快竖起来了。

“好了，就是这里了，Y－pop！双色采访！今天我们试图采访更多的人士，所以来到了地铁入口进行采访！”

女人的声音通过麦克风回响在整个街道，我赶紧回头四处扫射，果然看到了摄像机和一些摄影器材，长着山羊胡子的男人，戴着帽子的男人。一_一这就是所谓的街头采访吗！好新奇诶，我一次都没有碰见过。

而被那个女主持人第一个逮到的家伙，是一个怀抱小猫的小子。

“哎哟，看样子您还是学生吧！抱着一只好可爱的小猫呢。^_^请问您多大了？”

“十八岁。”

“啊，十八岁，这只小猫看上去好特别耶，它有什么特别的来历吗？”

“没有，走在路上捡的。”

“看来您真是一位同时兼具帅气的外表和丰富的同情心的学生，在学校很受女孩子欢迎吧？”

“是的，喜欢我的女孩子很多。”

“啊，这样子啊！一_一看样子您正打算和小猫去哪儿玩吧？”

“我约了朋友去喝酒。”

“哎哟哟，这被学校老师看到了可怎么得了啊。”

“没关系的。一_一”

“啊，是这样子啊！真是一位十分有勇气的学生。一_一最后，请您点一首歌，并同时说一句你最想说的话。”

“我没什么歌想点的。素颜！我爱你！”

啊啊，－0－这个疯小子！－0－胆子可真不小啊，抱着那只像房子一样壮实的小猫跑到这儿来玩了，还那么自豪得要死！ -0-我把脸藏在江西苑背后，渐渐远离了他们。

58

在难堪的沉默中，我吧唧吧唧着嘴，艰难地咽下了一粒粒米饭。当我撅着嘴跟在那家伙身后出来，外面已经漆黑一片了。

“我看我该回去了。”

西苑没吭声，只是静静地向我家附近的公园走去。说实话，到现在我还是不明白，这家伙葫芦里到底卖的什么药，他心里究竟在想什么。西苑大咧咧地在长椅上坐下，而我像根柱子似的立在那儿，除了低头使劲看着自己的鞋面，不知道还能干什么，他干脆长手一伸，拉我坐在他身旁。

“我们以前经常来这儿对不对，你只要有什么难过的事，都会跑到这儿来大哭一通。”江西苑伤悲着脸，嘴角却笑着。

“嗯，每次都是你到这儿来找我。还说只要我止住眼泪不哭了，你就买一支冰淇淋给我。”

“嗯，巧克力口味的。”

“嗯，有次你买草莓口味的过来，我腾的一下就发火了，哈哈！”

“还记得吗？我们俩有一次在这里放烟火，结果被一起送进了派出所。”

“哈哈，那时真是疯狂对不对！那次好像是你的生日。”

西苑没有再回答，只是一个劲地看着我笑。和有共同记忆的人回忆往事真是一件无比幸福的事情，我们似乎忘记了过往那些悲伤的，可怕的记忆，脑海中只剩下那些美好的，温馨的记忆。西苑自然无比地靠上我的肩膀。

“那个，西苑。”

“嗯。”

“说实话，我有点不适应。我努力说服自己相信你是真心的，可是这真的很困难，我想就这样忘记我俩过去痛苦的往事，可是这也好像很困难。”

西苑寂然无语。

“即使我接受你，重新喜欢上你，那也绝不是以男人的身份，而是以朋友的身份。”

“听你这么一说，我觉得自己好丢脸，好悲惨，你也知道的，我这人最好面子，最讨厌这样了。”

“当然，我很清楚……”

“如果连你也离我而去，云净媛，我会死的，我真的会死的，云净媛!”

哈，听完这席话，我心头仿佛压上了一块大石头，什么东西牢牢堵住了我的嗓子眼儿。我无言地转过头。

“我真的想重新露出笑容……”

西苑仿佛想用自己的一句话，代替他以往所有经历的是是非非，“重新露出笑容”。

“可是之前你为什么要转身离开我，而且不止一次，好几次你都背我而去……”

“我有多相信你，就有多恨你。”说完，江西苑又叼了一支香烟在嘴里。

“即使是这样你也太过分了，因为你，我甚至去学习柔道你知不知道……?”

“难怪最近看你巴掌打人痛了很多。”

“你，你还能说得这么轻松，你怎么不想想我吃了多少苦。”

“好舒服啊，好久都没有这种放松的感觉了，闭上眼就感觉到困，我睡了。”

“喂!不行，别好笑了你。喂!我说了不行嘛!我真的走了?!!”

西苑那家伙把我的话当做耳边风，轻轻合上眼皮，居然就这样静静地睡了过去。看着他安稳的睡容，我一时不知道该怎么办才好，只能啪啪踩灭从他手上滑落到地的香烟，看着自己的手表发呆。都过了五十多分钟了，——我现在叫醒他也没关系

吧？ =_=

“喂，起来啊，江西苑，我的肩膀都被你睡塌了，快起来啊！都已经过了11点了！”我拼命左右晃动着肩膀，终于把那个睡神附体的家伙弄醒了，他蹙着眉头坐了起来。我跺跺脚，正要从位置上站起身，—__—一对男女不知从哪儿冒了出来，屁股扭扭，脖子扭扭，杨柳枝似的摆到了我们面前。

“呀？这不是西苑前辈嘛！^O^我老远瞧着还不敢相信呢。您在这儿干什么？”那个小子挺高兴地冲西苑问道。

“是你啊，能干什么，当然是和女朋友在这儿约会了，^__^你们俩这么晚到这儿来干什么？少见啊！”

见那家伙如此理所当然的把我当做他的女朋友介绍，我急了，赶忙挥着两手否认，可是那两个人似乎根本没有意识到我的存在，—__—这次换那个女生发问了，——

“西苑哥你刚才睡觉来着吗！嘻嘻，脸上还留着睡印呢。”

“呃？呃。^__^”江西苑伸手揉揉自己的脸，嘻嘻笑了。这个厚颜无耻的家伙。—__—

“喂！我不是他女朋友！我男朋友比他可爱多了！我和他不是男女朋友关系。”

“那我们走了，明天见。^O^接着好好睡吧。^O^”

—__—那一对男女点头冲江西苑告别之后，急匆匆消失不见了。我悔死了，差点没跳起来，只能伸长脖子扯着嗓子冲他们后脑勺喊道：

“是真的！我真的不是他女朋友！你们千万不要误会啊！”

“别叫了。”

“你怎么回事？怎么老是这样子！！我刚才已经和你说得清清楚楚，明明白白的了！”

“啊哈！睡得好舒服啊！走吧，我送你回去！”江西苑伸了个大大的懒腰，左右活动着身子。

“送我回去?！你能送我到哪里去?！要是被再光看见我就死定了！知道吗？ -0-”

那个没脸没皮的家伙居然又笑了，我气得扔下他，飞快地朝家里跑去。呼哧呼哧～！跑了一阵，我回过头张望身后的情形，只见他依然站在原地，兴高采烈地冲我挥着手。我伸出中指对他狠狠比划了一下，继续跑我的路。—__—嘿咻嘿咻～！

事情还算不坏，那个家伙能回来，而且是真心真意的，可是也说不上太好，因为他不是以朋友的身份，而是以一个男人的身份，这是我无论如何也不会接受的。我立在大门口，抱着必死的决心按下了门铃。

"小恐龙。ㅜㅜ__ㅜㅜ"身后，隐葵用几乎要死去的声音叫着我的名字。

"你在练习室一直待到现在？ -0-"

"嗯，你听听我的声音。ㅜㅜ__ㅜㅜ"

"天啊天啊，白痴啊你，你就不知道什么叫适可而止吗?！你没事吧？什么时候才会好啊?"

"不知道。"仆～！隐葵背着吉他，像抱着头小熊似的把我兜在怀中，左手缓缓捋着我的头发。

"干什么啊你！我今天还不想洗头发呢！"

"好了，OK！我又100%充上电了，满格！！噢耶！！"

"变态的家伙，幼不幼稚你，啧啧，啧啧！好了，回家睡觉去吧，记得想着我，这样你会做一个很美丽的梦。"

"梦见你？那我明天必须去买彩票了！"说着那家伙赶紧迈步走人。（译者注：大家还记得女猪的外号吧，在韩国梦见"猪"表示会发财。）

"喂，你，这话是什么意思啊！这究竟是什么意思啊！ -0-"

"晚安！"

哐～！那家伙消失在门后不见了，虽然不太明白，不过最后那句话肯定不是什么好话。—__—^我呼呼长吁一口气，带着开心的笑容，再次颤抖着手按下了自家门铃。

我做梦都不会想到今天自己留下了两条蛛丝马迹。—__—^

59

#第二天饭桌上。

全家人好久都没有这样围在餐桌前吃饭了。爸爸一如既往，一声不吭地吃着闷头饭，再光怀里抱着他的小猫，开心地吃着饭。

“云再光，猫身上会飞毛的知不知道，我说了几次吃饭的时候不准带上猫了，你还不长脑子?!”

连我这个一向迟钝的人都觉察到妈妈的不高兴了，云再光那个聪明伶俐、极具眼力见儿的家伙不会不知道，可是他脸皮刀枪不入，真够厚的，继续吧唧吧唧吃着碗里的饭。—_—

“妈妈，前几天我带扑扑去大学路玩，还被电视台采访了呢！主持人都说我这猫很特别，不多见。啊，对了，到时候电视里播出的时候，可不要忘了录像!”

—_—那位姐姐什么时候这样说过扑扑了。—_—

“-0-还不快把它给我扔到地上!”妈妈一声巨吼，呼嗒嗒~!再光吓了一跳，手一松，扑扑掉到了地上。

“妈妈会去抱养一只漂亮的小猫崽子回来，这只丑了吧唧的野猫你抱出去扔了吧!”

啪~！再光猛地拍下自己的勺子。

“你还不如叫我去死呢！妈妈你怎么能这么残忍？-0-正如我眼中的女人只有成素颜一个一样，我眼中的猫也只有这一只，所以，以后请你不要再说这样的话了!”

“—_—那妈妈在你眼睛里算什么?”

“给我饭吃的人。=_=”

妈妈的脸色由红转青，再由青到紫，最后气成了一片煞白，颜色真是丰富多彩啊。

再光那小子的胆也真够壮实的,他若无其事地正襟危坐,咕嘟咕嘟喝着面前水杯里的水……在老爸和老妈同时腾空而起,火山爆发的那一刹那,我一溜烟似的冲出了家门。—_—今天是我约会的日子,我站在秋日凉爽爽的空气中,快活地伸了个大大的懒腰,真好!

好久都没有在白天约会了，我迈着轻快的步伐向约会地点走去。

可是话又说回来了，正冰那小子跑哪儿去了，是蹿到天上去了呢，还是遁到地底下去了，好几周都没有他的消息，给他发短信也如同肉包子打狗，有去无回。难道是我那天的话对他打击太大了?!—_—可是那时候情况真的很紧急嘛。┬┬0┬┬正冰，快回来吧，好想见到你。

#橘子咖啡厅。

我选了一个靠窗的位置坐下，有一眼没一眼地欣赏着过往的人群，懒洋洋的感觉真好。穿着校服的隐葵忽然进入了我的视线之中，他钻进了橘子咖啡厅所在的建筑物。由于连续好几天的突击急训，那小子练得太猛了，本来SIZE就小的脸又瘦削了不少。比赛不是还有一个月吗？为什么现在开始就这么没日没夜地努力呢，还有那个娜林，更是借此机会成天挂在隐葵的身边。—_—

每次我们约会的时候娜林都跟着，隐葵一边约会一边给她校音。—_—这不，今天又是这种假模假式的约会，看到他俩如此理所当然肩并肩地坐在我对面我就心里酸酸的。隐葵那小子好几天都没有享受快乐悠闲的生活了，所以对他影响不小，脸上投下一堆深深的阴影。—_—这样的脸我好陌生，他一旦对音乐着了迷就会变成这样吗?!原本那个成天嬉皮笑脸、精灵鬼怪的家伙，脸上居然会变得像石膏一样僵硬。

“娜林，又见面了。=_=”

“是啊！^O^”

“隐葵哥，这么说，音乐过门部分什么都不唱啰?”

“嗯，哼哼什么的，什么都不要，预选的时候我们唱情歌，进入决赛部分之后，我们唱别的歌曲。”

“要是西苑哥在就好了，有了贝斯手给人的冲击力就加强了，还是联系不上西苑哥吗?”

—_—毫无理由的，听到西苑这个名字我额头就活生生滴下几滴冷汗。隐葵的脸一点点阴沉了下来。

"嗯，去学校找他也找不到。"他嗓音里有难言的阴翳。

"西苑哥真是太过分了。他应该不是这种人啊，随心所欲，一意孤行，怎么能说不见就不见呢！他到底想怎么样嘛?!!!"

"他只是觉得太吃力。"

"有什么事那么吃力嘛！如果真要说谁吃力，希贤姐才是最吃力的呢！为了我们的乐队，他也不应该这么做啊!"

"话不能这么说，谁没有觉得吃力的事呢？如果换做你，每天生活得那么辛苦，你还有心思唱歌、演奏吗？你要换个立场替别人想想。"我不自觉地脱口而出。娜林诧异地看向我，咧开嘴笑了。

"是，姐姐，^__^我以后说话会多加注意的。"

隐葵突地紧紧捂住自己的嘴，盯着我的眼睛看。

"干吗，干什么这样盯着我看，我怎么了，我也没什么别的意思，只是想让她换个立场替别人想想!"

空气里流动着尴尬的沉默因子……真是要让人发疯了，-0-我无辜地拼命挠着头。

"啊，对了姐姐，你听说没有？隐葵青梅竹马的朋友要过来玩了？^O^"

—__—青梅竹马的朋友？这又是哪儿冒出来的东东？不过我还是要十分感谢娜林帮我转移了话题，于是直愣愣地转眼盯住隐葵。隐葵还没有回答，娜林代替他唧唧喳喳说了出来。

"听说隐葵哥就是因为这个伟大人物才开始唱歌的。隐葵哥，听说那个姐姐是住在青州的对吗?"

姐姐？-0-那个家伙一声不吭地用吸管滋滋吸着饮料。

"喂！你为什么没告诉我！什么时候过来？住哪儿?"

"你又没问。"

"我现在就是要你说嘛？-0-你在青州住过?"

"是她搬到那儿去了。"

原来如此。这么说，就像我有江西苑这个儿时好友一样，成隐葵这家伙也有一个青梅竹马，拜托，该不会是什么公主和王子的关系吧？=_= 飞来飘去的一堆疑问弄得我脑袋都快炸了。

“可是为什么说你因为她开始唱歌……”

这时，忽然有人啪啪拍了拍我的肩膀。

“O_O”

我飞快地转过身，立马又飞快地转回头，聚精会神朝前看。

“啊，姐姐，您好！还记得我吗？上次我们见过的！^O^”

“—_—不记得。”我目不斜视看着正前方说道。—_—

“我真的有急事才迫不得已的，请您把西苑哥的电话号码告诉我。”

居然是上次在公园里碰见的那个女生，气氛顿时变得如同今天的天气，凉飕飕的，她可真是害苦我了，让我深陷泥坑，最坏的情况甚至是跳进黄河也洗不清。我火烧屁股地站起身，拖着那个穿校服的女生急急要朝门外走去。

“说完再走。”隐葵两手一伸，成功地挡住了我们的去路。

“啊，是这样的，我不久之前在公园里碰见了西苑。”

“……为什么没有说。”

“就是这样了，对不起。”

“偶然碰见的？”

“嗯。”

“相信你，我能这样吗？”

“……”

“我可以相信你对不对？”

“……呃。”

隐葵缓缓放下了双臂，我赶紧牵着那女孩走出了咖啡厅。

60

“—_—听好了，西苑的后辈。”

“请您马上告诉我西苑哥的电话号码！真的有非常紧急的事。”

“我不知道他的电话号码！－0－”

“什么？ㅜㅜ_ㅜㅜ怎么可能！你怎么可能不知道男朋友的电话号码！”

“你这个丫头！我说了多少遍了，他不是我的男朋友！你刚才看见坐在我对面那个亮闪闪、闪着黄金光芒的家伙没有！”

“TT_TT”

“那个家伙才是我男朋友！”

“那我们西苑前辈算什么！TT0TT”搞不清楚状况的女生，似乎还为西苑打上了抱不平。

“喂！你这样问我我该怎么回答！”

“西苑哥已经两天没有来学校了。”

“真的？可能生病了吧，那你就去他家探病好了，那家伙不吃鲍鱼粥，你不要带着鲍鱼粥去看他。”

“我去过他家了，他不给开门。”

“—_—看你这样子，应该是喜欢西苑吧，怎么，你把你男朋友抛在脑后了?!!!”

那丫头惊得全身一震，看着我半晌说不出话来。—_—

“才不是喜欢西苑哥呢，你乱说!!! TT0TT”

啧啧，啧啧！瞧瞧这反应，我分明是点中了她的心思。

“—_—真不明白我为什么要在这里和你浪费时间，说这些有的没的，让路!”

我扔下那个仿如风干僵尸般愣在原地的女孩子，径直朝橘子咖啡厅里走去。让我大吃一惊，里面只剩下娜林一个人。

“隐葵呢?”

“从后门出去了。”

“为什么? -0-你惹那家伙生气了?”

（这个我已经屡次提起了，本人非常迟钝。—_—）

“姐姐你好坏，态度要明确坚决一点嘛，不要让隐葵哥伤心。”娜林举着两只拳头，腾的一下从座位上站了起来，激动得全身发颤。—_—

“你这又是怎么了？—_—”

“你知道隐葵哥为什么为了这次比赛这么拼命吗?！姐姐你不但不鼓励他，反而借此机会去见别的男人!”

“-0-你!”

“我之所以会放弃隐葵哥，那是因为隐葵哥在姐姐身边的时候笑得更加快乐，可是现在，我有些改变我的想法了!”

“这……这，好吧，我向你道歉，可以了吗!? -0-”

哐啷啷! ＞_＜娜林转身飞快地跑出了咖啡厅。唉，真是要把我逼疯了! —_—^我真有错得那么离谱吗? 挠头，再挠头。—_—^我对着地上长长叹出一口气，意兴阑珊地向家里走去。

换个立场想想，—_—如果今天是隐葵背着我偷偷去见我的好朋友允儿! —_—而且见完面之后还没有告诉我! 我一定非常非常生气。这么说来，和西苑一起去过大学路的事也得赶快自首了，将来无论和江西苑有什么事都得告诉隐葵，因为我的男朋友是隐葵! 想到这，我豁然开朗，开心地亲了亲挂在胸口的项链，街上所有的大妈们立刻警戒地看着我。—_—

回家的路上，我咬咬牙，狠心用自己的零用钱买了三块隐葵他喜欢的芝士蛋糕，估计其中两块都要被素颜姐吃掉。—_—比赛那天我买什么给他好呢? O_O很快走到了家附近的那条巷口，我不由加快了脚步，隐葵要是能冲我笑笑，哪怕是一点点，就好了。

刚转过小巷，猜我看到了什么? 在我家院墙下的那辆车后座上，突然冒出了两颗熟悉的头，正是再光和素颜姐紧紧贴在一起的头。喵~! 喵~! 扑扑的叫声不绝于耳。他们俩什么时候进展到如此境界了，真够神速的! 了不起的家伙，大他四岁的姐姐居然被他勾引到手了。我打算装着没看见继续做路人甲经过，-0-等等! 这么说我们两家岂不是要亲上加亲了?! 拜托，-0-拜托，不会吧!!!!

砰砰砰，砰砰砰，砰砰砰! 隐葵家连门铃声都很特别。一会儿之后。

“谁啊?”一个女人豪爽的声音。

—_—素颜姐我刚才分明在车后座上见到了，也许……难道我按错门铃了? 我略略伸长脖子，又瞅了一眼挂在墙上的门牌，没错啊，明明是我未来公公的名字没错啊!

"请问您是谁?"

—_—……

"我是这家的儿媳妇!"

"什么?"

—_—咔嚓一下，大门应声而开，一个女人从里面探出头来。她头上盖着白毛巾，身上裹着白浴巾，只有一张脸黑黑的。

什么呀，-0-是混血儿吗？她披着过肩的褪色长发，额头高耸，那双眼睛，无论横看竖看大得出奇，深深地凹陷进去不说，双眼皮深得仿佛不像是天然的，还有那对眉毛，又浓又黑得让人觉得负担，十分容易就联想到山贼，嘴唇不涂而朱，艳红得仿佛刚用红油漆漆过。最重要的是，她的个子比我还要高，-0-却十分苗条，妈呀，—_—^这活脱脱一东南亚人和韩国人混血儿嘛，-0-除了这个我实在想不出更好的理由能让她长成这样。

"你说你是这家的儿媳妇！你是谁?"

"那你又是谁？穿成这样从隐葵家里跑出来?!"

"隐葵？你是隐葵的女朋友吗?"

"是啊！怎么样！你又是谁!"

"……—_—^"

不听那个东南亚回答，只见她瘪着腮帮，歪着嘴，扶住我的肩头，凑近我的脸东瞅西看仔细观察，—_—我拼尽我所有的实力想推开她，可是她晃都不晃一下。

强敌啊!!!!

61

这天晚上，隐葵家的起居室里。素颜姐和东南亚并排坐在对面的沙发上。隐葵一听到我死乞白赖、顽固不化地侵占了他的家，立马火速从练习室里赶了回来。

"嗯，道义，你要在我们家待到什么时候?"素颜姐对那个东南亚问道。—_—切~！起了这么个正义凛然的名字就很了不起吗?!还是你觉得自己很有神秘感啊?！过分！

"一个月以后!"

-0-她说什么?!我身子刚动了动，立刻被隐葵牢牢抓住。

"喂!你们俩不要牵手!"东南亚嚣张地喊道。—_—

"你算老几!!我偏要，我偏要牵手怎么样!"

"成隐葵!把她送走!!说好我们仨一起玩的嘛!"

"不要，她是我女朋友。"

┬┬0┬┬隐葵，你终于原谅我的荒唐往事了，你终于以你那博大的胸襟再次接纳了我!!!我悄悄粘隐葵又近了些。—_—她到底想做什么，那个东南亚猛地一踢腿，露出黑黑的大腿。—_—

"成隐葵，你不要太得意忘形!!"

"哪有。—_—"

"喂，不是你说我来了之后要好好带我逛逛的吗?!现在又算怎么回事!"

素颜姐不知想什么想出了神，头上戴着顶奇怪的帽子不说，灵魂出窍一阵之后又开始嘿嘿傻笑，过了一会儿，素颜姐打开了电视机。-0-嚇~!熟悉的VJ让我大吃一惊。

"好了，就是这里了，Y-pop!双色采访!今天我们试图采访更多的人士，所以来到了地铁入口进行采访!"

我飞快地冲到电视机前关掉了电源，素颜姐大惑不解地看着我。

"为什么关掉电视，净媛? O.O"

"我们来玩丢手帕的游戏好不好? -0-"

"呃?丢手帕?叫再光也一起来吧。^O^"

就在这时,—_—隐葵家的隔壁(也就是我家—_—)突然传出再光轰隆隆的大喊大叫声,隔着几道墙传进我们耳朵都嗡嗡作响。

"哇!扑扑啊!你和我出来了!快看这里啊!"

滴答，滴答，滴答!—_—原来今天是播放那天节目的日子，一滴滴冷汗顺着我额头淌下。我努力地编着下面的说辞，只为了转移素颜姐的注意力，可是万一这节目只拍了我和江西苑的背面，那我操这么多心，费那么多心思，岂不都白费了，而且我本来也打算向隐葵坦白我和西苑去大学路的事的，—_—想到这，我小声地叫着隐葵，——

“隐葵，我有点事要和你说，我们去你房间吧。”

隐葵仰头看了看率先站起身的我，也跟着站了起来，腮帮子上还沾着芝士蛋糕。如我所料，素颜姐吃掉了两块半，这可怜的家伙只吃了半块不到的蛋糕。—_—

“喂，坐下来，成隐葵！”东南亚叫道。

“喂，我又不是你手下的喽啰，你叫我坐我就坐啊!!!”

“初中的时候你那么听我的话！你这家伙真的变了，变得太多了。”

“是啊，我是变了。”

“明天带我去你们的练习室！我要听听你唱歌究竟进步了多少。^O^”

刚提到唱歌，那家伙的脸就涨得通红。

“嗯!”

“可爱的家伙。^O^哟哟，瞧你，什么都能粘在脸上!”

啊啊！-0-我完全来不及阻止，那个东南亚居然刷的一下伸出舌头，-0-舔掉了粘在隐葵脸颊上的蛋糕……我震惊得双手捂住脸，可是隐葵那小子不知什么时候对此已经习以为常似的，一脸懵懂地看向我。—_—

“你，你，疯了？-0-东南亚。”

“隐葵，你看你女朋友，她太过分了不是吗?! O_O”

“-0-真是气死我了,气得我话都不会说了。成隐葵,这个时候你不是应该很生气吗?!!!”我受刺激不小,歇斯底里地拼命摇着他。

“气什么呀,为什么？O_O”

—_—他是真的什么都不明白吗?! 居然可以如此一脸天真烂漫地问我。

再这么下去，我一定会爆发，然后和东南亚干上一架，—_—我艰难地压制住自己抖个不停的身体，举步维艰地走出了他的家门，—_—谁也没有阻拦我。好吧，既然你们不阻拦我，那我就走了……

一_一我刚抬起手要开自家的门，再光那个家伙却砰的一下撞开门跑出来了，手里还拿着什么东西，只见他兴冲冲地朝隐葵家方向跑去。

我真是要被隐葵气死了，他怎么能在女朋友还在身边的情况下做出这种事情呢？ -0-越想越生气!!! -0-而且成隐葵那小子之前一直臭着一张脸，皱着眉头活像每个人都欠他百儿八万似的，可是一听到东南亚要去听他唱歌，他脸为什么却变红了？是太兴奋了吗?! 我改变主意，再次转身回隐葵家。

模模糊糊听到再光的声音。

“好好看着啊！这是我刚才录下来的。姐姐，你看完了一定要好好珍藏着！姐姐你看我这个之后，一定会死心塌地爱上我的。”

该不会是……我紧张得连鞋都忘了脱，直接上气不接下气地冲进他们家客厅，正中央的电视屏幕上，果然是那天那个要命的 VJ，还有我看见的再光和扑扑。

“哎哟，看样子您还是学生吧！抱着一只好可爱的小猫呢。^_^ 请问您多大了?”

“十八岁。”

最为可怕的是……他身后能看见我和江西苑，我死死地捂上两只耳朵，这样我就再也不会听到电视上再光和那个 VJ 的声音了，别的人有没有可能也不会听到……哈，哈……哈……哈，东南亚和素颜姐听到我粗嘎的喘气声，同时转回头，诧异地看着我，再光忽地从位置上腾空而起，有些不敢相信地大叫道：

“什么呀，刚才我还没有注意到这个呢，这不是我姐姐吗？不是吗?”

通过电视屏幕，我拉着西苑的手消失不见的场面再清晰不过地传到我们每个人眼中，我看着隐葵一动不动的背影，能感觉到他有多认真在盯着这台电视机看，一动不动，一句话也没有……真是可怕，他还不如打我一顿，骂我一顿，或者干脆走到我面前来直接问是怎么回事呢……

“你和江西苑在干什么！你真的没疯吧你?!”再光咆哮如猛兽的声音，他完全被点着了，隐葵啊……我紧紧地闭上了双眼。

62

再光大步流星地向我走来。

“你脑筋秀逗了，云净媛，嗯？完全是疯了吧你，哈，真是气死我了。”我没有张嘴，不想申辩什么，因为这是事实，这确实是事实。

“是不是那个兔崽子又威胁你？嗯？是不是这样子？”

我只是摇摇头。

“你为什么要这样云净媛，这个兔崽子究竟有什么大不了的，值得你像傻瓜一样，为什么要屈服?!!”

“我也要疯了。可是我真的无法恨他怎么办？看到他笑，我就会没来由地觉得开心，怎么办？我就是想继续和他做朋友，我能怎么办?”

再光张开嘴再也无法合拢，他双眼射出陌生的眼神，盯着我看了好一会儿，终于狠狠地甩上门出去了。我无力地站在原地，看向隐葵。

“哈，现在是几米了？”

“……”

东南亚忽然腾地从位置上站起身，激动异常地走到我身边，

“喂，是不是你偷情被抓住了？嗯？是这样的吗？”

“对不起隐葵，没有告诉你，我不想解释什么……我又撒谎了……”

“以后不要这样了。”

O_O……？我简直疑心自己的耳朵。隐葵站起身，伸出遥控器关掉了电视。

“以后和西苑见面，一定要和我一起去。”

“呃?”

“如果他来电话找你，叫上我一起去。”

“嗯！这么说你是原谅我了？”我又惊又喜，拼命点头。

东南亚发现没戏可看，着急了，三步并作两步窜到隐葵身边，扯住他的衣领，——

“成隐葵，你疯了！发现你女朋友背着你偷人，你至少也该给她几耳光吧！”

“除了那个男人，你没有背着我再见别的男人吧？”

“什么？ -0-”我大惊失色，连连摇头否认。

“是我自己没有时间陪在她身边，有什么好打她的。让开。—_—”

隐葵!!! ┬┬_┬┬十二万分的感动外加二十万分的爱你!!!!我恨不得立刻冲上去亲亲他那柔柔嫩嫩的小脸!!! 可是眼前这情况，我忍了……东南亚双眼通红地瞪着我。

—_—由于大受感动，于是我一直留在隐葵家里和他撒娇发嗲，磨磨蹭蹭直到凌晨2点，才依依不舍地回了自己的家。我兴高采烈地跑进了再光的房门，可是他一句话却如一盆当头凉水，让我灰溜溜夹着尾巴逃回了自己的房间。

“从今以后你不是我姐姐了，我也不做你弟弟了。”

再光这次是真的气疯了，我该怎么做他才会消气呢?!!! 不过说实话我真的很好奇耶，如果我继续和西苑见面，又好巧不巧地被他撞见了，他会有什么反应?!!! O_O 呸呸!! 不会的，不会的，我赶紧强迫自己闭上双眼，三下五除二地擦掉脑海中的血腥画面。┬┬_┬┬看来以后真的不能说谎话了，纸包不住火，只要是谎话就没有不穿帮的一天。

吱吱吱吱，吱吱吱吱！口袋附近突然觉得一阵猛烈地震动，这个时间，会是谁呢？正冰吗？我飞快地从口袋里掏出手机，来不及确认电话号码，就按下了通话键。

“谁啊？”

“……”

“你是谁啊？”

听筒里飘出模糊不清的呢喃碎语，支离破碎得根本听不出那家伙在说些什么，—_—正冰这家伙喝醉酒了？—_—我把音量调到最大，使劲把耳机贴近耳边，听着那人在那头叽里咕噜。—_—

“是正冰吗?! ┬┬_┬┬你为什么要这样嘛！我那时候说话是不是太过分了？你不要这样，像个疯子一样。┬┬_┬┬”

……，……

“怎么办，现在我该怎么办……现在我该如何活下去……”

一股寒气从我脚跟直直冲到了我头顶心，全身的寒毛都竖了起来。恐怖电影里都是这样的啊！好可怕，那些要寻死的男人都是这么说的啊……┬┬_┬┬

“什么呀，哪儿来的混蛋小子！敢抢我的电话！开什么国际玩笑？你以为我去电信局查电话号码，查不出你是谁吗?”

在我来得及出声之前，电话已经被某人飞快地抢走，接着只听见哐当当玻璃破碎的声音，然后是扔椅子的声音，然后是电话嚓嚓嚓嚓被踩成碎片的声音（当然这一切都是我推测的—_—）。

嘟……嘟……嘟……嘟……让人发疯的盲音，天啊！我捂上耳朵，在眼前可怕地想像着那血腥暴力的场面，浑身颤抖。这样下去可不是办法，我振作精神，从通话纪录中找出刚才的电话号码，义无反顾地向家门外冲去。

“喂！是谁呀!! 给我站住!!!”身后传出妈妈的吼叫声。

对不起了，妈妈！希望还来得及。┬┬_┬┬

63

嗒嗒！嗒嗒！凌晨的街道在我的视线中出奇的陌生，到处都笼罩着朦朦胧胧的影子，只有汽车叭叭的喇叭声间或传来，两条腿因恐惧仿佛灌了铅般的沉重，我动员全身的每一个细胞，每一块肌肉，催促自己加快步伐。为什么要这样，这次又是为什么，这次又是为什么要这样????!!!! 那时的记忆又如闪光的照片般在我脑中浮现。

“为什么要这样?!? 我问你为什么要这样?!!! 云净媛！你回答

啊！我让你回答!!!!"

"求你了，求你了，请你相信我，我真的不知道西苑！真的不知道！你不要再哭了，听我说好不好!"

我没有忘记，那天和那个家伙说的每一句话我都没有忘记，一字一句记得清清楚楚，好痛，苦痛的记忆总是不会轻易抹去，你难道还希望我再痛一次吗？咔嚓~！我轻轻推开门，宽敞的房间空空如也，几乎闻不出一丝人气，该不会这么大的房子就他一个人住吧!! 几年没有来过这里了，熟悉的感觉总是让人觉得高兴的。

这个家已经死了……彻彻底底死掉，不再有翻身之日。那个曾经不识愁滋味的西苑，在身为公司社长的爸爸和中学老师的妈妈的庇护和甜蜜灌溉下，从不知道眼泪该怎么流，可是，这所有的幸福甜蜜在某一天都毁于一旦，毁在他最好的朋友云净媛手上。

"西，西苑。"

呜，呜，呜呜……唔……唔……虽然我希望是我耳朵出了问题，可是不由得我否认，墙角的某一处传来西苑细微的抽搭啜泣声。我把手伸向灯开关，啪~！灯亮了，在明亮欢快的灯光照耀下，西苑即使是躲在墙角也无所遁形，他揪紧自己的头发，躺在地上，只要哭泣与他做伴……从没有见过他如此，西苑这种颓然无助的样子，客厅里堆得七零八落，乱糟糟……

"你这是怎么了，西苑，嗯？你为什么要这样……"

"呜，呜，唔……唔……"

"你这究竟是为了什么!! 为什么要这样糟践自己！为什么?!!!"

西苑的眼泪丝毫没有打住的意思，不断流着，从眼睛，到鼻翼，从鼻翼，到嘴角，流得人喘不过气来，他哽咽着紧紧抓住我的手，把头埋进我膝盖，仿佛抓住了救命稻草的孩童，放声大哭，好一会儿之后，他才颤抖着声音开口。

"爸爸，他好奇怪，爸爸，爸爸……他好奇怪。"

"爸爸"两个字，让我一直强忍眼泪的双眼再也忍不住，酸涩无比地看着眼前渐渐朦胧的他。

“爸爸不认识我了，爸爸他，不认识我了，他连我也认不出来了，他不知道我的名字，呜……爸爸他……只是，一直一直说着自己是傻瓜……我一直等待着他出来的那一天……盼着那一天，我们就能像从前那样一起生活……可是他连我也不认识了……”

“……”

“我一直在等着那一天……我应该离开这儿……去一个该属于我的地方……我为什么要在这儿这样，为什么我……”

“对不起……对不起，西苑，对不起，真的对不起，对不起，对不起……”我只能紧紧握住西苑的双手，泪眼模糊地看着眼前的他，说着对不起对不起，不停地说，不停地说，直至黎明破晓，太阳东升。西苑嘴里一直不停地喊着爸爸，爸爸，要找爸爸，终于也精疲力竭，趴在我的膝盖上睡着了。

64

“西苑，天亮了，你起来一下，嗯?”我小心地摇摇他的胳膊，那家伙却身也不见动一下，依旧趴在我的膝盖上呼呼大睡，间或发出一声声梦呓。—__—手机抽了风似的震动起来，我这才想起自己昨晚像疯了一样的冲出家门，更让我头痛的是手机屏上显示的号码，不是我们家的，而是隐葵的号码，说好不再说谎话的……

“喂!”扑通！扑通！我提心吊胆，小心地按下通话键。

他奶奶的!!! —__—大出我意料，最先听到的不是隐葵的声音，而是老远传来的东南亚的声音。

“吃了早餐再走嘛!!! 隐葵!!! 隐葵!!! Darling! 亲爱的!!!”

—__—^

“喂!”

“你究竟怎么回事!?!”

这次是隐葵的声音了，—__—非常生气的样子。

“要去学校吗?”

“你在哪儿?”

“西苑家里。”我声音平板得仿佛被熨过。

“换西苑说话。”隐葵干脆得很。

“现在西苑接不了电话。”

“净嫒，云净嫒！”听听隐葵这声音，山雨欲来风满楼啊!!!

“呃。”

“算了，你等着我。”

嘟嘟，嘟嘟，嘟嘟！

“西苑，隐葵要来了，没关系吧？”

听到隐葵两个字，西苑总算动了一下，他转过头来盯着我的脸看，吃力地从地上支撑起身体。

“你走。”

“你这样我怎么走嘛！”

“算我求你了行不行，拜托你走吧，走吧！”

“我和隐葵会帮你的，你好好躺着，你一个人这样怎么行。”

“现在我需要的不是朋友，我需要的是家人，亲人，你明不明白?!!”

“我们做你的家人不就行了!!!”

西苑缓缓地站起身，扑哧一声冷笑了出来。

“哈，疯女人。”

“我就是要做疯女人怎么样，你给我躺着！”

他的嘴在笑着，可是眼睛里除了冷酷还是冷酷，脸上的表情古怪而怕人，终于，西苑用颤抖得厉害的声音开口，——

“你给我听好了，嗯!!! 听清楚了，云净嫒！哈，我爸爸现在疯了，疯了你知道吗？你，你居然说也要成为精神病患者?!!! 爸爸说不认识我了，不记得妈妈了，你觉得在这种情形之下，我最痛恨谁，我最讨厌谁!!!”

我再也无法看下去了，不敢看哭泣的西苑，不敢看他的眼，愧疚，歉意，外加十二万分的抱歉，我真的一句话也说不出来，老天!!! 我究竟该怎么办呀……遇到这种情况，我到底该如何是好，谁来教教我啊!!! 我该如西苑所说的，从他眼前彻底消失……还是该死缠烂打地守在他身边，不到最后不罢休……!!!!

我们是朋友啊，曾经是那样亲密无间，彼此珍惜的朋友啊!!!为什么我会让那个朋友会哭得如此伤心，我对着空气呆呆出神，转而又看向西苑哭泣的眼，他避开我的。我萧索地从位置上站起身，颓然朝玄关门走去。

"好好活着，少哭一点，多多开心大笑，这样才叫好好活着。"西苑忽然在我身后说道。

"你什么意思?"

"这应该是我俩最后一次见面了。我曾经很恨你，恨不得你死，可是也很想见你，想得我头都快炸裂了。该报的仇我已经报了，所以现在，我才能对你说……我爱你！一路走好，好好活着，你笑起来很漂亮。要记得我，不是当做朋友，而是作为一个男人，就算是我对你最后的请求吧。"

"你知不知道自己在说什么，你说的到底什么意思!?! 为什么像交代遗言一样，为什么要这样说?"

"……如果以后我们有机会再见，我希望不要有眼泪，不是友情，而是爱情，我们俩能轰轰烈烈地谈一场恋爱。"

"西苑！你究竟在说什么！你说什么话啊!!!"

西苑缓缓走进房间，合上了自己的房门，我飞快地脱掉鞋，哐哐哐哐!!! 用拳头使劲捶着他的门。

"江西苑！我不走了！我不能扔下你就走了！至少不能扔下这样的你走掉！我一定会再次让你开心地笑起来的，真的!!! 相信我！这样也不行吗？嗯？这样也不行吗……？"

"……"

"白痴，你要给我机会啊，给我补偿你的机会，让你再次笑起来的机会，你要相信我江西苑，再相信我一次……"

"你走吧，净媛！走吧！说不定我又会改变心意，你快走吧!"

"改变也没有关系啊，就是不要只一个人待着，西苑。"

"哈，你能把我的家人变出来吗？你能给我亲人吗？你做得到吗?"

"家人，你这话什么意思?!"

握着门把的手不住颤抖，连我自己都没觉察到。

“永远待在我身边，只看我一个人，说不定我什么时候会发火、喊叫，但是依旧不会离开我，只看着我，无论何时都不离不弃，你做得到吗?!!!”

“啊，啊。”我的嘴仿佛被塞住了，该说什么才好呢！隐葵的笑脸瞬时间浮现在我面前，让我没有犹豫的余地，让我无法想到将要受到伤害的西苑，虽然眼睛和头都痛得要炸开……就这样，我和西苑隔着一扇门，门内门外地滴着眼泪。

这时，一阵急促的脚步声传来，有人推开门走了进来，

“西苑！净媛!”

“隐葵来了，西苑。”

门里的西苑无语。

65

隐葵呼哧呼哧喘着粗气奔了进来，脑袋和额头上沾满了汗珠，校服整个都汗湿了。

“哈哈……真是，你没坐出租车来吗?”

“你怎么哭了，小恐龙。”隐葵顿了顿，环视了一下整个像垃圾堆的客厅，再次看向我的脸。他走到我面前，伸出凉凉的手，一下两下擦掉了我脸上的泪水。

我也顾不上害臊，又是哭又是笑的，用手背使劲地帮他擦着额头上的汗。

“白痴，自己的书包开了都不知道！你书包里的东西全掉光了!!”

“呃，真的耶!”隐葵哭丧着一张脸，飞快地回头检查自己的书包。

“我的便条纸！我的乐谱！我的糖果！我们俩的大头贴!”

“……^_^”

“西苑呢？他在哪儿?”

我直直看向房门，隐葵看着房门开心地笑了。

“喂！江西苑！开门！你这个兔崽子，不接我们的电话，来找你你居然也闭门不见客，难道只有净媛你才给开门接见?!!!! 你这个死人骨头，快点开门啦!!! 你想我们的乐队就这么散了吗?!! 门儿都没有，所有的家伙都等着你呢!! 都说想见你想得快发疯了!!!”

这里的黎明静悄悄。

“西苑，他睡着了吗?”

搞不清楚状况的家伙，他还以为西苑是睡着了呢。这种情况下我能说什么，只能乖乖地点头。隐葵也会变得讨厌西苑吧，如果他知道真实的情形之后。

“他真的睡了?! 那我们只能等着他起床了。”

吧唧~! 隐葵伸长腿，在餐桌前的椅子上坐下。

“你去学校吧。”

“不要，要去你去。”

“西苑估计会起得很晚的。”

“那我也晚点去学校。”

“隐葵，我们不要吵到西苑好不好，我们很吵的!!! 就这样由他吧，嗯?”

“要去我们俩都去学校！为什么就叫我去!”

“我……”

“不是就你一个人是西苑的朋友，我也是西苑的朋友。”隐葵那小子干脆侧身躺到餐桌上去了。一__一

就这样，我俩大约在原地耗了一个小时，无论我怎么威逼利诱，苦苦哀求，甚至是一哭二闹，他都不为所动，最后没有办法，只能答应和他一起出门去学校。

“西苑，放学之后我们再来，你哪儿都不要去，我们说好了哟!”

房门依旧扣得严严实实像砖头，也不知道他听见没有，我无奈地叹了口气，和隐葵走出了西苑的家。

等巴士的当儿，隐葵不知为了什么，有些心焦似的，不停地回

头朝后看。

“怎么了，觉得西苑会追出来?”

“西苑他哪儿不舒服吗?”

“不是这样子的，隐葵。”

“哦。”

“没有我你活不下去吧?”

“—__—当然活得下去白痴。”那家伙想也不想地回答，回头再次确定自己的书包关严实没有。

“是么，你没有我也能活下去啊，我好像做不到……”

“死了就不能继续想你了，所以我要活下去，要永远永远记住你开开心心笑着的样子，不过我想我永远永远再也笑不出来了。”

我呼啦一下抱住了那个家伙……隐葵没有任何挣扎，只是静静地接受我的拥抱，抚摸着我的头发。

“因为要参加比赛冷落了你，最近你觉得很无聊对不对？而且道义又住进了我家，你也很生气。最近我没有好好逗你开心，也没有把你打扮得漂漂亮亮的。”

“你以为我是小狗吗?! —__—^”

“这次比赛我一定能胜出。^__^稍稍忍耐一下，比赛之后，我一定把你收拾得漂漂亮亮的，只对你。”

“嗯，谢谢你，谢谢，我也会这样的，以后我绝对绝对不会对你说谎话了。万一，我是说非常非常万一，如果有迫不得已的事情让我暂时远离你，你要相信，我的心里永远只放着你一个人。”

“不要说这种不吉利的话好不好！ -0-嘻！^__^小恐龙，谢谢这个世界上有你。”

“……我也是。”

“呀！去我们学校的巴士!!!”

我还来不及“啊”一声，隐葵已经刷的一下推开我，—__—在我摇晃着身体拼命维持平衡的那会儿功夫，他已经哐哐成功登陆巴士，然后嗖地从车窗里探出头来，咧嘴冲我灿烂地笑，^__^过于明朗夺目的笑容，让我想恨都恨不起来。—__—

走好吧你，得意去吧你，成隐葵……

当天在学校，我和允儿只说了三句话。

“你这是怎么了，云净媛，出了什么事?”

“没有。”

“肯定有什么事!!”

“我说了没有嘛……”

“快说！是什么！你有什么事想瞒我?!!!”

“求你了，求你了行不行!!! 你干什么这样子啊!!! -0-”

允儿闹别扭了，—_—我终于还是开罪了她。对不起，允儿。TT_TT大扫除铃声一敲响，我立刻用让所有人吃惊的超音速整理好书包，就要跳下楼梯，没想被志英一把揪住手腕。

“你去哪儿?!? 不会忘记今天是我们去喝酒的日子吧?”

“改到下周吧!”

“喂!”

“我请客!”

“好吧。—_—”

嘿咻嘿咻，-0-嘿咻嘿咻！ -0-

“计程车!”

我恨不得瞬间转移到西苑家去，快一秒钟也是好的，于是一路上不停催促司机大叔，遭了大叔不少白眼还有嚼性。十几分钟之后，车停在了西苑家门前，在大叔絮絮叨叨的唠叨声中，我做了一件发疯的事，在大叔手中塞进一张万元大钞就冲进了西苑家。

“西苑!”

他家门大敞着，我的心更加慌乱，顾不得脱鞋，直接哐当哐当冲进屋内，四处搜索着，任何地方都不见西苑的影子，放在装饰台上的西苑的家庭合影也不见了。不安的感觉，我哆嗦着嘴唇，努力在记忆中搜索着。

记得，西苑曾经和我这样说过……

“西苑，你听说了没有？隔壁班有个家伙的大哥，听说他吃药自杀了。”

“看来那个家伙短期之内来不了学校了。”

“谁说不是，那该有多难受啊，嗓子眼里塞那么多药，哇哇!! T T _ T T”

“还不如跳楼呢。”

“-0-呀，跳楼的话脑袋肯定会摔碎的，那不是痛死了!”

“一秒钟就结束了嘛，而且听说落地之前，其实你已经死于心脏麻痹了，感觉不到什么痛苦的，而且还能在天空中飞翔几秒钟，无拘无束的。”

“说什么呢你?!你这个大疯子!”

我的脑海中猛地闪现这家的顶楼，嘴唇颤抖得无法自制，于是发了疯似的向通往顶楼的楼梯冲去，越接近那扇大门，心愈发痛得无法呼吸，镇静!镇静!不会有你脑海中想像的那种可怕场面的……哐~!

嚇……我只能看到西苑的背影，他站在栏杆边，手里拿着家庭合影……我惊呆了，双腿抖得如同琵琶上的弦。

“西苑!不要啊!求求你!不要!下来吧，下来啊……再往前走一步，你就会死掉啊，傻瓜!不该是这样的!你会死掉的，死掉的，西苑，求求你，下来吧，下来……”

西苑张开双臂，望向天空……不要啊，你死了，我该怎么办……我如何能活下去……

“江西苑!你这个白痴大傻瓜!快下来，有什么事你下来再说!我一定会让你重新开心地活下去的，我会留在你身边，即使我心有不甘，我也一定会围在你周围。求求你，我也会死的，西苑!你不能这样，不要跳啊!”我不敢走上前，不敢靠近他，惟恐我乱动一个手指头，他就会消失在这个世界上，我只能站在原地看着他。

“我们重新来过，这次我们重新来过，我，我会留在你身边，所以……求求你……”

嗒~!奇迹般的，西苑居然从栏杆上跳了下来，向我走近。一直支撑我不倒的某种东西瞬时间被抽走，我冰雪消融般地跌坐在地，呜咽不止。西苑站定在我身前，一手把我勾进怀里。

嘴巴比眼睛更先找到哭泣，我张开嘴，哇的一声哭了出来。西苑手上的照片无力地飘落在地，他双臂搂着我搂得更紧了……我躺在他怀中哭泣，不知过了多久，不知今夕是何朝，直至映射着一颗颗泪珠的太阳西下，天色垂暮，黑影渐渐笼罩上了西苑的脸庞。

"给我一周时间，我从来没有为隐葵做过什么，我从来都没有做过逗他开心的事，所以，请给我一周时间，就一周，西苑……"

隐葵，对不起，你我的故事好像到此为止了……一个迫不得已的句号……似乎，好像是这样……

66

#第二天早晨。

"我去学校了。"

踏踏！我晃晃悠悠穿好鞋，刚把手伸向大门，忽然看见再光那小子像幽灵似的站在玄关门口，一动不动地盯着我……恐怖啊!!!!

"干吗，干什么那样子看着我?"

"你见，还是不见江西苑?"

"见。"

"你这个想男人想疯了的女人。"

"你说什么?"不管怎么有心理准备，刚才的话对我冲击不小。

-0-再光不再出声，嗖的一下飘进厨房了。

算了算了，想想我确实也没做什么好事，我推开大门，门外的刺激场面差点让我当场喷血，—__—只见那个东南亚，她上身穿着一件隐葵的T恤，嘴里含着牙刷，这还不说，扯着隐葵的书包带死活不松手。

"喂！喂！东南亚!"

士可杀，不可辱，居然调戏起我的男朋友了，简直岂有此理。

"什么？你叫我什么?"东南亚怔住了，一下没反应过来。

"你，放开你那只脏手，然后把T恤脱下来。—__—^"

"你说什么?"东南亚的声音一下提高了八度。

“你看看她啊，简直是疯了，死活要我啵啵她之后才让我出门。”隐葵愁眉苦脸地看着我。

“什么?”简直气死我了，我气闷地仰头看向东南亚。

“我让你再说!!! 我让你再说!!!”

啪啪~~！那东南亚扬起巴掌冲隐葵后脑勺就是几下。-0-这，这个女人，比我更过分，我完全惊了！我握紧双拳准备出手，这时，咯吱一声，再光从我家门里走了出来。果然不见他拿书包，—_—这家伙，一副拽得要死的傲慢样，趿着鞋，鼻子就差没翘到天上，校服上这儿那儿沾满了猫毛，—_—大大的双眼皮眼睛充满了力量。—_—

“哇~！这家伙穿着校服好帅啊，就像明星一样!!”东南亚双眼闪光，感叹地说道。

“看什么看?!! 你以为我是为了让你看才长这么帅的吗? —_—”再光没什么好气地说道。—_—虽然我和东南亚不是一国的，不过我还是要说，他这副样子看上去真欠揍。—_—

#学校里。

一周，一周，一周，就一周……

“喂，净媛，你和隐葵发展得还顺利吧?”

“一周。”

“你说什么？—_—”

“呃？没什么，没什么。”

“志英，我今天打算早退，说不舒服怎么样？-0-”

“怎么突然想早退？而且啊，你看上去一点都不像不舒服的样子。—_—”

“那有什么，说肚子痛不就行了。”

“你最近吃错药了，怎么这么反常?!!!”那妞激动地从位置上一跃而起，—_—把老师给看懵了。

“老师，我要请假早退！”乘这个机会，我飞快地收拾好桌子，背着书包走出了教室。教室里的那帮家伙崩溃了。—_—

使出生平所学，我终于在教务主任那里讨到了假条，虽然明知道这样做有些莽撞，我还是吭哧吭哧跑到了隐葵的学校。

才过了十来分钟，学校的课间休息铃就敲响了，一些学生陆陆续续地走出校门。我伸手敏捷地掏出手机，刚按下隐葵的电话号码……

“你又来干什么！”耳边传来某人不快的声音。

我愣了愣，“呃？金平八，你知道隐葵在哪儿吗？”

“早就找了个借口开溜,去他的练习室了！想干吗?！你这个摩托车小偷！-0-”平八脸上的肥肉伴随着他那个将军肚可怕地崛起。

“什么?”

“我的摩托车最后究竟怎么处理了?！你快点给我问清楚!!”

“你以前不是喜欢我吗？怎么能突变成这样你!!! -0-”

“哈真是，狗嘴里吐不出象牙！没想到居然能从你嘴里听到这句话。快点把我摩托车找回来!!!”

“说实话，你不觉得这样更好吗?！你，你真的觉得自己和那辆摩托车般配吗?!”

“-0-我，我真是，被你气得无言了。”

“你给我听好了，不准在道场里欺负再光！有胆你试试，洗干净脖子等着我来收拾你吧！你这个连奖都拿不到的家伙。—_—^”

平八气得哇呀呀直嚷，双手撩起衣袖就要开仗，我赶紧趁他不备，摸了两下他的头，撒腿就往远处跑。—_—我什么时候变得这样卑鄙了。=_= 可是，成隐葵这小子，到底是什么重要的比赛，让他成天扎在练习室里出不来。

我坐着计程车来到了练习室，刚走进建筑物入口便听到了里面传来的嗡嗡然的声音，不时夹杂着几声鼓声。啊！希贤姐好像也在里面，^O^我喜滋滋地把手伸向房门，刚要推开，嚇~！娜林如旋风般从里面卷了出来。

“呃，娜林，你这是要去哪儿啊?”

“姐姐，你要看好你的男朋友啊！这都算什么事啊！”娜林意味深长地看了我一眼，低着头向大门外走去。

—_—看来最近我的形象是荡然无存了。我头脑空空地推开练习室门，—_——眼看见正唱着歌的隐葵，还有那个紧紧贴在他身边，嘴里嘀嘀咕咕个不停的东南亚。—_—

“呃？净媛，你来了！”希贤姐爽朗大笑着，站起身来迎接我。

“是，姐姐好。—_—”

“来看隐葵吗？情况不妙哦，有人要采野花了。”

“—_—喂，东南亚，还不快离远点！”

东南亚和隐葵依旧引吭高歌，没有停下来的意思。我来了性子，大步大步走上前，顽强不屈地使劲朝他们中间挤。即使我离开你，接替我的人也不应该是东南亚，我选定的第一接班人是娜林，你这个大白痴！隐葵轻轻转过头，看着我。

“你来干什么！不是应该待在学校上学吗?!”

“我早退了，来看你！”

“疯了你？一会儿回家不就能见到了！”

“喂，云净媛，干什么你，离远点！没看见我们在唱歌吗?!”

那个没道德的东南亚，她抬起她的大屁屁使劲顶我，我宁死不屈，顽强抵抗。=_=

“我们出去好不好，隐葵，今天我请客。”我抓住隐葵的一只手使劲拽，可这家伙纹丝不动。

“走吧，走吧！”

“我不是说过了吗！比赛结束之后每天玩都没问题。^__^现在你要忍耐，忍耐，小恐龙，知道吗？我要练习。”

“没错，拜托你出去行不行，算我们求求你了。”

“练习明天也可以，你就先和净媛出去玩吧，为了看你这丫头都跷课跑来了，你就给点面子吧！”

谢谢你，姐姐，ㅜㅜ__ㅜㅜ你真是好人，如果我是男人，一定爱你一生一世，爱得要死不活。

“走吧，成隐葵，求求你了，好不好，拜托啦!!!”

那家伙坚定地摇头再摇头，使劲抓着麦克风不放，一旁的东南亚笑得可得意了。

"隐葵说了他不去了嘛！快走吧你，快点走啦！"

"真是！成隐葵，你，你一定要和我在一起，一定要这样。"

听到我渐渐严重的声音，隐葵缓缓放下了手里的麦克。

"你待在我身边，好不好，嗯？让我们有更多的时间能待在一块儿，哪怕是一个小时，一个小时也好，你要和我在一起，我一定会让你很开心的，会用尽所有的办法让你开心大笑。我们要创造更多的回忆，好不好隐葵!!!"

不知是否因为觉察到我语气中的颤音，希贤姐开口说话了，

"隐葵，你去吧，你现在不去，可能会后悔也说不定喔！净媛已经在求你了。"

隐葵来回看了我和麦克风好一会儿，终于，他牢牢抓紧了我的手。

"我们走吧。"

"嗯。^O^"

东南亚不依地直跺脚，歇斯底里地喊道：—_—

"喂！成隐葵！你说要让我听你唱歌的!!!"

"实现净媛的愿望比唱歌更来得重要，你先在这儿唱着吧！"

你这样不行的，这样只会让我每天每天更加喜欢你，你爱我不能爱得太浅，爱得太深也不行……隐葵，你对我的爱有止境吗?!!

我迈着凌乱无力的步伐，走出了练习室，和隐葵一起。

67

"我们先去游戏厅吧，我俩还没有一起去过呢！"

"好啊。^O^"

"接着去拍照，然后吃冰淇淋，你送了我项链，我要买顶帽子送给你！"

"我不戴帽子的。"

"我买的嘛，你一定要戴。"

地下游戏厅，两人吵吵闹闹得不亦乐乎。—_—

"喂！别光记着吃好不好，敲铃铛，敲铃铛！"

“我喜欢香蕉。”

“喂，哪有这样的，-0-一直都是我在死！不要吃那个蛋糕了！给我吃！呀呀！”

“我也喜欢蛋糕。”

-0-我气恼地把手拿下了游戏机，那家伙一点都不在意，继续自己玩得开心。—_—

“快看快看，你的同类出来了!! 没想到这一关的王是小恐龙啊!”成隐葵这个死人，指着游戏机屏幕上的守关主将径自叫得开心，讨厌！究竟有什么值得他乐成这样的嘛。—_—

“气死我了，我再也不和你一起玩游戏了!”

我要去玩骑摩托车游戏，这么想着，我从位置上站起来，转身去找摩托车，忽然，背后某人一把扣住了我手腕。

“干吗呀，成隐葵，你要是再这样……”我不耐烦地转过头，啪~！我脑袋一阵发懵，真的，除了这个感觉之外我找不出别的感觉，脸上火辣辣的。本来只有我和隐葵的小小游戏厅，不知何时又进来了几个人，那个曾经是西苑女朋友的丫头，满面怒容地瞪着我。没想到你手劲这么大，下手这么狠啊，臭丫头!!!

“西苑去学校了吗?”我摸着火辣辣，感觉要被烧掉的脸颊说道。

“坏女人,疯女人,肮脏的女人。”她骂起来还一串一串挺顺口的，扬起的巴掌还没有落下,似乎随时准备再请我一记锅贴。门边还另外倚着几个丫头,似乎是这丫头的朋友,她们一脸讥讽地看着我。

隐葵不知何时站到了我身后，他想也不想地一巴掌直直落向那丫头的脸。冲击力巨强，那丫跌在地上好一阵都没爬起来。

“为什么老是有人来招惹你？呼~！都红了。”隐葵揉着我现在肯定红得像虾米的脸蛋说道。

地上的那个女人又开口了，

“哈，你不是江西苑的朋友吗?”

“西苑是我的朋友没错。”

“你也真够不幸的啊，嗯！居然还有人和我一样，哈哈，哈哈!

大快人心。”

“只有你不幸。”隐葵搂着我的肩，正要从她身边经过，那个女人突然发了疯似的嘶吼道：

“你不恨这个丫头吗？她和你朋友江西苑对上眼了，两人不知道做了什么好事，你不憎恨她吗?!!!”

……

“你不去教会吧?”隐葵突然提到了教会。

“……”

“从今天起开始去吧，它会教会你什么是信任。”

为什么你要这么信任我呢，这让我如何离开你！从现在开始就是我痛下决心，要做好心理准备的时候啊，这让我如何办得到！从建筑物里出来，隐葵用他冰冷的手，不停地抚摸着我的脸蛋。

“我们去拍照吧!”

“隐葵。”

“嗯。”

“你为什么这么信任我，不再说，又离远了几米，又离远了几米……?”

“即使我俩离了一千米，我的心里依旧只有你，最后也还是忍不住会去找你，所以我知道说那个一点用都没有。”

“最坏的情形下你也会相信我？即使我真的做了什么不可饶恕的事情?”

“你也相信我，不是吗!”

“……”

“所以我也相信你，这是我俩无言的约定，对不对！^__^”我轻颤着，避开隐葵明亮清澈的眼，无法用自己浑浊的眼睛直视他。在大头贴店里拍成的照片也一样，黑与白的世界，一__一隐葵无限阳光的脸旁是我阴沉沉的脸。

“呃！小恐龙玩偶!”

我们正在这家店里挑帽子，隐葵忽然发现了新大陆，一把抓起放在陈列柜里的恐龙头，无论主人姐姐怎么说这是店里的装饰品，属于非卖品，他都不听劝，终于让他付钱买到了手。就这样，头上戴着一顶蓝色鸭舌帽，帅气的隐葵，和怀里紧紧抱着一只小恐龙的我，—_—肩并肩地走出了店门。

这天晚上，隐葵依旧回到练习室练他的歌，说是很晚才能回来，我在家里继续得忍受再光的漠然和敌视。—_—我只能抱着小恐龙，安安静静地躺在床上，五天了，只剩下五天了……隐葵他说相信我，无论我做了什么可恨可憎的事他都会相信我，可是我能给他的时间除了五天之外一无所有，一无所有……

68

D-day 5 日。第二天，我也理所当然地早退，从学校直奔隐葵的练习室。隔着一扇门就听到东南亚刺耳的声音。—_—

"隐葵，不行，这部分唱得太过了，有感召力是应该的，可是如果太强烈的话只会让听众感到别扭。"

我看到你黑不溜秋的脸觉得更别扭知不知道啊！—_—^我烦躁地推开练习室门。隐葵唱歌正唱得专心，东南亚站在一旁指手画脚，她到底有什么资格每天站在这里对隐葵说三道四呀！-0-我真的是不能理解。-0-

"喂！成隐葵！我们出去吃饭好不好！"

那小子根本没听到我的召唤，继续在嘴里认真哼着曲子。我看到满面怒容的娜林，还有斜眼瞟着我的东南亚，可就是没有我亲爱的希贤姐的影子。—_—

"成隐葵！出去吧！嗯！我们出去吧！"

"我正在唱歌没看到吗！！"

"我知道你在唱歌，可是我们出去好不好，就算陪我，你不觉得我们这段时间没有做过的事情太多了吗？"

……啪！隐葵手上拿着的乐谱猛地被扔到地上，我意识到事情的严重性，吓得倒退两步。=_=

"你究竟想怎么样云净媛，比赛结束之后我们可以想怎么玩就怎么玩！不过还有五天的时间！这你都等不了?!"

"你说还有五天的时间就比赛?"

"是啊！比赛结束之后我们可以天天见面，天天玩！为什么这两天你说得像以后没有机会见面一样！"

隐葵脖子上的项链丁当响了一下。难道是我的错觉。

"喂，你这算哪门子的女朋友啊，你真的是隐葵的女朋友？怎么会有这么不懂事的丫头!?！你先出去，不要在这儿妨碍我们!"

哇哇！呜呜！—_—^

"你又算哪根葱！你又是隐葵的什么人！ -0- 你凭什么每天缠着隐葵指手画脚！你怎么不回你的青州去？说什么纠正隐葵唱歌，我看你只知道贴在他身边不放!"

"我看你是搞不清楚状况吧！我现在是指导隐葵唱歌的老师，不是像某人一样一点营养都没有，只能起反作用，帮倒忙，你听明白了没有?"

哈，这个臭丫头，真是!! =0 =

"喂，东南亚，你跟我出来。"

今天不给你点教训你就不知道自己姓什么啦，该是我实行完美镇压的时候了。—,.—可是，我坚定无比的决心却在瞬时间瓦解。

"你一个人出去，云净媛。"隐葵疲惫的声音。我忽然觉得这个世界荒谬得可笑。

"隐葵!"

"我相信你，可是你为什么总是这样。够了，云净媛，不要考验我的信心，不要动摇我，我想在舞台上尽情演唱，我想得到那笔奖金，所以，请不要动摇我。"

是么？你想在舞台上尽情演唱，想得到那笔奖金？可是你什么都不知道，对我来说只剩下五天，多么短暂，多么宝贵的五天……

"好吧，你爱你的唱歌，你爱你的奖金，这五天里就让我一个人好好、好好爱你吧！为什么我俩总是如此错过，你和我。"我一手牢牢握着那个总是在我口袋里占据一角的小刀，另一只手推开了练习室的门，身后爆发出东南亚细微的笑声。

"你再惹我一次试试!"我头也不回地冷酷说道。

“什么！云净媛！你居然敢这么对我说话?!”

哐！娜林急匆匆地跟在我身后出来了。

“姐姐，姐姐你这究竟是怎么了吗！你这么做隐葵哥也很为难的！这次确实是姐姐你不对。隐葵哥说了他要练习歌曲嘛，你知道这次比赛对他有多么重要吗?！你不给他加油打气，至少也不要让他这么疲惫、难过呀，姐姐！”娜林黑幽幽的眼珠水波荡漾，眼泪眼看着就要掉下来。我感到心头的一角渐渐湿润。

“姐姐很自私，只考虑到自己，只想到自己要见隐葵，要和他待在一块儿，姐姐真的是很自私。呼~！娜林，姐姐有件事情想拜托你。”

“怎么能自私呢，姐姐！那样的话我一定会想尽一切办法把隐葵哥抢过来！因为是姐姐你我才选择放弃的，可是姐姐你为什么总做这种让人失望的事情呢！求求你，一定要让隐葵哥幸福啊！”

“姐姐如果走了，就换你做到吧，让隐葵幸福。”

“什么?”

“一定要做到啊！隐葵忌妒心很强，你绝对不能单独去见别的男生，还有啊，他最喜欢吃草莓冰淇淋了，老是喜欢含在嘴里吃，所以你出去的时候千万要记得带一条手帕……”

“你究竟在说什么，姐姐，你为什么要这样说?!”

“你什么都不要说，现在除了你我谁都不信。可能短时间内他没那么容易接受你，可是你千万不要放弃，决不能让下隐葵一个人孤零零的，他其实是一个很怕孤独的人。一下子同时失去了友情和爱情，他肯定会很彷徨，只有你能帮助他，让他继续站在舞台上开心地唱下去。”

娜林呜咽着，紧紧抓住了我的衣领，只有隐葵伤感的歌声，从紧闭的练习室里传来。

#回家的路上。

今天什么都没干，一天就这么过去了，下定决心要让隐葵乐乐呵呵地度过每一天的啊，这算什么嘛？ =_=

远处走来素颜姐和一个男人，我眯紧眼一看，原来是再光，—__—视力超级好的那家伙隔着老远把我上下一打量，翘着大葱鼻子扭过了头。—__—^

走着瞧，兔崽子！ -0-我才不会向你卑躬屈膝呢。我放平肩膀，睁大眼使劲瞪着他的那一刹那……

“云净媛。”

背后突然传来一个不怎么受欢迎的声音，我的心顿时碎了一地。这么下去我的心脏早晚会出毛病。—__—

“江西苑！”仇人相见分外眼红！隔着老远再光就脸红脖子粗地暴吼道。气势汹汹一步步向我这边逼来。

跑路之神！救命啊!!! 我抓起西苑的手，疯了似的向巷口冲去。

69

哈哈，＞_＜哈哈，＞_＜西苑还没搞清楚情况就被我拖着一起猛跑，此刻只剩下呼哧呼哧喘粗气的份了。

“喂，喂！云净媛，是因为你弟弟吗？真是疯了！让我喘口气，喘口气！”

“ -0- ”我回头一看，只见五十米开外的地方，再光像疯了似的向我们追来。我的老天！他连衣袖都撩起来了！-0-

“哈，哈，哈，哈！＞_＜”我也喘得厉害，“我们还得继续跑，＞_＜虽然被比你小的家伙追得像鸭子不是什么光彩的事情，＞_＜不过你也知道那小子的脾气？哈，哈，哈，哈。”

“真是！这算怎么回事！我为什么要跑成这样！不要！我不跑了！”西苑刷的一下停住，-0-我使出吃奶的力气扯他，他也一动不动。怎么说他也是个男生，我怎么敌得过他呢。再光红得和关公似的脸越来越近！不要啊！-0-

“跑啊！求你了！西苑！啊啊！我现在真是腻味透了打架！-0-”

“那你今天要陪我一直到半夜。”

"什么？ -0-你说什么？"

这家伙又胡言乱语什么呢，-0-啊啊！再光！不用跑这么快也没关系啊！我简直看不见你的脚了！-0-

"不准碰，＞_＜呼呼！碰我姐姐！兔崽子！"

我赶紧抓住西苑的袖子，撒开双腿再跑，西苑这次倒比较配合。就这样，我们两个跑，一个追，前前后后展开了追逐战，大约跑了二十多分钟，不愧是姐弟啊，两个人的体力简直不相上下，难分伯仲，难道以后我就要一直拖着西苑这么跑下去吗?！看样子再光这辈子都是不会原谅我了。-0-

"你，你兔崽子！还不放开我姐姐的手?！还不快放开!!！呀呀！呼呼！只要让我抓到你们!！啊呼呼！"

就这样又跑了一阵子，咻~！-0-我们飞快地跑过一脸迷茫的希贤姐，一_一接着又咻~！东南亚黑不溜秋的脸是我们经过的第二道风景，后面跟着的是一脸不置信表情的娜林……当当当当~！我不吉的预感再次命中！后面出现的是背着吉他的隐葵……我条件反射地回转头去看他的脸，果然，他和乐队一行全都愣在原地，一脸茫然地看着我和西苑。=_= 逐渐逐渐，隐葵消失在我的视野中。

跑在我身旁的西苑，突然嘿嘿笑了起来，说道：

"这么跑下去还有没有个头。哈，哈~！你弟弟还在追吗?！"

"嗯！TT_TT"

西苑停下了脚步。不行！-0-这样下去会被抓到的！我死命摇着这家伙的衣袖……西苑眼珠子一转，看到了路旁拉了一半的卷闸门，于是想也不想地把我往里一推，接着自己也身手灵活地钻进了门内。

我俩贴着半闭的卷门，偷眼外看，果然看见再光头也不回地一个劲向前冲。总算脱险了，一,.一我抹了抹脸上淌得乱七八糟的汗，西苑也松了一口气，啪嗒一屁股坐到了地上，两只眼睛在阴影中幽幽发着光。

"看到他刚才追我们的样子了吗？完全是疯子一样！噢噢，惨了！隐葵也看见我们了，怎么办！”

“他总会知道的不是吗。”

“呃？呃。”

暗而小的空间，—_—只听见那家伙急促的喘气声，—_—^这应该是个还没装修过的店面，感觉周围都是冷冰冰硬邦邦的水泥，更让人觉得寒气侵人，我忍不住把身子缩成一团。西苑把自己的外套扔向我。

“呃？我没事，你穿吧。”

“让你穿就穿。”

在沉默中度过了令人不安的十分钟。

“出去吧。”

我刚刚从卷门外收回头来，西苑猛的一下揪住了我，他的脸渐渐向我逼近。这家伙的眼睛有这么明亮吗？

“真的好想见你。”

“呃？啊，你等等，我去买点冷饮回来！”几乎是用逃的我跑出卷门外，双手紧紧贴住涨得通红的脸蛋，开始四处寻找超市。还算不错，不远处就有一家便利店，我小心地观察观察了里面，—_—这才踢踢踏踏安心地走了进去，抓起两瓶巧克力牛奶。啊，对了，西苑不喝牛奶的，我正打算把一瓶巧克力牛奶重新放回去，忽然，耳边传来某男粗嘎而又阴森森的鼻息声，强度惊人。

“看来你很喜欢巧克力牛奶啊！=_=^”再光的脸上写满愤怒。

恶毒的家伙。

“我输了。—_—”巧克力牛奶颓然地滑落到地。

周围的人开始看着我们指指点点，交头接耳，实在受不了这些视线，我抓起再光的手，低眉顺眼，一副有话好好说的样子，拼命把他往外拽。再光这小子愈发来劲了，=_=反手扣住我的，抓得我手腕又红又肿。

“刚才你追我的样子真的好可怕喔！可是你是因为担心我对不对？小兔崽子，你担心姐姐被坏人抓走了啊！可是不是这样的，是我抓着西苑拼命催他跑的。”

“你看见隐葵哥了吗?”

“嗯。”

“就算是到死你也不准去见江西苑！你可以去见这个世界上所有的人，就是除了江西苑，绝对绝对不可以！我生平所恨啊！知道吗?”

“-0-知道了，知道了，你能不能先把手放开!”

再这么捏下去我的手腕非被他捏断不可。

“你还想跑？都是因为你，我手机都跑掉了!!!”

“你就这么讨厌西苑?”

“比起素颜的男朋友，还要更加更加更加讨厌！够了没!”

够了，你说得够明白了，小子！一_一可是，西苑还在等着我呢，这可该怎么办才好。=_= 我低头看了看身上穿着的西苑的外套，又看了看再光那小子紧紧抓住我的手，只能无奈地跟着他，哐啷哐啷向我家走去。刚走到我家附近。

“……”

我看到了并排坐在大门前的隐葵和东南亚。一_一

70

犯了错的人是不是都应该把头低下来。一_一可是这次是不小心碰到的嘛，真的呀！=_= 再光那小子来回看了我和隐葵一遍。

“只要不把净媛弄死，随便你怎么打她骂她!”再光酷酷地扔下这句话，哐！甩上大门进去了。

瞬时间，幽幽女（改绰号了一_一）也紧张了，赶紧嘀咕着怎么做菜才能更好吃，飞快地转过头去。

“啊，我，是这样的，再光他想抓住我。”

说的什么呀。=0=

“对不起，让你看到这样子，我为什么偏偏跑到那儿去让你看到啊。”

这样说也不对。=0=啊，该这样说，我吭哧吭哧，结结巴巴，说了半天还是说不出个所以然，隐葵鹰一样的双眼一直锐利地盯着

我。一旁的东南亚乐了，扑哧一声笑了出来。她身上还穿着隐葵的外套呢，该死！她来汉城之前难道没带自己的衣服吗！ -0-

隐葵突然不知道被触动了哪根神经，哗地脱掉了东南亚身上的外套，东南亚里面只剩下一件短衫，惊得一声尖叫，——

“啊！你干什么！成隐葵！”

嚓嚓嚓嚓，隐葵快步走到我面前，用力地扯下披在我身上的西苑的外套，把自己的外套给我穿上。我惊疑不定的心紧紧一缩。

“为什么会穿着这个！你为什么会穿着那个家伙的衣服！”

“……对不起。”

那家伙犀利的目光盯着我，—_—用自己凉得不能再凉的手使劲揉搓着我的手。

“除了拉手，你们还干过什么?!”

“什么都没干啦。”

“西苑说他以后不和我做朋友了，说以后不会待在我身边，而会守护在你的身旁。”

“啊，这样子的吗?”

“我相信你，所以不管他怎么说。五天之后就是比赛了，你一定会守在我身边的对吧?”

求你了，再也不要说什么相不相信的话，否则以后我真的无颜见你，你什么都不知道，什么都不知道，五天之后，我必须离开你到西苑的身边，我不得不那样做。我的头垂得更低了，除了地面之外什么也看不到。

“五天以后，你穿着红色的衣服来看我比赛，不，不，我给你买一顶斑马条纹的帽子，你戴着它来，那样我在舞台上一眼就能找到你了。”

五天以后？呼~！说不定那时候我已经不在你身边了，该死的。

“这五天时间，我一定要抓紧练习，说不定连见一面都很困难，可是比赛结束就好了，结束之后我们可以每天粘在一块儿玩，玩到凌晨都没问题，明白了吗?”

“……”

隐葵摸了摸我颈上挂着的项链，用尽全身的力气紧紧拥抱住我三秒钟，接着露出他雪白的牙齿，看着我开心地笑了。

隐葵抱着西苑的衣服向自己家里走去，东南亚紧紧贴在他身边，嘴里叽里呱啦，叽里呱啦说个不停，臭丫头！身材减得还真好！—_—

我嘴里嚼着苦涩的味道，拉紧隐葵的外套，万分萧瑟地走进了家门。刚走进家门，就看见扑扑那厮趴在椅子上，瞪着圆溜溜的眼睛目不转睛地看着我（它在看外星人吗—_—）。

“看什么看，死小猫~！ -0 —”

“喵~！喵~！ -0 -”身为无辜小动物的扑扑抗议了。

“你这个丑八怪，还不快闭上你的眼？ -0 -”

“喵~！喵~！”

—_—^我怒气冲冲地大步大步向扑扑断走去，就在这时，

“云净媛！”

扑扑那厮也忒会见风使舵，飞快地跳进再光的怀中。该死的！—_—^ 我嗒嗒嗒嗒气恼地冲进房间。什么时候我连一只猫都不如了，你这该死的吃鱼的家伙，看我以后给不给你鱼吃。

当天晚上，我接到了西苑的电话。

“为什么没有来？”

“呃！西苑！真的真的对不起！刚才我被再光逮了个正着，TT_TT倒霉死了！你等了很久吧，真的对不起，真的对不起。”

“没什么。那我们五天以后见，我包下了一整间咖啡厅，我们俩可以在那儿开派对。”

“派对？”

“嗯，作为我们正式开始的纪念嘛，从此之后，我俩可以每天每天都在一起了。”西苑发紧的嗓音，我几乎能想像他在那头凄然泪下的样子。

“西苑，那天是隐葵参加比赛的日子，我看完他比赛之后再去，看完比赛之后。”

“那天是我们开始交往的第一天，我不希望你待在别的家伙身边。晚上6点，到我们经常去的那家咖啡厅来，我挂了，晚安，做个好梦。”

隐葵现在不再是西苑的好朋友了，而成为他口中的“别的家伙”。

五天的时间如流水般飞过。这五天里，即使偶然碰见隐葵，他也只是握握我的手，张开嘴冲我笑笑，为他的练习，整个人憔悴了不少。

#★D-DAY START

下午4点，我手里拿着隐葵给的斑马帽，在家里不安地晃来晃去。难得穿得这么正式，觉得全身都不自在，只能一会儿徘徊到这，一会儿徘徊到那儿。

不期然想到早晨遇见的隐葵。为了今天的比赛，他特意把头发漂成了白色，眉毛和耳朵上还分别挂着月亮和星星形状的饰品，摆起头来颤颤悠悠，身上穿着一件坠满骷髅山的黑色T恤，挂着的项链足有拳头般大小，乳白色的脸上幽幽闪着蓝光，不要奇怪，是他向娜林借了蓝色的隐形眼镜，眼睛下方还涂了一闪一闪亮晶晶的蓝色眼影。—_—这是我从小到大见过的最带劲的装扮了，我几乎要疑心这人是不是真的是我男朋友成隐葵。陪在他身旁的是同样笑得灿烂的东南亚，说她脱光了都不为过。—_—

“你这丫头搞什么飞机呀！-0-”

“我是维纳斯，怎么样，臭丫头！—_—”

—_—你就是为了穿成这样跑到汉城来的吗!!

“比赛加油!”

“你不也要来看吗?!戴上这个。”那家伙左右拨弄了一下我的头，轻轻为我戴上了那顶斑马条纹的帽子，“你要早到哦，这样才能有好位置！最好先拨了119再来，说不定到时你会晕倒，嘻!!”

“那个……隐葵。”

“我走了！待会儿见！啊，好紧张啊！一会儿见，小恐龙!”

——回忆结束。

我……真的……呼～！穿上鞋，我推开大门走出家，头好痛，心也好痛，呼～！走吧，下定决心，我缓缓朝家门前的巷口走去。

71

跳上计程车。

“请去市内体育馆。”

“是。”

我一定要看，一定要看隐葵的这场演出，这个夺走我和他最后一周时间的比赛，让他放弃和我在一起的最后时光而辛勤练习的比赛。对不起，西苑，我不能不看，我必须看隐葵的演出，不会太晚的，看完隐葵的表演我就去找你。

就是今天了么，没有任何真实的感觉，今天我就要离开我可爱的和我爱着的隐葵了么！我呆呆地看着车窗玻璃上自己映射出的影子，暗自垂泪，像个傻瓜一样。之前费尽心思的打扮化妆，只为在他眼里更美丽，呼～！

“到了，小姐。”

“啊，是！”我走出车外，立刻被鼎沸的人群嗡嗡声包围，出乎意料，不是我想像中的室外体育场，而是市内的。

我忐忑不安地走进体育场内，发现五分之四的位置上已经坐了人，放眼望去密密麻麻的都是人头，大家仿佛约好了似的，全部都是一二十岁的年轻人。中央的超大型舞台上，有一些工作人员忙忙碌碌地来回奔走，真是巨大的冲击，比我想像的规模要大得多。——我伸长了脖子差点没把脖子拧断，也没能在前面找到任何一个空座位，只能无奈地在后排找了一个位置坐下。

“我今天就是为了来看‘哆来咪发唆’的，听说他们的主唱简直王牌加王牌，你知道吗？”

“啊！我也听说过！今天相当一部分家伙都是为了看他来的，不止是你这样啦。”

"呃，真的？灯灭了！看来快要开始了！嘘～！"

哆来咪发唆?！这么可笑的名字，—_—^是某个乐队的名字吗？真让人寒心啊！啧啧啧啧！就为了见一个男人跑到这儿来坐着。随着一阵雄壮有力的鼓声，主持人拿着麦克风施施然地走到了台上，嘴里洪亮地喊着些什么。除了舞台上，所有的照明都熄灭了，我忽然产生一种错觉，仿佛整个场地只剩下了自己一个人，只能皱紧眉头看着那个主持人。

首先出场的男生四人组合的乐队，寻常的曲风，寻常的演唱，—_—我呵欠连天，在隐葵他们出来之前我该好好睡睡了，我舒服地靠在位置上，歪下了脑袋。

就这样，差不多有十二队组合出来表演过了，有实力不错的，也有完全惨不忍睹的，周围的孩子们不是一片欢呼声就是一片骂声，喝倒彩的情况时而有之。哎哟哟，我的耳朵啊，>_<我捂上耳朵使劲晃着脑袋，感觉耳膜都要给震破了。

"各位!！接下来出场的组合是去年曾经获过汉城青少年歌唱比赛的特等奖的组合！受到各家唱片公司的追捧和厚爱，是一个了不起的……"

呜呜呜呜，>_<你们究竟什么时候出来嘛！都已经 8 点 30 分了，手机早被我关机，见到西苑肯定死、定、了。

"哆来～咪发唆！"

—_—咦？舞台上居然一下涌上了几个我似乎熟悉，又似乎不是很熟悉的面孔，有希贤姐，东南亚，还有娜林和隐葵。–0–啊啊！成隐葵他们乐队叫哆来咪发唆吗?！我早该想到的啊，真是个傻瓜，我之前怎么没想到呢!!!

隐葵背着吉他站到麦克风前，随着他鞠躬一声问候，体育馆内顿时欢声雷动，所有孩子像疯了似的狂吼着，演唱还没开始气氛就达到了白热化。蹙紧眉头的东南亚，笑得如同花般灿烂的希贤姐，姐姐！ㅜㅜ_ㅜㅜ我飞快地舞动起自己手上的斑马纹帽，—_—坐在我身边的两个女人立刻警惕地看了我一眼，悄悄挪远了身子。—_—隐葵转到着脖子四处看，他一定是在找我，我在这里啊，我在这里啊，隐葵！这里！

“呀呀！！怎么办！我受不了了，太帅了，太帅了！啊啊！”我前排传来极其花痴的声音。

“—_—耳膜都要穿了。”

“—_—”

希贤姐超酷的击鼓前奏开始了，与此同时，主持人洪亮的声音豪迈地介绍道：

“各位！歌名就是……是成隐葵君作词作曲的……《一星期》！”

《一星期》……？一星期？对我来说是一个多么忧伤的单词啊！周围的情形与刚才迥然不同……没有任何躁动不安的沙沙声，整个场馆里静得让人连大气都不敢喘。所有的女生都双手合十地握在胸前，满脸梦幻表情地看着舞台，接着，传来隐葵静静如水般流淌的天籁之声。

她做出抉择的时间♫虽然我很相信她，可想像仍使我不断变小，不断变小♫时间虽短，我度日如年，每天我都要停下，看一千次一万次的表♫只是一星期，只是一星期，我为什么这么担心，为什么老是想到你离开我，站在他身边冷眼看我的样子♫除了流泪，我不知道自己还能做什么♫可是我知道，每次月亮落下的时候，我相信你的心就会更加壮大♫相信你，我永远无悔，除了你我还能相信谁♫我相信你会来到我身边，你要相信我会拥抱你♫我们相聚相守在一起♫我要学会没有时钟也能等待你的方法♫月亮消融，太阳化无痕♫我们这样直到永远♫

接着是过门部分，隐葵终于发现了我，在台上冲着我展颜欢笑。除了一流，还是一流，我还能说些什么呢。原来他都知道，知道对我来说只剩一周的时间……原来他都知道。是西苑告诉他的吗，原来隐葵什么都知道。

忧伤的歌词一下下敲打着我的心，这些日子隐葵说的那些意味不明的话我这才明白。

“是啊！比赛结束之后我们可以天天见面，天天玩！为什么这两天你说得像以后没有机会见面一样！”

“我相信你，可是你为什么总是这样。够了，云净媛，不要考验我的信心，不要动摇我，我想在舞台上尽情演唱，我想得到那笔奖金，所以，请不要动摇我。”

“我相信你，所以不管他怎么说。五天之后就是比赛了，你一定会守在我身边的对吧？”

你知道所有的一切，可你仍选择相信我，你知道所有的一切，可你仍选择了晴朗的笑容，给我无止境的信任。你为什么要如此相信我，我已经在不知不觉中从你身边走远了……你为什么要这样相信我。

“呀呀！好帅啊！隐葵君！隐葵君！”女孩子们尖利刺耳的欢呼高喊声。

长而忧伤的歌曲结束之后，希贤姐静静地放下了手里的鼓槌，隐葵手里举着麦克，深吸一口气，又长长吐出，——

“哈，云净媛，我就知道你会来，我们，永远在一起。^__^”

嗒！那家伙扔下手里的麦克，一阵风似的消失在舞台后。场内立时嗡嗡嗡嗡一片躁动。

“什么呀！云净媛是谁啊！男的吗？”

“当然是女的，所以才说永远在一起嘛！┬┬_┬┬呀，呀，究竟是谁啊！究竟是谁啊！”

眼泪流得像断了线的珠子，我的泪水绵延不绝，脸颊上湿了又干，干了又湿。我该走的，该离开这儿到西苑的身边去，可是身体一动也不想动。又过了一个小时，主持人宣布头等奖了，我早已哭得脑袋隐隐作痛，什么话也听不进去。

隐葵兴高采烈地再次走上了舞台，接着还有希贤姐，娜林，东南亚，五彩缤纷的鲜花被欢呼声簇拥，隐葵手里举着奖杯不断朝我的方向挥手致意，脸上笑开了花。祝贺你，隐葵，真心地祝贺你！万幸，这一周的时间没有白费。我爱你，我真的好爱你，隐葵，你的心里，我的心里，我俩永远在一起！

“诶诶！隐葵的小媳妇！去哪儿啊！”

是希贤姐，她双手捧满了花束，急急朝我走来。

“啊，姐姐，祝贺你们，真心地祝贺你们。”

“可是你怎么哭了?!”

“没……没哭,只是太高兴了。”我慌慌张张擦掉腮帮上的眼泪。

“呀嚯！呀嚯！小恐龙！小恐龙！”

“你们俩谁要是敢分手就敲死谁，知道不?”希贤姐扔下这句话，帅帅地走了，留下脸涨得通红的隐葵在原地。他很快克服过来，兴致勃勃地对我嚷道：

“你跑哪儿去了？我在找你呢！我们走吧，去喝酒！去吧去吧，还有道义！我姐姐！你弟弟！希贤姐！娜林！所有的人都一起去喝酒！奖金有很大一笔呢！现在可以实现你的愿望了……！”

“隐葵……”

“-0-这里危险，我们动作快点。”隐葵牵住我的手，急匆匆冲不远处的计程车招手。啊啊!!啊啊！刺耳的尖叫声！身后一大帮女孩子乌丫丫地向我们冲了过来，嘴里的高分贝噪音不是盖的。

“隐葵……你保重……”

“呃？O_O”

“你说什么啊！计程车!”

“我要去西苑那儿了，你预计错了，我不是来到你身边。你不应该相信我的。”

72

“……”

半晌无语，好一会儿，隐葵就这样，用浓得化不开的悲伤眼神看着我，终于，一滴泪珠滑落了下来。

“不要哭，不要哭隐葵！我爱着的人是你，我以后爱着的人还会是你，可是我必须留在西苑的身边，我必须守护的人是他，如果我留在你身边，坦白说了吧，我担心他会死掉，我担心这个隐葵，我并不是抛弃你，绝对不是抛弃你，我这样的女孩，怎么可能抛弃你。”

女孩们的尖叫声渐渐逼近，我一步一步缓缓离开隐葵身侧，他悲伤着脸，沙哑着喉咙，无比凄楚地说道：

“我是那么相信你！你怎么能离开我！我会变成白痴的，我真的会变成白痴的……”

“我该怎么办，如果你是我该怎么做，你有家人和很多朋友，可是西苑只有我一个，我该怎么做，我已经被他绑得一动都不能动了，被他牢牢地绑在了身边。”

“如果我不放你走，如果我说我不放你走，你会怎么样?!”

我无法直视他,无法直视给我无尽信任的隐葵的脸,只能痛苦地深深低下头。这时,那帮女孩子一拥而上,一窝蜂似的围住了隐葵。

“啊啊！啊啊！隐葵君！请和我拍一张照好吗！”

“隐葵君！隐葵君！云净媛是谁啊?！不是你的女朋友吧！嗯?！嗯?!”

“隐葵君，请你摸一下我的头发吧，一下就好！ -0-”

我一下被人群挤到了包围圈之外，伤心欲绝地凝视了在里面只有招架之力的隐葵好一阵，终究还是跳上了计程车。

“云净媛！云净媛！求你们了，求你们了，请让开，请让让，我不能失去她啊！求求你们让开!”隐葵在人群里绝望的喊声，这是我能听到的最后一句呼喊，顿时我只觉得轰的一下，有什么东西在我脑子里爆炸，有什么东西钉上了我的心坎和眼睛。我无力地趴伏在汽车门上，哭声肆虐，泪水和心痛泛滥成灾，这泪水怎么无论如何也止不住呢。终于，计程车停在了咖啡厅门口，我狠了狠心，强打精神走下车，呼~！脸上被泪水洗刷过的痕迹是怎么也掩饰不掉了。

建筑物里黑咕隆咚的，难道西苑已经走了，我不安地缓缓向咖啡厅走去，忽然，咖啡厅内整个灯火通明起来，当啷~！门也不知被谁拉开了……室内只有正中央放着一张桌子，桌上推着五层高的华丽奶油蛋糕，香槟，礼物，西苑赶紧按熄了手上的香烟，笑逐颜开地站了起来。

“你迟到了。”

“呃？呃。”

“你……哭了。”

“嗯，现在还在哭。^_^”

真是奇怪，看到他脸的那一刹那，我突然觉得更加伤感了，是什么让我如此难过。西苑捧着礼物盒阔步走到我面前，用尽全力把我狠狠搂进他的怀里，仿佛要把我刻在他怀中。他无声地抚摸着我的头发。

“我知道你很难过，很抱歉，让你这样难受。可是，我真的没法放开你，我做不到，所以，我觉得更加的抱歉。”

我的声音不知被谁杀死，只能无助地淌泪。

“我以后不会再让你伤心了，不会让你再流一滴眼泪，我们永远幸福地在一起。”

我们永远在一起！耳边无数次地回荡过隐葵明亮清脆的声音，可它依然只能是我的幻听罢了。西苑轻轻地拭去我饱含在眼里的泪。

“啊，对了。”他轻笑着，把拿在手里的礼物盒紧紧塞到我手上。

“……”

“打开看看。”

和时下情况一点都不搭调的沙沙声、滋滋声，我解开了那个礼物盒，一条纯白的项链展现在我面前。

“快戴上试试，我好不容易才找到的。”

我不自觉地伸手摸上隐葵送我的那条项链，眼里流露出不舍，西苑发觉了我的小动作，目不转睛地盯着我的脖子。

“呼~！把那个取下来。”

我费力地缓缓摇了摇头。

“我让你取下来,取下来。”西苑努力压住自己的火气,沉声说道。

“不取，我不想取下来。”

“我说了让你取下来!”西苑的声音更加可怕了,处于发怒的边缘。

……

“西苑，我该怎么办，我想见他，我已经想见他了，现在我该怎么办，我没有信心，我真的没有信心，对于我俩。”

让人窒息的沉默……突然，西苑疯了一样猛地扯下我脖子上的项链，我尖叫一声，想要阻止他，他却已经毫不留情地把项链扔向了窗外。

“我……我一定要一点点擦掉留在你脑中的成隐葵。”

我一掌推开咖啡厅门，眼里含着泪，毫不犹豫地冲了出去，向项链掉落的地点。

“云净媛!”

即使是我老了，我还有几个可以值得我回忆的痕迹啊，隐葵留给我的痕迹……不能丢啊！不能丢啊！我趴在又冷又硬的水泥地上，发了疯似的寻找，突然看见不远处小小的黑影……在那儿!!!

我飞奔至项链前，忽然愣住了，抬头看见了站在项链旁的隐葵，他弯下身，缓缓拾起被扯得破烂不堪的项链，无声地看着我……接着，他冰冷的视线转向我背后。

我打了一个寒战，不妙的预感让我飞快转向身后，果然看到了随后追至的西苑，他手里拿着刚才那串项链，晃了晃头，一副不得不如此的表情。隐葵向前迈出一大步。

73

“江西苑。”

西苑不理，一声不吭地紧抓住我的手。

“江西苑，放开她的手!”隐葵嗓音压得低得不能再低。

“我不想和你打架，成隐葵，为一个女人打架，这不是我们最讨厌的事情吗！你走吧。”

“我说了叫你放手!”

“我已经抓住了，以后我也会一直抓住，虽然我也不想和你做不成朋友，但我更讨厌你我用这种方式相见。”

隐葵三步两步走到我身前，使劲掰开那家伙扣住我的手，我那只一直被西苑牢牢抓紧的右手终于自由了。

“她是我的，江西苑，就算是有点同情心好不好，不要再缠着她。”

“同情心？你说完了没有？”

“就算是净媛真心喜欢你，我还要考虑到底要不要放她到你身边，可是现在，她对你只是同情，只是因为对你的愧疚感，这和爱你是两码完全不同的事，这样下去只会你们两人都很痛苦。”

“就算是这样，我也要利用它把净媛留在我身边，怎么样，我就是这种居心不良的小人，你能怎么样?!”

就这样，隐葵和西苑对峙着，好一阵都互相瞪着不说话。说不定这正是我内心企盼的，隐葵牢牢抓住我的手，我俩向天边逃去。云净媛，你是个坏女人。

隐葵低头看了一眼那条被扯坏的项链，说道：

“我会把它修好的，^__^指挥道义帮我穿珠子。”

这时，让人难以置信的情景忽然发生了，就在我们眼前，西苑他突然扑通一声跪在了水泥地上，没有一丝犹豫。他一字一句，清清楚楚对隐葵说道：

“拜托你了！没有她，我可能真的活不下去。我现在真的很痛苦，闭上眼睛，我真想就这么死去，除了她，谁也无法救我，真的不行！我失去了你这个好朋友，连你都失去了，现在只剩下云净媛了，不要带走她，拜托你了！”

对这种人，我忽然觉得有股怒气腾地从胸中升起。

“江西苑，站起来！你为什么要屈膝跪下！你为什么要因为我跪下！成隐葵，江西苑，我不值得你俩为我这样，我没那么好！隐葵，还记得你的信任吗？我把它彻彻底底踩得粉碎。西苑，在你身边，我永远只会记挂着隐葵，无论多久，我的心里永远只有他。我是个自私、脾气也不怎么好的女孩。哈，真是，起来啊！起来啊江西苑！”

西苑的双肩不停地抽搐，似乎要耗尽他最后的体力，隐葵手上的项链啪的一声落到了地上……

"那我该如何，即使你留在他的身边我还是想见你，我为谁而笑，为谁而唱歌，你为什么要把自己说得这么悲惨，你把自己弄得那么悲伤，那么壮烈，不就是为了让我离开吗?!"

该死的，这可诅咒的！为什么会这样，为什么友情和爱情我一样都不能完整无缺地保留，我怎么会搞成这样。然后有人听见我的呐喊，拜托，无论你是谁，请回答我一声好不好！告诉我这个故事的结尾到底是什么，求求你了！

"我会找到答案的，我会找到的，让我们三个人都能幸福的方法，我会找到的，你们不要靠得太近。"说完，隐葵看着我噗~无力地轻笑了笑。他扶起地上的西苑，又捡起掉落在地的项链，无声无息地转过身，走远了。

请给这个故事一个 Happy ending 吧！求求你了！就像隐葵所说的那样，我们三人都能幸福地生活在这个世界上！西苑无力地跌坐到地上，不知道有什么好笑的，他盯着手里的那条白色项链，无声地不住挑起嘴角，一条条弧线在空气中凝固，我也随着他在他身边坐下，在冷冷的水泥地上，在心中，不断勾画着隐葵的脸庞，也忍不住像疯了一样仰天狂笑起来，太好笑了，真的是太好笑了！乱了乱了，一切都乱了，该痛的地方已经痛得不能再痛，除了"好笑"两个字，这件事里不再剩下任何形容词。

#当天凌晨。

对面的顶楼不断传来东南亚令人毛骨悚然的声音。

"出来啊！臭丫头！是你干的好事对不对！你把我们隐葵惹哭了，嗯?! -0-你这个S腿的女人！有胆给我出来！出来！我们来单挑！"

凌晨睡眠不足，我正有气没处出，于是想也不想地飞身跃上顶楼，再光随后跟到，—_—连我妈妈也跑出来了。东南亚双眼充血，血红的舌头曲曲弯弯、上下翻飞，真是很兴奋啊！

“你老实给我交代？你究竟怎么着隐葵了，让他哭成那样！你算哪根葱！把一个好生生、连哭都不知道怎么哭的孩子！害成这样！哭得连气都喘不过来，你这个丫头究竟是哪儿冒出来的妖女！你究竟干了什么好事！”

把一个好生生、连哭都不知道怎么哭的孩子！害成哭得连气都喘不过来?！哈，他刚才不是还笑着，若无其事地走开了，成隐葵！

“喂！你这个油炸过了头的黑丫头！ -0-要死了你！还不快滚回你的青州去！”嘴皮子功夫再光可毫不示弱，损起人来一套一套的，他跳起来哇哇乱叫。妈妈在一旁不动声色地盯着我。—_—

“我为什么要回去！我要打死了你姐姐再回去！怎么样！你这个男不男、女不女的家伙！”

“男不男、女不女的家伙?！说够了没你？你知道男不男、女不女是什么意思吗？看在素颜的面子上我才忍着，真TMD！”

“素颜是谁啊？—_—”

“妈妈你未来的媳妇。—_—”

“你在和隔壁家的女孩谈恋爱吗？—_—”

“嗯，要我带来你看看吗?”

“你才是该打几下清醒清醒了呢！那女孩多大了，你才多大，你也得为妈妈想想啊！你们俩这年龄合适吗?！”

惟恐眼泪被发现，我飞快地闪身躲进房间，可是那个哭得连气都喘不过来的隐葵却不住地盘旋在我脑海里。我也是有生以来，生平第一次哭得连气都喘不过来。

第二天早晨，我早早背着书包离开家，呼～！现在我这张脸惨不忍睹，变成了一个超级可怕的怪物。—_—

74

不知不觉已经过去了四天，这期间虽然至少见过西苑五次，可是却一次都没有见到隐葵，他消失得很彻底，不仅声音，连痕迹都一点不漏，如果不是挂在我房间里的斑马条纹帽，他的外套，还有相册里插的照片，小恐龙玩偶，有时我真会怀疑自己认没有认识过这个人。

费尽心思想装出以往的天真烂漫也无济于事，我整个人成了一个废人。借着分手的伤心，我几天没有洗澡，——校服的外套也连续穿了好几天，——每当脑海中不由自主地浮现隐葵的面孔，想他想到我的心都痛时，我便会不顾一切地逮住什么就狂吃一顿，两个腮帮子如同吹气球似的吹了起来。就这样，几天下来，我很快把自己折磨成废人中最丑的废人。

偶尔会在街道附近碰见再光，——他脸一偏，就像是完全不认识的陌生人，急急忙忙从我身边路过。

#晚上 6 点的光景。

“让开。”我无力地推开挡在楼道上的再光，那家伙怀里抱着扑扑，惟恐沾了我的晦气，赶紧闪开几步躲开。

“哎哟哟！脏死了，哎哟哟！！瞧瞧这味道啊！扑扑，你绝对不要扑到她身上啊，知道吗？否则我就不要你了。”

“……”

“你能不能洗洗你的头发！我朋友看到了你都说很可怕！”

“所以呢，所以你在路上碰到了我就装作不认识，是吗？坏小子！”

“你继续和隐葵哥交往吧。”

什么都不知道的家伙，说起来倒轻松。

“不准提这个名字！提到这个名字，我就会想起他的脸；想起他的脸，我就会想见他；想见他却见不到，我就会发疯！！！如果你不想看到我像神经病一样的发作，最好不要提这个名字！”

“哇~！好酷的话！我一定要记下来对素颜姐说！”

我一口气把自己扔到床上，头深深地陷在我的超大凤梨枕里，全身呈大字状。这时，身上感到一阵震动，应该是西苑吧。

“喂！”

“我在你家附近的公园，快点出来，我等你。”

嘟……嘟……嘟……！——我怀着悲惨的心情，整个人仿佛突然缩得很小，像一条笨鲸鱼似的，摇摇摆摆向公园游去。—_—一走进公园，我支起腰，挺起胸，转到着脑袋四处找娜林，决不能让别的女人把我看扁了。

“在这儿。”

树后面的一张长椅，希贤姐和娜林并排坐在那儿。希贤姐……┬┬_┬┬呜呜，我抽搐着鼻孔，仿佛看到了久违的亲人，啪嗒啪嗒快步走到她们跟前，紧贴着希贤姐坐了下来，—_—希贤姐抚摸着我的头发，脸上表情奥妙非常。—_—

“姐姐，你和隐葵哥分手了！”娜林是个急性子，提高了声音尖声问道。

“……不要提他的名字，就叫‘那家伙’好了。”

（因为分别的关系，我整个人也变得非常小心眼了。—_—）

“据道义姐的话说就是，姐姐你因为西苑哥，抛弃了隐葵哥！”

“辛娜林，没事不要张嘴瞎说。”希贤姐似乎有些生气了。

不是抛弃，我没有抛弃他，为什么要这样说，我怎么会抛弃成隐葵呢，呼~！

“你知道隐葵哥为什么一定要参加比赛，为什么一定要拿到奖金吗?！他是为了能带姐姐你到海边去啊！还特意为姐姐订了最漂亮的公寓别墅，想像着姐姐去了之后会多么高兴。可是你怎么能在那天对他说分手的话呢？我从没想到姐姐是如此残酷的人，为什么要让隐葵哥哭得那么伤心？如果是为了这样，当初为什么要开始?!?”娜林大大的眼睛里缓缓流下泪水。

“对不起，娜林，对不起……”

“不要对我说对不起，这句话你应该去对隐葵哥说。快点去抓住隐葵哥吧，只要姐姐你愿意，一切还来得及！我讨厌看到隐葵哥伤心哭泣的样子！为什么我老是看见他难过的样子！我现在真的讨厌姐姐，真的非常非常憎恶，姐姐你太自私了。”

“……”

“辛娜林，你看见隐葵哭得很伤心，难道你没看见净媛也在哭吗?！”希贤姐缓缓放下抚摸我头发的手，用我从没听过的陌生嗓音对娜林说道，“不要乱嚼舌头说些不懂事的话了，说什么讨厌看到隐葵的泪水，难道你没看到净媛的泪水吗？谁自私了，如果你觉得自己难过，难道净媛就会好受吗？她该怎么办？难道你就是为了说这些才来看净媛的？是这样的吗？”

娜林无声地擦了擦自己脸上的眼泪，低下头，缓缓站起身，伤心气闷不已地向公园出口飞奔而去。希贤姐温暖的手抚摸上我干枯的脸颊，把我紧紧搂在怀中。

好一会儿之后，我依依不舍地送希贤姐到巷口，许下了下次见面的承诺，这才痴痴地目送着希贤姐的背影离开，直至她完全消失不见。现在没有什么比一瓶酒更能安抚我了，我大步大步朝离家不远的大型超市走去，寻找现下的最佳伴侣。

熙熙攘攘，人来人往，因为是周六的下午，超市里挤满了前来疯狂抢购的大妈们。我提着几瓶烧酒，正经过超市内的独立肉店，忽然，一个声音让我耷拉的脖子立刻支棱了起来，这口气，这声音！-0-

“哎呀，瞧瞧这啥子肉！一般般嘛！便宜一点吧，便宜点吧，-0-嗯，嗯，我多买点还不行?”

“这怎么叫便宜一点点?！一万八一斤的肉，你开口就砍到一万，这叫便宜一点点？-0-你走吧！你走！我不卖你肉了！”

“你敢保证你决不后悔刚才喊的话？=_=”

“我，我有一个和你差不多块头的弟弟！-0-你不要这样，不要这样！”

“你不知道大爷我的脾气吧！现在我不高兴吃肉了!!!”

“正冰！”

一段时间不见，他小子的脸越发突起了，肌肉纠结得不成样子，穿着一件不知道从哪儿抢来的酱缸子西服，在整个超市里鹤立鸡群。这不是正冰是谁！ㅜㅜ_ㅜㅜ

“呃呃，丢死人了。—_—^”

小巷巷口，—_—我和正冰手上各自提着不同的东西，我还好，正冰却尴尬不已，除了不停地挠自己的头皮之外，就只能在嘴里不停重复着“丢死人了”这句话。

“哥斯拉，你脸色看起来不怎么样啊。”

“真的好高兴，能再看到你，你脸色看起来不错，很开心的样子，真是万幸！”

“嚇！ -0 - 你怎么连说话都变得这么慈祥了。这样子我还真适应不了！你还是恢复你以前凶巴巴的样子好了！”

“^_^”

“妈呀!! 表情还是很奇怪！受不了!! 你干啥子这样啊？”

“不是干啥子这样，是我已经没有办法像以前那样了，真的真的没有办法做到了，杀了我也不行。”

“……”

真是奇怪，好久没见到的正冰，却轻易地打开了我的心扉。我把自己最近的遭遇，那些连允儿和志英都没有告诉的事，一件不落，一股脑儿地都说给了他听。给这家伙看见自己的眼泪是一件多么丢脸的事，我咬着唇，努力让自己表现得坚强些，然后微颤着声音，把自己的苦闷娓娓道来。那家伙一直静静地看着我，=_+ 手上的香烟被他一点一点嚼进嘴里。 -0 -

“不烫吗？”

“蠢丫头！ -0 - 白痴啊你！看你长得一副聪明样，谁知道比我更蠢！我还以为你有多聪明呢！”

“—_—”

他不要趁机进行人身攻击好不好。

“你上当了你知不知道！你以为江西苑那个小人，那个兔崽子他是真心喜欢你？! 哈，真是要被你气得去世了！”正冰粗着嗓子咆哮公堂。我怎么忘了呢，这家伙根本就不是好脾气的人。—_—

“连我都想到了！现在这个兔崽子只是在报复你！猪脑袋啊你！你怎么没想到呢？!”

我还忘了他洪亮如斯的声音。 =_=

“不是这样的，正因为不是这样我才更觉得要疯掉，是这样反倒好解决了，可是真的不是这样的，西苑他是真心的。”

“我们做个试验，如果他不是真心的你有啥子话说。”

“……”

“跟我来。”正冰蛮横地拖住我，向他的车走去。这段时间身体真是太虚弱了，我连踢腿的力气都没有，几乎没有任何反抗就被他扔进了车里。正冰满脸悲壮的表情，发动了汽车。

“干什么呀你，你现在究竟想干什么，我不要什么试验，不要！你不要做这种无谓的事！”

“你给我安静地坐好！好好待着！你们小区最开阔的场地在哪儿啊？”

“……”

75

不知正冰脑袋里怎么想的，-0-他开车带我来到了隐葵他们学校附近的一个废弃场馆，那个地方已经被废弃了好几年了，破旧、寂寥，是周围这帮中学生打架的好场所。我从车里探出头，看着这间黑洞洞，阴森森的场馆，一股寒气从脚底直直冒到头顶心。正冰掏出他的STARTICK开始打电话。

“呃，是我，我，不是娜娜，是冰！冰!!”

无论什么时候听到都无法适应的名字“冰”，不是“铁冰”，不是“贤冰”，是温柔得不能再温柔，亲昵得不能再亲昵的“冰”。

“你现在和谁在一起，东石？好了，现在你带三个兄弟过来吧，不要太多。事情很急，别惦着吃你那啥子豆芽骨头汤了，快点给我过来，用跑的。”

不祥的预感，如果是他的朋友……我想不见也罢了，=_= 打完电话，正冰嗖的一下把手机抛给我。

“按一下江西苑的电话号码。”

“你想干什么？”

“啊，啊，不用了，不用按了，我想你肯定存了那兔崽子的电话。”

“我问你想干什么？”正冰避开我的视线，重新拿回手机，同时从我口袋里掏出我的。我飞快地抓住他的手，想抢回自己的手机，可是这力道在他面前简直是小儿科，他四两拨千斤地弹开了我的手，很快按下了一个号码。

“不要啊！不要啊！西苑会受伤的！你不要这样正冰！怎么连你都这样！”

“你是那个啥子江西苑吗?!”

“正冰!”我撕心裂肺地吼叫着。他不理，一只手卡住我的两只胳膊，另一只手继续拿着电话。

“你女朋友云净媛，现在在我们手上，算你个便宜的价钱，如果你还敢报警，就等着明天早上在新闻里见到你女朋友吧。”

“江西苑！听见了吗?!这家伙现在只是在演戏，你不要来！你快点挂上电话！想干什么你!”

“因为上次的事，我那帮朋友都还惦记着你那，如果你来的话，我就还你一个漂漂亮亮的净媛，限你十分钟以内赶到，听明白了吗?!”

嘟！正冰合上了手机，顺顺当当放进自己口袋。

“为什么连你都这样……真是……连你都……”

“不是你想的那样的，我只是想让你看看，我们连江西苑一根手指都不会碰的，你不用担心。我要你亲眼看看，那小子究竟是来还是不来，我只是想看看，他到底会不会来。”

说完，正冰又掏出一支烟，默然无语地抽了起来。我生气了，我真是太生气了，云净媛现在连大喊大叫的力气都没有了。

“我什么时候求你让你看了？我，哈，真是，快把车开回去。”

“如果那个兔崽子对你是真心的，他一定会在十分钟以内赶到，即使跑断了气也会跑过来。可是如果如我所想，他对你只是耍手段，玩心机，他绝对不会为了一个不是真心喜欢的女人冒险，他一定会打电话叫警察，他不是一个有勇无谋的人，或者他干脆就不来了。”

呼……我长长地吸了一口气，脸深深地埋进膝盖中。

“你看着吧！你等着吧！等着西苑来，到时候就能证明你错得多么离谱，就会证明你是一个大白痴了，哈哈，你知道吗？呼呼，这都是些什么事啊，为什么连你都这样，呼呼～!”

十分钟之内，正冰的朋友陆陆续续都到了，正冰和我走下车，伙同所有的人一起坐到了地上，正冰大声地对他们发号施令着。

“你们听好了！从现在开始，只要有一个人过来，我们就要表现得好像绑架了净媛一样。”

“啊，什么嘛，就是为了这个把我们叫来的?”

“是啊，－0－怎么样，你有意见?!”

“没有没有，谁也没说什么啊！＝0＝”

“我丑话说在前头，你们不准碰那小子一根指头，虽然他是上次害我被抓到警局的混蛋，一__一；可是他对你们下手可不会留情，所以正当自卫还是可以的。总之最后你们就把这丫头还给他，然后骂上几句，跳上我的车就可以了。”

正冰的朋友们齐刷刷地站了起来，其中个子最小的那个家伙异常兴奋，他哇哇鸟叫道：

“呀呀！那小子就在我们面前，我们怎么可能一根手指头都不碰，只是正当自卫！－0－”

“我说了不准动他，听见没有，我已经警告过你们了！－0－”

“MD，MD，这样也可以吗?”

“你敢对我的话有怀疑！＝0＝”

我为什么要坐在这儿听他们这帮人胡扯，一__一还这么晚了，都已经过了12点，我为什么要在这个时间和这帮人一起坐在这个鸟不生蛋的鬼地方。西苑，你快来吧，我好想快点离开这个鬼地方啊！ㅜㅜ__ㅜㅜ

正冰和他那帮朋友高声鬼叫了好一阵子，早把西苑抛到了脑后，虽然一直是他那帮朋友单方面挨训的说。不管如何，见到久违的正冰，看到他依旧还是这么活力四射、义薄云天，终究是一件让人很高兴的事，只是他现在做的这件事让我颇有些心不甘情不愿。

“看吧，看吧，那个兔崽子没来！都已经过去一个小时了！”正冰终于想起了看时间。

“……他只是搞错了地方，走吧，今天闹够了吧。”

"够了!? 什么够了?! -0-这就证明了!!! 那个兔崽子不是真心的!"

"我了解他，我了解西苑，不要再闹下去了，正冰。"

"呼，好吧，我们走着瞧吧。"

正冰的朋友们沮丧地跟着正冰站起身，每人头上顶着一个大包，嘴里嘟嘟囔囔着……—_—今天才发现正冰不是一个对朋友温柔的家伙。=_= 这么快就过去了一个小时么……他一定是搞错了，西苑一定是搞错地点了，我在心中不断反复念着这句话。

终于忍无可忍的正冰掏出手机，又给西苑打了一个电话，彻底粉碎了我对他的信心……

"喂！你为啥子没来嘛?！你女朋友死了你很快活吗!?! -0-什么？ -0-你说啥子，兔崽子！你知不知道自己在说啥子，喂喂！妈的，妈的!"正冰满脸激愤，啪的一下！想也不想地把手机甩到了地上。

"怎么了,你这是怎么了,那小子怎么说?"正冰的朋友说话了。

"呼，上车吧，云净媛，我送你回去。"

奇怪，正冰的语气怎么突然变严肃了。

"喂，我们，我们怎么办呀?"

"你们坐自己的车回去不就行了，该干吗干吗去!"正冰没什么好气地冲他们说道。

"我们坐计程车来的。"

"那你们在这儿等着，我一会儿回来。"正冰跳上驾驶席，我也赶紧随后跟上，在驾驶席旁边的位置上坐下。

汽车发动之后，我急急向正冰问道：

"怎么了，他究竟怎么说，嗯？西苑他在那边说什么了?"

"……"正冰嘴巴紧闭得像鸭子，五分钟的时间很快就在沉默中过去，车开到了我家巷口。

"你在这儿下吧，朋友们还等着我呢，我得赶快回去送他们。"

"好吧，以后我给你打电话，你一定要接，还有……"

"该我说了。"

“……”

“那个兔崽子说无所谓，你们想怎么做就怎么做，接着挂断了电话。”

“你说谎……”

“呼~！我还不至于卑鄙到这种程度。现在你明白了吗?！不要再留在他身边了，趁还来得及，还不是太晚，赶快回到成隐葵身边去吧，这不是警告，是我对你的恳求。”

谎言，这一切都是谎言。噗噗噗噗！正冰开着车出发了。哈！这都是谎言，不可能会这样的，不可能的……我披头散发，像疯子一样仰天长笑，天和地都在旋转，头和心都已经混沌，四周只剩下模糊的影像，我一步三摇，踉踉跄跄地向家里走去。

我像个傻瓜一样，除了大笑，还是大笑，是嘲讽的笑，是心痛的笑，也是高兴的笑，我所做的一起都是为了什么……什么负罪感，什么责任感，什么我必须留在他身边守护的种种理由，瞬时间都灰飞烟灭……我心中自私的魔鬼在鼓掌相庆，庆幸自己终于找到了可以重新和隐葵走近的理由……可是信任让我恐惧，让我哽咽，恐惧西苑对我的不是真心，恐惧他对我最后的背叛，我的整颗心都因此而疼痛抽搐了起来。我憎恨那个给我伤痕的家伙，他真的要让我不幸至此……

可是现在我耳边听到的,不是幻听,而是那家伙明明白白的声音。

“云净媛。”站在我家门前的西苑，缓缓向我走进，接着顿住双脚，停在了我面前。

“……干什么……”

啪！事情发生在电光火石间，那家伙的手猛的一下落在了我脸蛋上，印下五个深深的红指印。我不可置信地瞪着他，一股无名之火腾地蹿上，我立刻想也不想地用力回敬过去。

76

我甩过去的手没来得及收回，手腕被江西苑紧紧抓住。

“江西苑，你凭什么打我?！你有什么资格?！你无戏可演了对不对？嗯？所以才狗急跳墙这么打我?!”我愤怒地说道。

“你就这么想考验我？这么想试探我是真心的，还是在玩弄你？……你知道我刚才多担心你吗?!哈！真是要疯了，我真是要发疯了，我甚至有一瞬间还以为自己再也见不到你，你就这么不相信我，这么想试探我？”

这么说……

“我去了，而且都听见了，我一直躲在那儿的暗处，听那帮兔崽子们胡说乱侃。我不知道自己该怎么做，所以只好一直忍耐着回到这儿，在这儿等着你。”

这时，咔嚓！隐葵家的大门打开了……是隐葵。隐葵！隐葵！隐葵！他瘦了好多，脸也比以前更瘦削更小了，密密麻麻写满了伤痛，可是此刻，这伤痛上又笼罩了一层愤怒，非常非常可怕的愤怒，让他整个人看起来森然如修罗。看到他的那一刹那，我的眼泪忍不住夺眶而出，仿佛这段日子积累的相思和煎熬痛楚，呼啦啦一下迸射而出，泪水很快濡湿了整张脸。我双手捂住嘴，哽咽着连退几步。隐葵瞬时侵上前，一个健步揪住了西苑的衣领。

“你那样哀求，把她带走，可是为什么?!!!为什么要打净媛，既然如此不珍惜她，你当初为什么要如此苦苦哀求，把她带走!!!?!”最后一句话，隐葵几乎是用吼的吼出来。

“你看起来很难受啊!”

啪~!西苑话结束之前，隐葵恐怖的拳头已经结结实实亲吻上了他的脸庞。西苑东倒西歪连退几步，伸出衣袖擦了擦嘴角的血。

“云净媛，你是傻瓜吗？为什么像傻瓜一样站着挨打，不知道要躲开吗，嗯?”隐葵轻声颤抖着埋怨我，接着，他再次抓起西苑的衣领。

“隐葵！不要！不是你想的那样的，这次真的是我错了，我不相信他，想试探他，所以让他担心了，所以他才在这儿等我，埋怨我，他打我只是担心我。不要打了，不要打他!”

隐葵无力地放下西苑的衣领，再次向门内走去。请回过头来，隐葵，哪怕一下，一下就好！让我记住你的脸，让我把你的脸刻在脑中，求你了，转过头来，就一次……

“现在这种情形下，你怎么可以站到西苑那一边，你还希望我悲惨到什么程度，哈哈！想见你，见到了，很好……”

“我也好想见你，对不起，隐葵，对不起……”

哐~！大门关上了，隐葵再次从我视野中消失，这么近，却又那么远，他消失在我看不见的地方……如果爱情真让人这么痛苦，那我发誓，如果有来生，我绝对绝对不会再碰爱情一个指头……

“进去吧！抱歉，打了你，净媛……”

“……”

“算了，算了，没什么，明天见。刚才接到那个家伙电话的时候，你知不知道我的心脏差点爆炸，生平第一次，我的心跳得这么快，^__^虽然你还无法像相信隐葵那样相信我，但即使是一半也好，请你相信我。”

“……对不起。”

“我走了。”

误会，信任，错过的爱情，眼泪，思念的人，还有西苑的真心，让我失去离开借口的西苑的真心。

当天晚上，这么晚回到家，自然少不了妈妈劈头盖脸的一顿骂，再光似乎也听到了门口西苑的声音，在我耳边絮絮叨叨唠叨个不停，我千叩万拜才终于把这尊菩萨送出了房间。躺在床上，我死命闭上眼，满心希望自己能就此睡去，睡吧，睡吧，成隐葵，你可千万不用在我梦里出现啊，白天想你就够惨了，如果在梦中还逃不掉哭泣的命运，那我真是晦气到家了，所以，拜托你，不要出来。

时间一秒秒过去，眼泪却没有丝毫干涸的迹象，如果现在见不到他，说不定我真的会死掉。想到这，我干脆一溜身爬起来，哐当哐当快步向楼下奔去。我想我真的是疯了，至少有一半发疯了，为了隐葵的脸，隐葵的声音，隐葵的手，隐葵的怀抱，我真的是有一半处于癫狂状态。如果是完全疯掉我就不会想他了，他也再也不会浮现在我脑海中。

我双拳雨点似的落在隐葵家的大门上，不管三七二十一，发了疯似的使劲捶着，在妈妈追出来之前，快点啊，求你快点啊！

“谁啊?”一个女人的声音。

“隐葵，隐葵，隐葵。”

“你。”门咯吱一下拉开了，是东南亚，她脸夹在半开的门缝中，眼里冒火地看着我，“疯女人。”

“让开。”

“隐葵几天之前病就好了。”

“我说让开。”

“晚上10点你还没回家，他担心你，一直守在顶楼上等着，一边还不停地咳嗽，咳得我的心都痛了。”

“……让开，求求你了。”

“为什么偏偏是在门口挨了一巴掌呢!!隐葵好不容易好了点，现在又失常了！ -0- 你这女人真是祸水，哎哟哟！还不如死了的好！啊啊!!! -0-”

我用尽全身的力气，拼出老命推开东南亚冲进大门，刚进去就看见素颜姐揉着睡眼惺忪地从房间里走出。

“呃？净媛啊。^O^净媛。^O^”

我弯腰使劲一鞠躬，啪嗒啪的闹腾腾地朝二楼隐葵的房间冲去。

“隐葵!”

我没有任何犹豫哗的一下推开他的房门。房间里关着灯，昏黑一片，模模糊糊能看见床上一个依稀的人形……没有任何时间给我多想，没有任何时间给我言语，我飞快地扑上前一把搂住了那个正要坐起身的黑影，我不能呼吸，只是紧紧地……确定他此刻在我的怀中……

“对不起，对不起，真的对不起！你知道的对不对，隐葵，你知道我爱的只有你一个，一个‘爱’字根本无法表达我对你的感情。真的好想见你，成隐葵，哈，我为什么会如此想见你，以后我该怎么办，没有你的日子，我该靠什么活下去，以后我该怎么办!!!”

隐葵挣扎着坐起身，把我紧紧抱在怀中，这时，——

“你，－0－你，－0－哎哟，少来了你，肉麻死了！”

东南亚的声音，接着她静悄悄带上了房门。房间再次被一片黑暗笼罩，只剩下两颗静悄悄跳动的心，我俩谁也没有说话，只是紧紧地互相搂着，此时无声胜有声，道不尽的相思，说不尽的爱……时间，请你就此停止吧，你能听到我的请求吗……

时间终究还是没有为我们停住，黎明的晓光穿室而进，我从隐葵肩膀上抬起头，打算离开他怀中，他却更加紧紧地拥住了我，不放我离开。

“我该走了，隐葵，已经天亮了。”

“五分钟……再五分钟。”

那家伙全身都在发热，热乎乎的脸埋进了我的肩膀，我叹了口气，双手再次紧紧环住他的腰。就这样，又过了一阵子……

“五分钟过了。”

“没过。”

“白痴，五十分钟都过去了。”

“……没过。”

“真的已经天亮了，我该走了，我们又要说再见了。”

“我房间的钟出故障了，还没有五分钟，还早着呢。”

时间真的出故障就好了，不，太阳永远消失就好了，时间永远停留在黑夜，你和我，永远在一起……

……敬请关注《哆来咪发唆 2》

可爱淘的故事

Theme Song

Happy girl

《哆来咪发唆》主题歌

作词：可爱淘／作曲：元音浩／演唱：可爱淘

我的身边有一个帅哥　是不是　Baby
我的身边有一个出众的男孩　是不是　Yo Ho
所以我总是感到不安
所以我总是很担心
朋友们每次说的一致
（嫉妒无数的多　我要让他永远只看我）
如果不是我的男友
她们一定不放过你的
（我的心猿意马　天空就快要塌陷）
不准你花心！不准你劈腿！
不准你花心！不准三心二意！

下载地址

www.koook.com

www.taocu.com

www.china-korea.org

与可爱淘一起happy，中文首唱选拔大赛火热报名，详情见书后彩页。

淘迷心声大家听（五）

我看完了《局外人》之后，狠狠地哭了一场。

我相信大家和我一样，为雪理的死心痛，为尹湛的守候感动，为天空的结局悲伤……因为，我们都喜欢《局外人》，我们都喜欢可爱淘……

我们喜欢雪理那种坚强的性格，虽然其实她是最脆弱的一个；

我们喜欢尹湛那样开朗的笑容，即使他的心已经伤痕累累；

我们喜欢天空那些默默的付出，尽管表面并不明显地表露出，他那深深的爱。

雪理的命运之神是残酷的，不断地剥夺了她身边所珍惜的人，一个一个……但是我们的雪儿好坚强，她活着，始终假装着坚强地活着，希望证明自己不会被命运所打倒。

虽然，最后她输了，虽然如此……

尹湛呢，他是个拥有纯洁笑容的人，是个拥有他独特的调皮和可爱的家伙。他爱雪儿仿佛爱自己，不，甚至是超过爱自己。不是说，雪儿是他生命的全部吗？这个有如精灵般的男孩子……可是，他还是受伤了，在这场孤单的战役中。

天空，我们的天空……他忧伤的眼神迷茫着雪儿的心，难道他不是真心看着雪理，爱着她吗？不是啊，真的不是那样的……就算是曾经被刺得千疮百孔，他还是对雪儿真心地笑了，那样……有如璀璨的繁星的笑容。他所有的一切，也在命运中被摧残……

可竟然，奇迹般地……命运摧残之下，他却越发美丽了。

是啊，难道这战役中有人赢了吗？

没有，一个胜利者也没有吧。

爱情是敏感、脆弱的，它让所有被其牵拌的人失去再次迎接命运的勇气。

尽管，它是那么美好……

它美好得甚至让人忽略了那扎人的刺，就像绽开的玫瑰，诱人却危险万分……

所以，雪理在爱上这个忧郁帅气的天空时，已经输给了命运。

所以，尹湛在陷入这个勇敢、直率的雪理时，已经迎向了黑暗。

所以，天空在眼中只注视这个惟一的美丽女孩时，已经被推进了深渊。

所以，局外人的存在，永远是痛苦的，深爱彼此，又煎熬彼此……

我爱上这个故事，是因为它是可爱淘写的，是因为它有独特的光芒，是因为它会让我哭泣，是因为它有雪理、有尹湛、有天空……

是因为，它不完美……

请不要怪罪雪理奔向死亡的行为，她实在是太累了，事实上……她根本不坚强，她需要解放……哪怕是一点点继续呼吸的勇气，她也没有了……

也请不要怪罪尹湛深爱雪理的顽固，他的心也是无奈的，在爱上一个人之后，那种心在揪疼却依然微笑的感受太过深刻了，让他被折磨……可是为什么呢？爱她，就是比疼痛还要难以忘却的东西……

当然，还有天空……我最爱的天空……请不要说他冷漠，不要怪罪他。他是个受伤的孩子，他的快乐早已被无情地占有，他因为雪理重新笑，重新付出，也重新得到爱……因为曾经受伤，他的爱是内敛的，因为曾经受伤，他的爱是无法坦白出来的。尽管他是那么深深地爱雪理，可是他说不出口，说不出口……

失忆不是他的罪过，而是命运对他多一项的愚弄，他是真正的受害者……

我写这些，是因为爱着这部小说，爱着淘姐，爱着这三个人。

让我们好好体会淘姐的用心吧，不要没有耐心地责怪、叹气……因为结局即使是让人痛苦的，这也是一个美丽的故事。

愿在天堂的雪理可以遇见天空，因为……你还没有发现，天空有多么地爱你吧？所以呀，天空，这一次不要再那么不坦白了哦……还有，尹湛，你也要幸福哦！！要三个人，永远永远一起幸福地笑着！！！

因为，命运没有掌握那块天地，那块圣洁的神地……

祝你们幸福！！！

——SUMMER冰冰YOYO

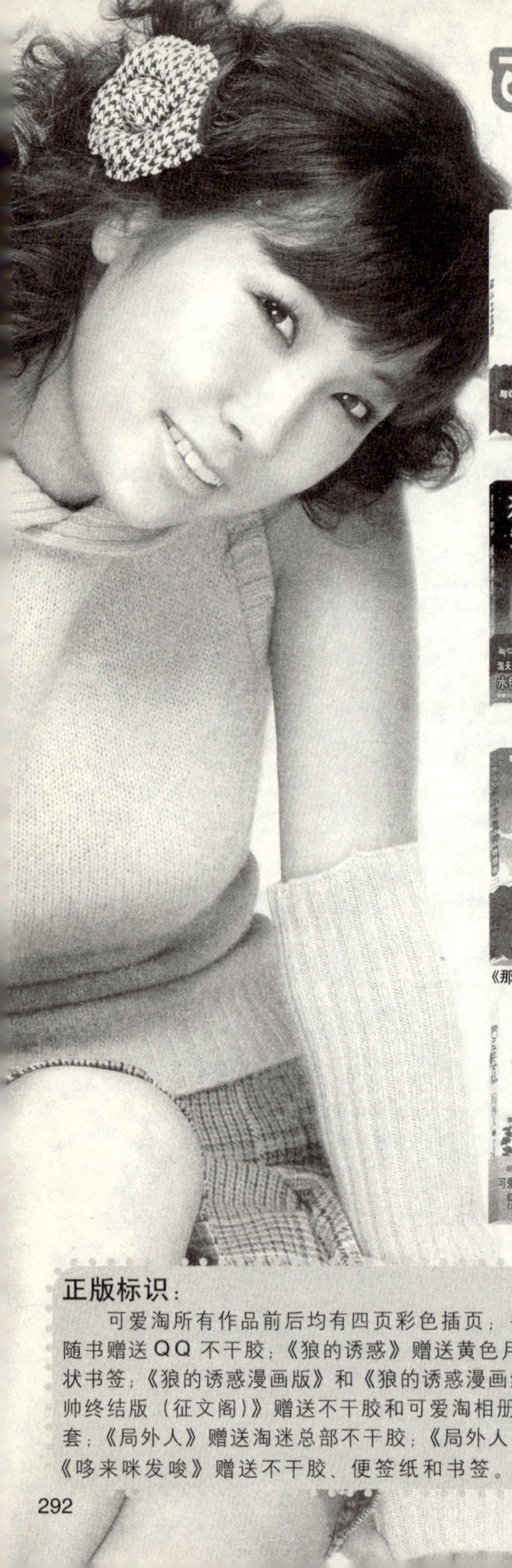

可爱淘系列作品

中文简体字版巡礼

《那小子真帅》

《那小子真帅 2》

《狼的诱惑（漫画版）》

《狼的诱惑》

《狼的诱惑（终结版）》

《狼的诱惑（漫画终结版）》

《那小子真帅(征文阁)》

《狼的诱惑(征文阁)》

《局外人》

《局外人 2》

《局外人 3》

《哆来咪发唆》

正版标识：

可爱淘所有作品前后均有四页彩色插页；书名镭射闪光；《那小子真帅》和《那小子真帅 2》随书赠送 QQ 不干胶；《狼的诱惑》赠送黄色月亮形状书签；《狼的诱惑终结版》赠送绿色树叶形状书签；《狼的诱惑漫画版》和《狼的诱惑漫画终结版》赠送韩国原版漫画海报；《9015 那小子真帅终结版（征文阁）》赠送不干胶和可爱淘相册；《9015 狼的诱惑征文阁》赠送不干胶和水晶书套；《局外人》赠送淘迷总部不干胶；《局外人 2》、《局外人 3》赠送淘迷总部不干胶和淘运卡。《哆来咪发唆》赠送不干胶、便签纸和书签。

好不好看，你说的算！

在广大淘迷的支持和关心下，可爱淘的作品才得以顺利出版，为了让我们更好地为你们服务，亲爱的淘迷，告诉我们，你最需要的是什么？（可多选）

1、您最喜欢阅读什么类型的书籍

校园文学（　）漫画（　）历史（　）哲理（　）社科（　）科幻悬疑（　）

流行杂志（　）其他＿＿＿＿＿＿

2、您喜欢什么类型的语言风格

轻松活泼（　）朴实感人（　）神秘诡异（　）抒情浪漫（　）

您认为可爱淘作品翻译的文字风格＿＿＿＿＿＿＿＿＿＿＿＿

3、您认为可爱淘作品的封面

很喜欢（　）一般喜欢（　）很一般（　）不怎么样（　）

4、您认为可爱淘作品的插画

很吸引人（　）挺好看的（　）不吸引人（　）

5、您觉得《哆来咪发唆》的后彩页活动

十分有趣（　）很想参与（　）一般般（　）

您还希望有什么其他的活动，举例＿＿＿＿＿＿＿＿＿＿＿＿

6、你是通过什么途径知道可爱淘和她的书

逛书店（　）看电视（　）报纸（　）杂志（　）上网（　）

同学朋友之间的谈论（　）其他＿＿＿＿＿＿

7、您希望随书附赠什么样的小礼物

书签（　）笔记本（　）便签纸（　）其他＿＿＿＿＿＿

8、您在当地购买可爱淘的书是否很方便

方便（　）一般（　）困难（　）

9、您最喜欢看的杂志

当代歌坛（　）漫友（　）花溪（　）南风（　）轻音乐（　）

其他＿＿＿＿＿＿

10、您是否买过除可爱淘以外淘酷网出版的其他书籍

《我是侠》（　）喜欢（　）不喜欢（　）

《魔盗》（　）喜欢（　）不喜欢（　）

填完有惊喜！假如你想得到可爱淘的最新海报，一定要火速填完，回寄给我们呦，前2000名都有机会哦。（前后两页均有效）

《哆来咪发唆》主题歌中文首唱报名表

姓名：______ 性别：______ 年龄：______ 属相：______

身高：______ 体重：______ 星座：______ 血型：______

职业：______ 爱好及特长：________________

联系方式：

电话：__________ 家庭或学校地址（邮编）：______________

OICQ：__________ E-mail：________________

最喜欢的书：________________

最喜欢的颜色：________________

最喜欢的服饰：________________

最欣赏的人：________________

自我评价：____

____

座右铭：____

邮寄报名地址：北京市丰台区太平桥西里 38 号　中国城市出版社 618 房间　邮政编码：100073

（请参赛者务必将自己录制的翻唱歌曲、5 寸照片一张及报名表同时寄来，信封上注明“音乐”。）

《哆来咪发唆》
韩版主题歌
中文首唱就是你
与可爱淘同唱一首歌！就有机会飞赴韩国，感受那里的风土人情，
并有机会品尝可爱淘亲手DIY的料理……更有机会与人气网站签约，从此开始自己的歌唱事业……
《哆来咪发唆》主题歌最佳中文版本演绎者正在搜寻中……

活动内容：

参赛选手既可通过互联网进行网上伴奏下载，自行录制，网络上传；也可在家进行现场DV录制演唱，只要你有勇气，那就放开歌喉，配唱《哆来咪发唆》中文版本吧！赶快来参加吧，也许中文首唱就是你啦！

参与方式：

网络方式：

登录报名网站，进入本次活动页面，即可报名参加；报名网站：酷客音乐网（www.koook.com）淘酷网（www.taocu.com），中韩友好协会网站（www.china-korea.org）

邮寄方式：

参选者7月20日前（以当地邮戳为准）将录制的作品＋报名表＋照片 邮递至 北京市丰台区太平桥西里38号 中国城市出版社 618房间 邮政编码：100073

淘迷专用邮箱：world66@263.net 咨询电话：010-63370062

活动时间：

2006年6月26日——2006年8月18日

1.2006年6月26日《哆来咪发唆》主题歌召开盛大发布仪式，可爱淘将亲自在其中国官方网站（www.taocu.com）上发布这首歌曲；

2.2006年6月26日中文首唱选拔活动全面开始（酷客音乐网www.koook.com）；

3.2006年7月15日至7月31日，可爱淘将来中国与读者进行现场视频交流，点评中文首唱选拔活动的参赛作品，并将开展巡回签售及与各地淘迷见面；

4.2006年7月30日晚12点，上传歌曲及网络投票通道（www.koook.com）关闭；

5.2006年7月31日至8月3日，特邀评委将对网络投票产生的优秀作品进行评分筛选，最终产生冠军；

6.2006年8月4日，公布冠军榜单；

7.2006年8月18日，举行本次选拔活动的颁奖晚会。

评选方式：

网友投票（50分）＋特邀评委打分（占50分：音色、音准、音效、后期制作技术、整体效果各占10分）

奖项设置：

冠军（1名）：免费飞赴韩国观光旅游，与可爱淘共渡愉快假期。

其余奖项设置参见网站活动细则。

所有参赛者均有机会获得可爱淘本人签名照片及海报数张。

本活动解释权归中国城市出版社所有。活动细则及注意事项见活动网站。

主办单位： 中韩友好协会 HTTP: WWW.CHINA-KOREA.ORG （www.china-korea.org）

承办单位： 淘酷网 TAOCU.com （www.taocu.com） 中国城市出版社

KOOOK 酷客.COM （www.koook.com）

可爱淘
部落
缤纷彩绘
文学地图
我是侠
《我是侠》
小灵狐
爱美大作战
掀翻屋顶俏皮小猫咪 功夫宝贝甜蜜速递……
小心 熊来啰~~~~

미
안
해
错误令我委靡不振
巨大的孤独在我身后缓慢渗出
片片破碎的心上印着
对不起 ♪

当你明亮的歌声坠入尖叫的人群
远远的
是我深深的眼眸
深深的爱

凝固的愤怒
在春风中漾开
我的双脚紧随着你的双脚
远处的树梢上有一对小鸟在谈情说爱